KB235485

백성의 종,
반석평

반석평

1판 1쇄 인쇄   2016년 5월 12일
1판 1쇄 발행   2016년 5월 20일

글쓴이   최대익
펴낸이   신민식

책임편집   경정은
편집   김미란 정혜지
디자인   신미경
마케팅   계소영
경영지원   이수정

펴낸곳   가디언
출판등록   2010년 4월 27일
주소   서울시 마포구 토정로 222 한국출판콘텐츠센터 319호
전화   02-332-4103(마케팅) 02-332-4104(편집실)
팩스   02-332-4111
홈페이지   www.sirubooks.com **이메일** gadian7@naver.com
인쇄·제본   (주)상지사 P&B **종이** 월드페이퍼(주)

ISBN 978-89-98480-68-4 (03810)

「이 도서의 국립중앙도서관 출판시도서목록(CIP)은 서지정보유통지원시스템 홈페이지(http://seoji.nl.go.kr)와 국가자료공동목록시스템(http://www.nl.go.kr/kolisnet)에서 이용하실 수 있습니다.(CIP제어번호: CIP2016011296)」

백성의 종,
반석평

최대익 장편소설

시루

1장
스승의 마지막 선물

온 산하가 얼어붙은 북녘땅, 휘몰아치는 바람에 앙상한 나뭇가지들이 휘어지며 비명을 내질렀다. 두만강을 사이에 두고 여진과 대치하고 있는 함길도 경흥에 얼마 전 재부임한 반석평은 깊은 상념에 잠겨 있었다. 한때 상전이었던 정원, 신륵사에서 마지막으로 본 그녀의 모습이 잊히지가 않았다.

지난해 반석평은 자신의 출신이 본디 종이었음을 밝혀 온 나라를 들썩이게 했다. 정원, 그리고 그녀의 가족을 위해서였다. 갑자사화로 이한주 대감은 사사되고 그의 딸 정원과 아들 오성은 노비로 전락했다. 그들의 신원 복권을 위해 반석평은 자신이 그들의 종이었음을 고백하지 않을 수 없었다.

관직을 박탈당하고 다시 종의 신세가 된다 해도 두렵지 않다고 하면 거짓말일 것이다. 반석평은 두려웠다. 그러나 용기를 내어 결단했고, 이 일로 조정은 한동안 시끄러웠으나 결국 모든 일이 기대 이상으로 풀렸다.

공문을 지닌 파발마가 왔다는 말에 반석평은 상념에서 퍼뜩 깨어났다. 비변사 도제조가 보내온 공문이었다.

석년에 여진의 야인 왕산적하가 자신의 아들이 조선인에게 죽임을 당한 일로 말썽을 피워 조정에서는 벼슬을 내려 달래려 하였다. 그러나 말을 듣지 않고 우리 땅 운정평에 집을 짓고 개간하여 살 수 있도록 만포, 회령 변장들이 허락했다고 거짓말을 하면서 억지를 부려 이를 엄히 금하였더니 사나운 무리 천여 명을 이끌고 내려오고 있다는 첩보다. 이에 각 고을의 제장들은 방비에 만전을 기하고 왕산적하가 보이는 대로 생포하여 결박해두라.

예전에 여연, 무창 등지에 와서 살던 여진족들을 빠짐없이 없애야 하였지만 죄 없는 노약자들마저 병화를 입게 되는 것을 가엾이 여긴 상께서 선처를 베풀어 돌려보낸 일이 있었는데, 이를 아는 변장들이 어찌 왕산적하의 무례함을 허락하였겠는가?

왕산적하가 상의 은혜를 가벼이 여기고 귀순한 야인들까지 유인하여 거느리고 와 소란을 피우니 조정에서는 엄히 죄를 물어 다른 여진 우두머리들에게도 본을 보이고자 한다.

만포, 경흥, 회령 등지의 변장들은 경내에 들어와 있는 우두머리들을 불러 시급히 전 거주지로 돌려보내 뒷날의 염려를 남기지 말아야 한다. 운전평에서 살도록 허락했다는 왕산적하의 말은 모두 헛된 말이라고 반복해서 타일러 그들의 마음을 안정시키라. 또한 방어에 백배 더 힘쓰고 왕산적하를 보는 대로 생포하여 놓고서 조정의 명을 기다리라.

공문을 읽은 반석평은 선임 군관 박장원과 군관 우막개를 비롯해 모든 군관을 빠짐없이 소집했다. 박장원과 우막개는 경흥 부사가 되기 전부터 반석평과 의형제를 맺은 사이로, 셋은 힘을 모아 병사의 수나 질 면에서 괄목할 만한 진전을 이뤄놓은 터였다. 특히 우막개는 병사들과 친구처럼 어울리면서 훈련에 매진하여 강한 전력을 구축하는 데 단단히 한몫을 했다.

반석평이 군관들에게 공문으로 전달받은 첩보를 알렸다.

"왕산적하를 잡을 때까지 오늘부터 관아는 비상에 들어갑니다. 선임 군관은 궐번에 있는 모든 병사를 재소집하여 병사 수를 오백 명으로 유지, 바로 실전에 투입할 수 있도록 준비해주십시오. 또 모든 세작조가 왕산적하 추적에 집중하게 해주십시오. 그리고 형방은 병방과 같이 병기를 점검하고 특히 신기전 확보에 전력해주십시오."

사적인 자리에서는 반석평과 형님, 동생 하는 사이인 선임 군관 박장원이 말했다.

"부사 나리, 지금 당장은 모든 힘을 여진족에 대한 정보 수집에 집중해야 합니다. 병조나 비변사에서 걱정하는 것은 왕산적하를 추종하는 여진족이 강을 건너 조선으로 넘어오는 것입니다. 왕산적하의 움직임도 추적해야 하지만 왕산적하를 추종하는 여진족을 감시하는 것이 급선무라고 생각합니다.”

경험 많은 선임 군관답게 박장원의 상황 파악은 정확했다.

“흠. 그럼 세작조를 여섯 개로 늘리십시오.”

“예, 분부에 따르겠습니다.”

군관들의 사기는 충천했다. 특히 형제의 우애를 지니고 변경을 넘나들며 오랜 시간을 같이한 박장원과 우막개는 그동안 준비해온 실력을 시험해보고 싶을 만큼 자신감이 붙어 있었다.

경흥의 겨울 산하는 가뭄이 계속되어 바짝 말라 있었다. 부사 집무실 제흥당으로 아침 일찍 박장원이 찾아왔다.

“형님, 이렇게 일찍 어인 일이십니까?”

“평안도 절제사가 이끄는 관군에 의해 왕산적하가 패퇴했다는 소식이네. 오백여 명의 부하들을 이끌고 도주했다는군.”

“어디로 도주했답니까?”

“그것이 오리무중일세.”

“세작들의 보고인가요?”

“그렇다네. 도주로는 계속 파악하고 있어.”

그날 오후, 함길도 절제사에게서 다급한 파발이 도착했다.

지난 섣달 초아흐렛날 평안도 절제사가 이끄는 관군 이천 명이 운전평에서 천여 명의 왕산적하 무리를 격파하고, 왕산적하는 오백여 명의 부하들을 이끌고 도주하였다. 변장들은 왕산적하를 놓치지 말고 추적하여 생포하라.

박장원이 전한 세작들의 보고는 정확했다. 반석평은 박장원과 우막개, 이방 겸 형방 오진수와 병방을 불렀다.

"오늘부터는 만호들과의 연합 작전에 매달리지 말고 독자적으로 진행합시다. 시급히 적들의 도주로를 파악해야 합니다. 만약 우리 경내를 지나가는데 놓친다면 이는 최악의 상황이고, 생포한다면 우리는 그동안 땀 흘려 준비한 결과를 얻습니다."

박장원이 답했다.

"세작들의 보고에 따르면, 우리 경내를 통과할 가능성이 가장 큽니다."

박장원은 지도를 펼치며 설명을 이어나갔다.

"우선 여연, 무창을 거쳐 압록강을 넘는 도주로를 생각해볼 수 있습니다. 하나 이 길은 중국 사신들이 왕래하는 대로로서 우리 관군이 이미 지키고 있을 것을 왕산적하가 모를 리 없습니다. 설혹 압록강을 넘는다 해도 그곳에는 그의 또 다른 적인 건주좌위 여진이 기다리고 있기에 남은 것은 회령이나 경흥을 거쳐 두만강을 넘는 길입니다."

"그렇다면 경흥에서의 도주로는 어느 곳이 될지, 언제 지나갈지 검토하고 구역별 경비도 강화하십시오. 이것은 녹도 만호 쪽과 협의를 해야 할 것입니다."

그때 반석평의 머릿속에 신륵사 시절의 겨울 수련이 섬광처럼 떠올랐다.

'겨울 가뭄 때는 산행하기가 좋았어. 잡목이 우거지지 않고 눈도 없으면…… 그래, 산을 탈 가능성이 많아.'

반석평은 박장원에게 당부했다.

"날이 가물어 산을 타고 도주할 가능성이 높습니다. 검토해주세요."

왕산적하를 생포해야 한다는 압박감으로 반석평은 머리가 다 지끈거렸다. 저녁상을 받았으나 반주로 나온 술만 연거푸 석 잔을 들이켜고 상을 물렸다. 홀로 앉아 흔들리는 촛불을 바라보노라니 놓치면 안 될 적에 대한 걱정은 어느덧 밀려나고 티끌 하나 없이 영롱하게 빛나던 정원의 눈이 아련히 떠올랐다. 이한주 대감의 딸 이정원. 꽃망울 맺듯 싹이 터 신분의 높은 벽과 생사의 격랑을 굽이돌며 영근 사랑이었다.

처음에는 종과 아씨마님으로 만났지만 몇 해 뒤에는 오라비와 누이가 된 두 사람이었다. 종과 상전이든 오라비와 누이든 금지된 사이임에는 마찬가지였다. 정원은 다른 남자의 정혼자가 되었다. 그리고 이제는 세상의 어떤 남자도 가질 수 없는 여인이었다.

운명은 끊임없이 두 사람을 갈라놓았지만 생각해보면 애초부터 이룰 수 없는 사랑이었다. 이제는 가슴속에서 정원을 떠나보낼 때가 되었음을 느낀다.

'사랑을 주고 사랑을 받다가 갈라서는 것도 인연이요, 만나면 헤

어지는 것이 인생의 이치이자 하늘의 뜻이 아니겠는가. 이제 그 이치를 받아들이리.'

절절한 그리움과 애통한 감상을 고개를 흔들어 털어내고 반석평은 지필묵을 챙겨 서둘러 먹을 갈았다. 지난해 혼약한 성희영에게 보낼 서찰을 쓰기 위해서였다.

희영도 만개한 복숭아꽃처럼 아름다운 여인이었다. 정원을 마음에 담고 있어 들여놓지 못했던 사람, 이제 평생의 반려로 삼아야 할 사람이었다.

혼약을 맺고서도 자주 연락을 드리지 못했소. 왕산적하로 인한 비상사태가 끝나는 대로 조정에 휴가를 청해 달려가겠소. 그때가 바로 우리의 혼례 날이오. 좋은 날이 어디 따로 있겠소? 우리가 혼인하는 날, 그날이 바로 좋은 날이라고 믿소.

장모가 될 정경부인에게 보낼 호피 한 벌과 산삼을 챙겨 서찰과 함께 보따리에 싸놓고 반석평은 잠자리에 들었다. 한참을 뒤척이다 어느새 잠이 들었는데, 흰 광목 도포에 검정색 유건을 쓴 스승 김수가 뜰에 장승처럼 서 있었다.

'스승님, 이 먼 길을 어떻게 오셨습니까?'

'석평아, 마지막으로 너와 갈 곳이 있어 왔다.'

'마지막으로 갈 곳이라면?'

'보름날 새벽, 송진산 호로골로 오거라.'

'스승님, 바람이 차갑습니다. 우선 안으로 드십시오.'

스승을 모시고 방으로 들어오면서 반석평은 꿈에서 깼다. 황급히 뜰로 나가보니 스승은 없고 멀리 닭 우는 소리만 들렸다. 문득 바람 한 줄기가 스치고 지나갔다. 보름날, 호로골. 마지막으로 갈 곳……. 스승님에게 무슨 일이 생긴 것인가. 가끔 아버님 편에 스승이 계신 신륵사로 시주미를 보내는 것으로 할 일을 다한 것처럼 여긴 자신이 후회스러웠다. 신륵사 솔숲에서 불던 겨울바람이 가슴 한복판을 에이며 지나가는 듯했다.

날이 밝아 등청하자마자 반석평은 박장원과 우막개를 불렀다.

"새로 들어온 정보는 없습니까?"

"이미 압록강을 건넜다는 이야기가 있긴 하지만 헛소문일 게야."

"우리 쪽으로 온다면 어느 길일지 검토했습니까?"

박장원이 지도에서 세 가지 경로를 짚었다.

"날짜는 보름날 전후로 예상하고 있네."

반석평이 우막개에게 물었다.

"네 생각은 어떠냐?"

"저도 큰형님과 같은 생각입니다."

"세작조 전부를 이곳에 집중시켜 주십시오. 회령 아래까지 내려 보내세요. 그런데 세 가지 경로 중에서 이 길이 세 번째가 된 연유는 무엇입니까?"

"이 길은 송진산 호로골로 통하는 길인데……."

"잠깐! 송진산 호로골이라고요?"

"음. 호랑이가 많이 다닌다고 호로골이라고 하는데 나무들이 너무 울창해서 군대가 지나가기에는 좀 어렵긴 하지."

무슨 조화인가. 새벽에 스승님이 나타나 오라고 한 곳 아닌가. 그러나 여기서 꿈 이야기를 할 수는 없었다.

"형님, 이 세 번째 길이 가장 유력합니다. 어제도 말했듯이 지금은 가뭄이 긴 겨울입니다. 잡목은 말라죽었고 눈도 오지 않았습니다. 첫 번째 길과 두 번째 길은 감시조만 보내고 이 길에 덫을 놓읍시다. 요동 제일의 호랑이를 잡는 일입니다. 군사를 배치하고 그물도 치십시오."

반석평은 경흥 군사 육백 명 가운데 오백 명을 동원할 수 있도록 준비하라고 명했다. 이에 박장원이 만약의 경우를 대비하여 이백 명은 남겨둬야 한다고 주장했다.

"만약의 경우는 없습니다. 온몸을 던져야 합니다. 실패할 경우 우리 모두 죽습니다. 단, 만약의 경우가 없도록 세작을 더 많이, 더 멀리 보내십시오."

보름날 하루 전, 반석평은 송진산 호로골에 군사 오백 명을 배치했다. 호로골 오십 리 밖에 세작조를 배치하는 것도 잊지 않았다. 놈들이 회령을 통과했다는 정보는 이미 입수했다. 호로골 산 중턱에 신기전과 궁노들을 배치하고, 굵은 통나무도 베어 굴릴 수 있도록 묶어놓았다. 호로골 입구 양쪽에는 병사들을 매복해 박장원이 진두지휘토록 했다.

왕산적하의 생포가 목표였다. 왕산적하가 다른 길을 선택했을 때를 대비하여 그를 추격할 날랜 말 오십 마리를 오 리쯤 떨어진 곳에 숨겨놓았다.

바짝 긴장해 있는 지휘조에 세작 하나가 도착한 것은 보름날 새벽이 되기 다섯 시간 전쯤인 이경이었다. 그는 오 리 밖에서 적들이 자고 있다는 정보를 가져왔다. 산중이라 밤길 이동을 피하고 새벽에 이동할 모양이었다. 결국 이 길이 맞았다.

예상이 맞았음을 확인하고 반석평은 적이 안심했지만 한편으로는 과연 생포할 수 있을지 긴장이 되었다. 상대는 요동 일대를 휘젓고 다니는 호랑이로 명성이 자자한 왕산적하였다. 그물을 덮어씌우는 방법이 실패하면 최후의 수단으로 박장원, 우막개와 함께 전후좌우로 달려들 작정이었다. 동작 빠른 우막개가 자신은 상대의 목을 치는 데는 자신 있지만 생포는 장담할 수 없다고 했다.

초조한 시간이 흐르고 드디어 동이 텄다. 솔숲 사이로 흐릿하게 호로골이 보일 때쯤 인기척이 나더니 적의 선발대 너덧 명이 나타났다. 선발대는 좌우를 한참 둘러보며 뜸을 들이다 호로골 입구로 진입하여 계속 전진했다. 계획한 대로 선발대는 건드리지 않고 지나보냈다.

선발대가 지나간 한 시간쯤 뒤 본대가 도착해 호로골로 들어섰다. 사백 명은 족히 넘어 보이는 규모였다. 그러나 적들은 한눈에도 지칠 만큼 지쳐 있었다. 창을 땅바닥에 질질 끌며 오는 놈, 어깨에 칼을 걸친 채 넘어질 듯 휘적휘적 걸어오는 놈, 지치고 굶주린 패잔

병의 모습이 역력했다.

잔뜩 긴장하고 있던 반석평이 오히려 당황했다. 이런 자들을 향해 신기전이 불을 뿜어야 하는가. 화살을 날리고 돌과 나무를 굴려야 하는가. 바람 불면 날아갈 것 같은 저 연약한 패잔병들의 목숨을 빼앗아야 하는가.

반석평은 징을 치며 앞으로 나섰다.

"왕산적하는 들어라! 너희는 완전히 포위되었다. 더 이상의 살상은 무의미하다. 항복하라! 무기를 버리고 두 손을 들어라."

순간, 두 발의 화살이 연이어 날아왔다. 왕산적하가 대답 대신 쏜 화살은 정확히 반석평의 왼쪽 어깻죽지와 허벅지에 꽂혔다. 그대로 쓰러져 뒹구는 반석평을 본 조선군의 눈에서 불똥이 튀었다. 누구의 지시도 필요하지 않았다. 와 하는 함성과 함께 공격이 시작되었다. 신기전이 불을 뿜고 궁사들이 화살을 쏘아 날렸다. 병사들은 불 붙은 통나무와 돌덩이들을 굴리며 내려갔다. 적들이 단말마의 비명을 지르며 쓰러져갔다.

뒤늦게 사태의 심각성을 깨달은 왕산적하는 후퇴를 명하고, 자신부터 오던 길을 뒤돌아 내리달렸다. 몇 명이나 살아 뒤따라오는지는 생각할 겨를도 없어 보였다. 그렇게 호로골 입구를 벗어나려는 순간, 스무 평 넓이는 됨직한 그물이 위에서 덮쳤고 왕산적하는 그물에 걸려 어쩔 줄 몰라 하는 맹수 신세가 되고 말았다.

그때 우막개는 정신을 잃은 반석평을 반듯이 눕히고 어깻죽지와 허벅지에 박힌 화살을 뽑고 있었다. 독화살일지도 모르기에 화살이

뽑힌 부위에 입을 대고 피를 빨아냈다.

"형님, 형님!"

우막개는 지니고 있던 약초를 상처 부위에 듬뿍 붙이고 자신의 옷을 찢어 동여맸다. 그런 다음 부상자를 위해 준비한 가마에 반석평을 눕히고 병사들로 하여금 가마를 메고 말이 있는 곳까지 옮기도록 했다.

작전은 세 시간 만에 끝이 났다. 왕산적하를 포함해 생포한 적이 이백스물두 명, 전사자가 이백여든일곱 명이었다. 아군에는 전사자가 없고 부상자가 쉰다섯 명인데 그 가운데 중상을 입은 한 명이 바로 반석평이었다. 뒤늦게 반석평의 부상 소식을 접한 박장원은 반석평을 안고 그와 자신을 한 몸으로 묶은 뒤 말을 몰아 경흥 관아로 내달렸다.

한편 한양 건천동 성참의댁에서는 웃음소리가 담을 넘고 있었다. 경흥 부사 반석평에게서 온 선물과 서찰이 당도한 것이다. 성희영은 반석평의 서찰을 읽고 또 읽었다. 혼례를 치르겠다는 그의 말이 좀처럼 믿기지가 않았다. 좀처럼 마음을 주지 않던 남자였다. 성희영의 어머니 정경부인도 마찬가지였다.

채신 차릴 생각도 없이 호피를 깔아보고 만져보며 좋아하는 정경부인을 지켜보던 아들 참의 성희수가 말했다.

"어머님, 그렇게 좋으세요?"

"그럼, 좋다마다. 사위 될 사람 선물인데. 희영아, 우리 반 부사가 뭐라고 써 보냈느냐?"

"왕산적하인가 그 경흥의 일이 해결되면 휴가를 받아 혼례 치르러 오겠다고 합니다."

성 참의가 무슨 일인지 알아채고는 한마디 보탰다.

"지금 북방에서는 왕산적하 때문에 비상이 걸렸을 게다. 전하께서도 걱정하고 계시는 일이니."

"그 무리가 얼마나 되기에 전하께서도 걱정을 하시나?"

"처음에는 천여 명이었는데 운정평 전투에서 패퇴하고 남은 놈들이 오백 명 정도라고 합니다."

"우리 반 서방이 걱정되는구먼. 참의, 외직에 있으면 아무래도 위험할 텐데 반 서방이 내직으로 들어올 수는 없나?"

"어머님, 반 서방 본인이 내직을 바라지 않고 정식으로 부임한 지도 얼마 되지 않습니다. 경흥 부사가 어때서요. 반 서방의 품계보다 두 품계나 높은 자리입니다."

"그건 그렇지만, 혼례 치르고 나면 희영이가 그곳으로 가야 하나 싶어서 그러지."

"그러면 당분간 희영이는 여기 있고 반 부사만 경흥에 있어도 되지요. 변방에 나가 있는 지방관들은 대개 그렇게 하고 있습니다."

그러자 성희영이 발끈하고 나섰다.

"싫어요. 서방님 혼자 경흥에 있게 하는 건. 그곳에 관기는 또 얼마나 많다고요."

성희영의 말에 정경부인도 성 참의도 소리 내어 웃었다.

"우리 희영이가 벌써 질투까지 하네. 하하."

"아이참, 오라버니도."

경흥 관아로 후송된 반석평의 상태는 심각했다. 경흥뿐 아니라 함흥에서도 명의란 명의는 모두 불러왔지만 반석평은 깨어나지 못했다. 독화살은 아니었지만 어깻죽지의 상처에 염증이 심해 고열이 일어나고 고열로 인해 혼수상태가 계속되고 있었다.

남은 일은 함길도 절제사가 도착하여 진두지휘했다. 왕산적하를 함흥으로 이송하고 비변사에 장계를 올렸다.

장계를 받은 비변사 제조는 임금께 바로 보고했다.

"경흥 부사가 왕산적하를 생포했으나 많이 다쳤다고?"

"예, 전하. 고열에 아직 혼수상태라 하옵니다."

"어허, 이런. 왕산적하를 어찌 처벌할지, 운전평 전투와 이번 생포 작전에 공을 세운 이들에게 어떤 포상을 내리는 것이 합당할지 의논하여 보고하라."

조정에서 이 소식을 들은 성 참의는 퇴청 즉시 반석평의 본가가 있는 여주에 사람을 보내고 정경부인과 희영에게도 소식을 알렸다. 어제의 기쁨이 하룻밤 새 놀라움과 슬픔으로 뒤바뀌었다. 그러나 희영은 웬만한 일에는 눈 하나 깜짝하지 않을 만큼 강단 있는 여인이었다. 갑자사화로 집안이 풍비박산 났던 그때 이미 최악의 상황을 겪어본 희영이었다.

"오라버니, 당장 제가 경흥으로 가도록 허락해주세요. 제발 제가 가서 그분 곁을 지킬 수 있도록 해주세요, 오라버니."

이튿날 새벽, 가마꾼 열 명과 여종 두 명을 동반하고 성희영은 경흥 가는 길에 올랐다. 참으로 멀고 험한 길이었다. 경흥에 도착했을 때, 가마꾼과 여종들은 여독에 지쳐 쓰러졌다. 희영만이 꼿꼿이 정신을 차리고 관아에 도착하자마자 반석평에게 달려갔다.

반석평은 눈을 감고 반듯하게 누운 채 진땀을 흘리고 있었다. 의식이 없는 속에서 반석평은 스승 김수를 만났다.

'스승님, 진정 가시렵니까? 제가 모시고 가면 안 됩니까? 스승님 홀로 그 먼 길을 어떻게 가려고 하십니까?'

'네가 올 수 없는 곳일뿐더러 너는 해야 할 일이 많으니 따라오지 마라.'

'안 됩니다. 저를 두고 가지 마십시오.'

'이놈, 스승의 말을 듣지 않을 참이냐?'

'스승님!'

반석평의 오른손이 부들부들 떨리며 무언가를 움켜쥐려는 듯했다. 뜨거운 그 손을 희영이 꼭 잡아 쥐었다.

"저예요, 희영이에요. 정녕 저를 못 알아보시겠어요?"

순간, 거짓말처럼 반석평이 눈을 떴다.

한동안 희영을 물끄러미 쳐다보던 반석평이 힘없는 목소리로 물었다.

"여기가 어디인가?"

"경흥 관아예요."

"그런데 당신이 어떻게 여기를……."

희영의 눈에서 눈물이 떨어졌다.

"더 이상 말하지 않으셔도 돼요. 힘들잖아요."

반석평의 눈에도 눈물이 맺혔다. 반석평은 희영의 손을 잡은 자신의 손에 힘을 꽉 주었다. 희영이 반석평의 넓은 가슴에 얼굴을 묻었다. 어두운 밤하늘에 오랜 가뭄을 끝내는 눈이 흩날리고 있었다.

이튿날 아침, 환자를 살펴본 의원은 깜짝 놀랐다.

"어제까지만 해도 위중했는데 신기한 노릇일세. 염증도 없고, 열도 내리고, 맥도 좋고."

오늘부터는 산삼으로 몸을 보하는 일만 남았다는 말을 남기고 의원은 돌아갔다. 아침에 들른 박장원과 우막개도 의식을 되찾은 부사를 기쁘게 바라보았다.

"이게 어떻게 된 일이야. 하룻밤 사이에 멀쩡하게 만들어놓다니, 희영 아씨가 약사불이셨구먼. 허허허."

우막개도 만면에 웃음을 띠고 희영을 보며 물었다.

"간밤에 대체 무슨 일이 있었던 겁니까?"

희영의 얼굴이 붉어졌다.

"아니요, 아니요. 아무 일도 없었어요."

누운 채 빙긋 웃고 있던 반석평이 우막개에게 말했다.

"사실은 어제 스승님 꿈을 꾸었어. 먼 길을 떠난다고 하시기에 같이 가자 했더니 화를 내시며 너는 남아서 해야 할 일이 많으니 안 된다고 하셨지. 그리고 눈을 떴는데 희영 아씨가 있더군."

반석평의 말을 조용히 듣고 있던 박장원이 그간의 일을 간략히 보고했다.

"왕산적하는 한양으로 압송되어 갔고 생포한 여진족들은 모두 건원보 노예로 끌려갔네. 운정평 전투와 송진산 전투에서 공을 세운 이들에 대한 포상도 곧 내려올 것이야. 다 잘되었어. 걱정하지 않아도 되네."

젊은 반석평의 몸은 빠르게 회복되어 이틀날 저녁에는 희영과 겸상으로 식사를 할 수 있을 정도가 되었다. 밖에는 다시 함박눈이 소복소복 내리고 있었다. 겨울 가뭄도 끝나고 나라를 어지럽히던 왕산적하도 잡혀 그지없이 평화로운 풍경이었다.

"오늘은 국화주를 한잔하고 싶군."

"안 됩니다, 아직은."

"괜찮아. 상처도 아물었으니 한 잔이 아니라 한 말이라도 마실 수 있지."

"그럼 한 잔만."

"잔은 두 개가 필요하오."

"예?"

"합환주를 하려면 잔이 두 개 필요하지 않겠소?"

희영의 가슴이 쿵쿵 뛰기 시작했다.

한 잔의 합환주가 두 잔, 석 잔이 되니 포근히 눈 내리는 밤에 춘정이 무르익었다. 보드랍게 땋은 희영의 머리채는 봉긋한 가슴에 드리워져 옷고름에 맞닿았고, 국화주에 더욱 발그레해진 얼굴을 들지 못해 고개를 숙이고 다소곳이 앉은 희영의 모습이 선녀처럼 고

왔다.

손을 잡아끌자 희영이 반석평의 가슴속으로 파고들었다. 앵두 같은 입술에서 가냘픈 숨소리가 새어나왔다. 반석평이 입김을 불어 촛불을 끄자 방 안에는 치마저고리 흘러내리는 소리만 들렸다.

반석평과 성희영의 첫날밤이 치러진 경흥에 전교가 내려왔다. 경흥 부사 반석평은 한 품계 승차하여 홍문관 교리, 선임 군관 박장원 역시 한 품계 오른 건원보 판관으로 임명한다는 내용이었다. 우막개도 정구품 사용에 임명되어 박장원과 함께 건원보 근무를 하게 되었다. 그밖에도 참전한 경흥 관내 군사들에게 크고 작은 포상이 따랐다. 경흥 관아가 생긴 이래 가장 큰 경사였다.

그즈음 여주 본가에서는 반석평의 아버지가 아들의 소식을 접하고 열흘이 넘도록 자리보전 중이었다. 그는 당장이라도 경흥으로 달려가고 싶은 마음을 억누르는 대신 아들의 쾌유를 비는 불공을 부탁하러 신륵사로 향했다.

신륵사에 도착했을 때 주지스님에게서 들은 뜻밖의 이야기는 김수가 세상을 떠났다는 소식이었다.

이한주 대감의 자녀 이정원과 이오성을 가르치다 오성의 시종 반석평을 보고 한눈에 반했던 김수였다. 이한주 대감의 마음을 움직여 반석평을 정원과 오성과 함께 공부하게 해준 은인, 반석평으로 하여금 이참판댁 종이 아니라 백성의 종으로 살게 이끌어준 그 스승이 세상을 떠난 것이다. 제자를 위해 영혼을 내어준 김수는 그렇게 소리 없이 떠나가고 화장되어 유골만이 칠성당에 안치되어 있었다.

반석평은 홍문관 교리로 승차해 한양으로 부임하고 혼례도 올렸다. 스승의 유골을 선산에 모시기 위해 신부 성희영과 함께 여주의 신륵사 백련암을 향하는 길, 하늘은 푸르렀고 신록이 눈부셨다. 남한강을 거슬러 올라가는 황포돛단배에는 반석평 내외를 제외하면 늙은 사공뿐이었다. 새카맣게 그을린 얼굴에 주름이 가득한 사공이 상앗대로 배를 밀어 강으로 들어서자 강바람에 희영의 머리카락이 나풀거렸다. 바람에 팔락이는 연분홍 비단치마 자락을 부여잡고 웃는 신부는 눈부셨다.

출렁이는 강물을 밀어내고 배는 신륵사 나루터에 닿았다. 백련암에 도착하자 유골과 함께 스승의 짧은 유서가 무명천에 곱게 싸인 채 반석평을 기다리고 있었다.

너는 백성의 종으로 다시 태어난 사람이다. 벼슬이 어디에 있든 너의 몸과 마음은 늘 아래로 향해 있어야 하느니라. 외직을 즐거이 받고 겸손하고 또 겸손하여라.

하늘과 땅 사이로 푸른 남한강이 흘러간다. 상선약수. 스승이 평생을 마음에 담고 살았던 화두였다.

'물이 아래로 흐르는 것은 아래에 무엇이 있어서가 아니다. 그저 물이기에 아래로 흐른다. 그것이 자연의 이치이고 순리다. 그 이치와 순리를 따르는 것을 겸손이라 한다. 물이 위로 거슬러 오르거나 물이 흐르지 않으려는 일은 있을 수 없다. 물이 아래로 흐르면서 누

가 그것을 알아주기 바라는 것도 이치에 맞지 않다. 사람도 이와 같
아야 한다.'

세상의 법도를 논하기 이전에 자연의 본성인 자연스러움이야말
로 지혜임을 일깨워주신 스승, 끝없는 사랑을 베풀고 홀연히 떠나
간 스승, 한 사람의 종이 아닌 이 나라 백성의 종으로 살라 하신 스
승이 남긴 마지막 선물을 안고 아스라이 펼쳐진 남한강을 바라보며
반석평은 자신의 굴곡진 지난날을 되돌아보았다. 갑자기 남한강의
물결이 만경강의 물결로 바뀌더니 꿈같은 만경강에서의 옛날이 주
마등처럼 펼쳐졌다.

2장

반석린의 소실 장구월

김제평야의 젖줄 만경강. 이 만경강을 사이에 두고 오른쪽 만경리에는 반석린의 본가가, 왼쪽 회현리에는 그의 측실과 세 아들이 사는 별가가 있었다. 반석린은 한 달에 한 번 만경강을 넘어 측실 회미 장씨와 아들 석정, 석평, 석권이 사는 별가에 들러 열흘씩 머물다가곤 했다. 그런 반석린이 벌써 석 달째 소식이 없었다.

"이 양반이 어디 아픈가?"

장씨의 혼잣말에 열네 살 된 첫째 석정이 아비 걱정을 했다.

"지난번 오셨을 때 기침을 많이 하시던데……."

열 살 난 막내 석권은 엉뚱한 소리를 했다.

"지난번에 아버지가 회초리로 나를 막 때렸잖아. 글 못 읽는다고."

반석린은 올 때마다 석정, 석평, 석린에게 글을 가르쳤다. 그것은 그가 세 아들에게 해줄 수 있는 유일한 일이었다. 반석린은 언제나 글을 읽었다. 장씨가 최부자댁에 드나들며 손이 부르트도록 일을 하고 가을에는 세 아들과 같이 들에 나가 해질녘까지 이삭을 주울 때도 방에 누워 책만 읽었다.

반석린이 오지 않아 걱정이 길어지던 어느 날 밤, 장씨는 이상한 꿈을 꾸었다. 얼어붙은 만경강 위로 반석린이 백마를 타고 다가오더니 슬픈 얼굴로 말했다.

'내가 미안하네…… 애들을 부탁하오…….'

그러고는 말머리를 돌려 멀리 사라져갔다. 애타게 불렀지만 돌아보지도 않고 떠나갔다. 잠에서 깬 장씨의 가슴이 덜컥 내려앉고 심장이 펄떡펄떡 뛰었다. 불안감과 두려움이 엄습하며 온몸을 옥죄었다.

"이 양반에게 무슨 일이 있는 게 틀림없어……."

장씨는 날이 밝자마자 둘째 석평을 최부자댁에 보내 신열이 있어 오늘은 일하러 못 간다고 기별하고, 첫째 석정을 데리고 집을 나섰다. 심상치 않은 장씨의 태도에 석정도 불안한 모양인지 말없이 터벅터벅 어미 뒤만 따랐다.

강을 질러가면 오 리밖에 안 되는 길을, 봄바람에 강물이 풀려 에둘러 가자니 만경리까지 반나절이나 걸렸다. 반석린을 찾아가는 길고 더딘 길, 장씨의 머릿속에 지난날들이 주마등처럼 스쳐 지나갔다.

장씨의 어미는 한양 필동에서 몇 대를 이어온 대갓집, 이참판댁의 종이었다. 어미의 이름은 구월이. 어느 날 구월이를 덜컥 임신시킨 아비도 어느 대갓집 종으로 성이 장가였다는 것만 어렴풋이 기억났다.

종이 임신을 한 일은 기르던 짐승이 어디서 새끼를 배고 온 경우와 별다르지 않았다. 그렇게 마소와 같은 취급을 받은 구월이는 딸아이를 낳고 사흘 만에 산후통으로 세상을 떠났다. 어미 없이 홀로 남은 갓난아이를 이참판댁 여종들은 경쟁하듯 정성스럽게 키웠다. 어미의 이름을 이어받아 아이의 이름도 구월이, 장구월이었다.

열여덟 살이 된 장구월은 어미처럼 절색이었다. 적당한 키에 윤기 흐르는 새카만 머리칼, 오똑한 콧날에 백옥 같은 피부는 남정네들의 눈길을 빼앗아갔다. 잘록한 허리에 풍성한 엉덩이도 날이 갈수록 요염해져 갔다. 여느 대갓집 같았으면 벌써 대감의 먹잇감이 되었으리라. 군자 같은 성품의 이한주 참판은 그토록 아름다운 꽃을 꺾기는커녕 쳐다보지도 않았다. 틈을 노리는 건 수노 정석수였다. 수작을 걸지 못해 안달을 내다가 상사병에 걸려 몇 날을 시름시름 앓기도 했다. 그러나 막상 그녀를 채간 사람은 다른 사내였다.

반석린. 그는 이참판댁 반 행수의 친척이었다. 구월은 생각했다.

'면천은 물론 평생 손에 물도 묻히지 않게 해주겠다는 말을 믿지는 않아. 하지만 양반이니까. 그러면 자식들도 노비가 아닐 테고. 씨가 양반이면 당연히 자식도 양반이겠지. 볍씨 뿌리면 벼가 자라지 보리가 자라나?'

수노 정석수의 간절한 눈길을 외면하고 반석린을 따라나선 구월은 종모법이 무엇인지도 몰랐다. 아무리 씨가 양반이라도 밭이 천이면 자식도 천이 된다는 법도를 몰랐던 구월의 실수는 오래지 않아 뼈저린 후회로 이어졌다.

만경강을 두고 드넓게 펼쳐진 평야, 강을 끼고 왼쪽으로 돌아가면 서산 아래 백여 호가 넘는 집들이 강을 굽어보고 있는 회현리. 마을 뒤쪽에 반석린이 마련한 별가에 들어선 구월의 꿈은 부풀고 가슴은 탁 트인 강처럼 시원했다.

그러나 구월의 꿈은 채 일 년이 못 가 하나둘씩 깨지기 시작했다. 끝없이 펼쳐진 너른 들판이 있는데도 양식은 떨어지기 일쑤였고 생활은 늘 쪼들렸다. 반석린에게 있는 것이라고는 서책 몇 권과 알량한 양반 상투뿐이었다. 그나마 몇 대째 벼슬을 못하여 양반 행세를 하기도 어려워지고 있었다. 그래도 입만 열면 조상 반충을 들먹였다. 개국공신으로 광주백(光州伯)을 지냈던 반충은 반석린에게 남아 있는 자존심의 전부였다.

첫째 석정, 둘째 석평, 셋째 석권이 차례로 생기면서 장씨의 희망은 절망으로 바뀌었고 절망이 다시 오기로 바뀌었다. 수노 정석수를 버리고 반석린을 선택한 자신의 실수를 인정하기 싫어 장씨는 더 억척같이 살았다.

"어머님! 좀 쉬었다 가요."

첫째 석정의 고함에 깜짝 놀라 장씨는 끝없는 상념에서 현실로 돌아왔다. 저만치 산 아래 반석린의 본가가 보였다.

모자가 반석린의 본가에 다다르자 늙은 종이 안채로 두 사람을 안내했다. 정실 박씨가 나타날 때까지 장씨는 어디선가 반석린이 나올 것만 같아 사방을 두리번거렸다. 그러나 반석린의 흔적은 없고 집안 분위기는 한없이 침울했다.

정실 박씨가 나오더니 장씨 모자를 보고 측은하다는 표정을 지었다. 묵묵히 장씨의 얼굴만 바라보던 박씨가 드디어 입을 열고 낮은 목소리로 말했다. 반석린은 설을 쇠고 난 뒤 시름시름 앓더니 지난 이월 보름날, 유언도 없이 바람처럼 떠나버렸다는 것이다. 박씨의 말이 만경강에 불어오는 초봄의 회초리 바람처럼 장씨의 귀를 따갑게 후볐다.

"네 팔자도 어찌 그리 박복하냐? 혹시라도 뭐 남긴 게 없나 하는 생각은 아예 하지 마라. 여기저기 빚만 남겼으니."

박씨가 유일하게 허락한 것은 빈소에 절하고 곡하는 것뿐이었다.

장씨의 곡소리는 처절했다.

"석정이 아버지, 우리는 어떻게 합니까? 우리는 어떻게 살란 말입니까?"

어미의 슬픈 울음에 석정도 따라 울었다.

"아버님, 아버님!"

그날 밤, 장씨는 만경강가에 세 아들을 세워놓고 반석린이 사용하던 물건들을 모조리 태웠다. 헌옷 태운 재가 불꽃과 함께 여기저기 흩날리며 하늘 높이 날아갔다.

유품이 타들어가는 타닥타닥 소리에 맞춰 장씨는 저도 모르게 신명 들린 듯 구슬픈 소리를 냈다. 이참판댁 종살이 할 때 여종들과 함께 부르던 가락이었다.

　　매화와 이별한 뒤 눈물이 흥건
　　와서 보니 임은 가고 외로운 무덤뿐
　　반한 정 어설져 인정이 흐려
　　황혼의 반혼인가 착각을 하네
　　어이 하나 어이 하나
　　청춘은 사라지고
　　어이 하나 어이 하나
　　사랑은 시들고
　　어이 하나 어이 하나
　　임은 바람처럼 사라졌네

이튿날, 장씨는 제물을 차려놓고 세 아들에게 절을 하게 했다. 이곳 회현리를 떠나는 마지막 의식이었다. 다만 이참판댁에 신공(노비가 신역 대신 삼베나 무명, 쌀, 돈 따위로 납부하는 세)을 지불할 수 없기 때문에 장씨가 신역하러 이참판댁에 들어가든지 아이들 가운데 하나를 종으로 보내야 했다.

장씨가 세 아들을 앉혀놓고 말했다.

"석정이는 맏이니까 안 되고, 석권이는 너무 어려 안 되고, 석평이뿐이로구나. 석평이가 우리 셋을 대신해 이참판댁에 종으로 들어가야겠다."

장씨의 말은 여지가 없는 오금이었다.

"어머님, 그곳에 가면 뭘 하는데요? 글공부도 할 수 있나요?"

"시키는 일을 하면 된다. 공부는 남모르게 해야 돼. 하지만 먹는
건 얼마든지 먹을 수 있단다. 이참판댁은 상전들이 모두 사람이 좋
고 열심히 일하면 면천을 시켜주기도 하지. 더구나 그 댁 행수가 나
와 잘 아는 사이니 너를 잘 봐줄 것이야."

막내 석권은 배불리 먹는다니까 무엇보다 그것이 좋은 모양이
었다.

"제가 가면 안 돼요?"

"너는 아직 어려서 안 되고…… 석평이는 머리가 좋고 글을 잘하
기 때문에 대감 나리의 귀염을 받을 수 있을 것이야. 그러니 너무
불안해하지 않아도 된단다."

말은 그렇게 해도 홀로 종살이를 하러 갈 생각에 떨고 있는 아들
을 보니 장씨는 마음이 찢어지는 듯했다.

"내가 돈을 많이 벌면 너를 찾으러 가마. 면천에 드는 돈이 말 한
마리 값이라니까……."

장씨는 세 아들을 데리고 집집마다 돌아다니며 작별인사를 했다.
이제 한양으로 간다고, 아이들이 커서 출세하면 다시 찾아오겠다며
만경강을 멀리 돌아 회현리를 떠나갔다.

3장

이참판댁 종 반석평

산봉우리에 아직 희끗희끗 잔설이 보이는 이월 말, 기품 흐르는 기와집들이 늘어선 한양 필동이었다. 목면산 아래로 소나무 숲이 펼쳐져 있고 그 소나무 숲 아래에 이참판댁이 있었다. 바깥 행랑채와 안쪽 행랑채, 대청과 사랑채, 안대청과 안채, 별채, 곳간, 광 등 열다섯 칸짜리 규모 있는 기와집이었다.

십삼 년이 지났는데도 변한 것이 없었다. 수노였던 정석수가 각고의 노력 끝에 행수가 된 것 외에는. 정석수는 성격이 중후하고 매사 일처리가 확실하여 이 참판의 절대적인 신임을 받아 면천되고 행수 자리에 이르렀다.

장씨는 석평을 데리고 행랑채의 집무실에서 정석수를 만났다.

"축하해요."

"……."

만감이 교차했다. 구월은 여전히 아름다웠지만 곳곳에서 세월의 흔적이 배어났다. 정 행수 역시 한 여자에 대한 열정을 일에 대한 열정으로 바꾸어 살아온, 관록이 묻어나는 중년 사내가 되어 있었다.

"세월이 많이 흘렀는데도 여전히 아름답군."

"별소리를……."

"남편 소식은 들었어."

"내가 죄를 받는 거지."

"아이 이름이 반석평이라 했지?"

"부탁해, 석평이가 아직 어려서."

"석평이는 내가 아들 삼아 돌보아줄 테니 걱정하지 마."

"요즘도 종이 많나?"

"옛날 한창 많을 때보다야 적지만 아직도 여기 있는 사환노비가 서른 명, 여주 장원에 있는 외거노비가 일흔 명쯤 돼."

"정부인마님은 잘 계시고? 도련님은 몇 분이야?"

"정부인마님은 자주 편찮으셔. 아씨마님과 도련님이 한 분씩 있고. 대감 나리는 지금 안 계시니 안채에 들어가 정부인마님과 유모와 침모들에게 인사나 하고 돌아가. 석평이는 여기서 나에게 인계하고."

한쪽 구석에 침울하게 앉아 두 사람의 이야기를 듣고 있던 석평은 어미가 떠나려 하자 와락 울음을 터뜨렸다.

"어머님, 저도 돌아갈래요. 여기 무서워요."

치맛자락을 붙잡는 석평을 장씨는 모질게 떼어냈다.

"이거 놓아라."

"돌아가면 무슨 일이든 하겠어요. 돈 벌어서 신공 바치면 되잖아요. 네? 어머님!"

눈물로 뒤범벅된 얼굴로 석평은 어미의 다리를 잡고 늘어졌다.

"그렇게 얘기했는데도 못 알아들어? 이 손 놓지 못해!"

장씨는 석평의 두 손을 탁 쳐서 떨어뜨리고는 뒤로 돌아 대문을 향해 뛰어갔다. 순식간이었다. 정 행수가 쓰러져 우는 석평을 조용히 안아 일으켜 눈물을 닦아주었다.

장씨는 어서 이 집에서 멀어져야 한다는 생각에 한참을 뛰어 동네 밖까지 나갔다. 인적이 없는 곳에 이르러서야 뒤를 돌아보고 참았던 울음을 터뜨렸다. 처연한 오열이었다. 이승에서의 영원한 이별이 될지도 모른다는 생각에 땅바닥에 주저앉아 장씨는 한참을 그렇게 울었다.

"저 어린것이 종살이를 어떻게 견뎌낼꼬."

그러나 이윽고 눈물을 훔친 장씨의 입에서는 찬물에 빨랫방망이질하듯 말이 떨어졌다.

"차라리 잘된 일이야. 열매가 익으면 나무에서 떨어지는 것이 자연의 이치이듯. 석평이는 똑똑하니 잘 헤쳐나갈 거야. 석평이 아버지, 하늘에서라도 당신 아들을 좀 돌봐주세요. 우리 석평이를……."

어미가 울음을 삼키고 있을 무렵, 석평에게는 호된 신고식이 기다리고 있었다. 종들이 사용하는 바깥 행랑채, 그중에서도 주로 젊은 남자종들이 쓰는 행랑 안채에서 젊은 남자종 일곱 명이 석평을 가운데 놓고 둘러앉았다. 그 가운데 제일 막내인 열일곱 살 꼼보가 신고식을 진행하기 시작했다.

"어디서 왔어? 이름은?"

"전라도 김제에서 온 반석평이라 합니다."

"아비어미 이름은?"

"아버지는 반석린, 어머니는 장구월."

"어미가 종이구먼. 아비는 뭐 했어?"

"학식이 많은 선비입니다."

"선비는 무슨. 자식 하나 간수 못하는 양반 거지들이지."

"아닙니다. 우리 아버지는 광주 반씨로 조상이 광주백을 지내셨던……."

순간, 석평의 턱으로 주먹이 날아들었고 다음엔 발길이 가슴을 내리쳤다. 석평은 신음을 내며 고꾸라졌으나 바로 다시 일어섰다. 그래도 울지는 않았다.

"바지 벗어. 속곳도 전부 벗고 고추를 내놔봐."

"양반 씨는 어떻게 생겼는지 좀 보게."

종들이 킥킥대는 속에 석평은 바지를 벗었다. 그러나 속곳은 벗지 않고 버텼다. 꼼보가 뺨을 후려쳤다. 화끈거리는 뺨을 감싸 쥘 때 물개라는 또 다른 놈이 달려들어 마지막 속곳을 벗겼다.

"와…… 어린 놈이 좆만 키웠네."

"양반이라더니 아비가 소야, 개야? 그것만 크게."

물개가 음경을 건드리자 더는 참지 못한 석평은 눈을 치켜뜨고 놈을 노려보았다.

"어쭈, 이 새끼가?"

물개와 함께 꼼보가 달려들며 무자비하게 석평을 때리고 발로 찼다. 코피가 터졌다. 피를 본 순간 석평은 자신의 속곳을 벗기고 음경을 건드려 모멸감을 준 물개에게 돌진했다. 두 팔로 놈의 양다리를 잡고 나뒹굴었다. 뒤엉킨 둘이 바닥을 몇 바퀴나 굴렀다.

아무도 상상하지 못한 일이었다. 불과 열두 살짜리 아이가 열일곱 살 청년에게 순간적으로 반격한 것이다. 열다섯 살 먹은 아이들만큼 키가 큰 석평이었지만 비쩍 말라 열일곱 살짜리에게 대들 만큼 힘이 있어 보이진 않았다. 석평이 반격하리라고는 아무도 예상 못했기에 일어난 일이기도 했다.

그때였다. 개중에 제일 연장자인 종이 신고식의 끝을 선언했다. 일격을 당했던 물개가 수용할 수 없다고 항의했으나 그는 석평에게 뒷마당 우물가에 가서 코피를 씻으라고 내보낸 뒤 종들을 둘러보며 말했다.

"너희들이 뭘 몰라서 그러는데 저 아이, 정 행수 양아들이야. 조심들 해."

석평은 어둠 속에서 우물을 찾아 얼굴을 씻었다. 정신이 번쩍 들면서 문득 서러움과 외로움이 물밀듯이 밀려왔다. 칠흑같이 어두운 그믐밤 하늘에는 별들이 총총히 떠 있고 우물 속에도 별이 박혀 있었다.

"아버님…… 어머님…… 흐흑……."

이때 멀찌감치 떨어져 석평을 보고 있는 눈이 있었다. 늑대처럼 하늘을 쳐다보며 슬피 우는 소년이 너무도 가여워 그 모습을 엿보던 어린 계집아이도 같이 눈물을 훔쳤다.

본래 상전들에게 종 하나 들어오고 나가는 건 신경 쓸 일이 아니었다. 종도 재산이니 재산 변동 사항처럼 보고만 하면 되는 것이다. 그런데 정 행수는 굳이 이 참판에게 석평을 데려가 인사를 시켰다.

"나리! 이 아이가 장구월과 반석린의 둘째 아들입니다. 이번에 반석린이 죽고 이 아이가 장구월의 신역 대신 사환을 하러 들어왔습니다."

"반석린이라면, 예전 반 행수의 친척 말인가?"

"예, 대감 나리."

"그래, 너는 몇 살인고? 이름이 무엇이냐?"

반석평이 한 걸음 앞으로 나와 절하며 대답했다.

"저는 올해 열두 살이고 이름은 반석평이라 하옵니다."

석평이 또록또록 말하고 도로 한 걸음 물러나니 이 참판이 보일 듯 말 듯 미소를 지었다.

"음, 똑똑하군. 관상도 좋고."

정 행수는 석평에 대한 이 참판의 칭찬과 관심에 괜스레 기분이 좋았다. 그러나 그때 이 참판은 오성이 생각을 했다. 오성은 지적 장애를 보이는 이 참판의 외동아들이었다.

"정 행수, 이 아이를 오성이 수종으로 붙여 함께 친구나 하도록 하게."

"나리, 친구라뇨. 반천이 엄한데요."

"그건 그렇지만 오성이에게는 적당한 친구가 필요해. 비록 수종이지만 때로는 말동무가 될 수도 있을 거야."

정 행수는 이 참판의 뜻이 어디 있는지 알았다.

"예, 나리."

"그건 그렇고, 스승님은 매일 오시는가?"

이 참판은 딸 정원과 아들 오성을 위하여 지난해부터 어릴 적 동문수학했던 김수를 정원과 오성의 스승으로 초빙한 터였다.

김수는 자그맣고 깡마른 체구에 성격은 꼬장꼬장했다. 머리가 비상하고 재주가 많으나 세상을 보는 눈이 남달라 현실 적응에 어려움을 느껴 과거를 포기했으나 사서삼경은 물론 노장부터 《주역》, 풍수, 도참사상에 이르기까지 그 학문의 깊이를 가늠하기 어려운 경지에 이른 인물이었다.

'배우기만 하고 생각하지 않으면 오묘한 진리를 이해할 수 없고, 생각만 하고 배우지 않으면 위태로운 사상에 빠진다.'는 《논어》의 〈위정편〉을 학문의 신조로 삼고 있는 김수는 생각하고 배우고, 배우고 생각하기를 멈추지 않았다. 누군가 왜 출사하지 않고 그토록 배우고 생각하기만을 반복하느냐고 물으면 그는 늘 이렇게 대답했다.

"자연의 이치와 세상의 이치를 깨쳐 사람이 살아야 할 도를 아는 것이 배움이요, 배워 익힌 도를 행하며 사는 것이 진리인데, 배워도 생각하지 않고 생각만 하고 배우지 않은 무리들이 판을 치는 세상에는 나가지 않겠소.”

그런 김수의 성품과 학문의 깊이를 익히 아는 이 참판은 그를 정원과 오성의 스승으로 삼고 한편으로 그의 궁핍한 살림을 도와주고 있었다.

“예, 하루도 빠지는 날 없이 매일 두 시간씩 열심히 가르치고 있습니다.”

“지금은 무엇을 가르치고 있는가?”

“도련님은《천자문》, 아씨에게는《동몽선습》을…….”

“음, 그래…… 후.”

깊은 숨을 내쉬며 이 참판은 석평을 유심히 뜯어보았다. 한 식경이 넘었는데도 똑바로 서서 움직이지 않고 있는 반석평이 열두 살 먹은 아이라고는 믿기지 않았다.

“심지가 있군.”

“예?”

“아니야. 저 아이를 데리고 나가게.”

그렇게 석평은 오성의 수종이 되었고, 정원과 오성이 사숙(私淑)에서 큰 소리로 글을 읽을 때면 문 앞에서 대기하고 있어야 했다. 소위 서동으로, 안에서 필요한 것이 있다고 하면 즉시 대령해야 하기 때문이었다.

그날도 석평은 문 앞에 대기하며 글 읽는 소리에 귀를 기울였다. 아버지 반석린에게 배워 이미 알고 있는 내용이었지만 낭랑한 정원의 목소리를 듣는 것이 괜히 기분 좋았다.

처음 보았을 때, 석평은 정원이 상전이란 사실도 잠시 잊은 채 넋을 놓고 바라보았다. 연분홍 치마저고리에 빨간 댕기머리를 한 정원도 석평에게서 눈길을 떼지 않았다. 새침한 얼굴, 그러나 빨려들 듯한 크고 검은 눈동자가 석평을 뚫어지게 바라보았다.

"석평이라 합니다, 아씨마님."

정원은 석평이 며칠 전 밤 뒷마당에서 하늘을 보며 혼자 울던 아이라는 걸 알았다.

"응, 네가 석평이니? 우리 오성이를 잘 챙겨줘."

정원이 카랑카랑한 목소리로 말했다.

석평은 김수에게도 인사를 했다. 그는 석평을 보고 깜짝 놀라며 물었다.

"너는 누구냐?"

"저는 오성 도련님의 수종 반석평이라 합니다."

"반석평이라…… 어디서 왔는고?"

"전라도 김제 회현리에서 왔습니다. 반석린의 아들로…….'

"어미가 종이냐?"

"예, 장구월이라고."

"상이 좋구나. 혹시 글을 배운 적이 있느냐?"

"예, 아버지에게서 배웠습니다."

"《천자문》은 떼었더냐?"

"예, 《동몽선습》도 떼고…….'

“음, 알았다.”

놀란 표정을 감추지 못한 채 김수는 석평에게서 한동안 시선을 떼지 못했다.

정 행수의 비호 아래 석평이 이참판댁에 안착하는 데는 그리 오랜 시간이 걸리지 않았다. 조용하고 겸손하며 신중한 성격의 석평은 상전들은 물론 다른 종들에게도 듬뿍 사랑을 받으며 지냈다. 그러던 어느 날, 석평이 글방 청소를 하다가 바닥에 떨어진 서책《자치통감》을 펼쳐 시간 가는 줄 모르고 읽고 있을 때 이 참판이 불쑥 들어왔다.

“네가 이 책을 읽을 줄 아느냐?”

석평이 식은땀을 흘리며 머리를 조아렸다.

“예, 용서해주십시오. 대감 나리.”

호통과 큰 벌이 떨어질 것으로 짐작하고 벌벌 떨고 있는데 뜻밖에도 이 참판은 아무 말 없이 방을 나갔다. 그리고 곧이어 정 행수에게서 전갈이 왔다. 앞으로 정원, 오성과 함께 글방에 들어가 같이 공부하라는 특전이 내려온 것이다.

이런 말도 안 되는 일이 생긴 데는 김수의 입김이 크게 작용했다는 후일담은 차치하고, 당장은 집안이 발칵 뒤집혔다. 당연하지만 정부인이 크게 화를 냈다.

“대감! 어떻게 이런 일이 있습니까? 반천이 엄하고 남녀 구별이 있는 법인데!”

그러나 정부인은 이 참판의 설득에 금방 수그러들었다. 오랜 병환으로 평소 부인 역할을 제대로 못하는데도 불구하고 다른 곳으로 눈길 한 번 주지 않은 대감에 대한 고마움, 평소 언행이 신중하고 심지가 깊은 대감에 대한 신뢰 때문이었다.

그렇게 석평은 오성의 수종으로, 서동으로, 또 함께 공부하는 친구로 삼 년을 보냈다. 이렇게 글을 아는 석평에게는 비록 시종일지언정 특별한 일만 주어졌다. 이 참판의 심부름으로 다른 양반가에 서찰을 전하는 일, 이 참판의 녹봉으로 나오는 곡물을 타러 광흥청에 가는 일 등 종들이라면 누구나 꿈꾸는 편하고 품위 있는 일만 담당했다.

이런 석평을 향한 다른 종들의 시기와 질투는 어쩌면 당연했다. 특히 꼼보의 시기가 특별했다. 꼼보는 정원의 몸종 삼월을 사모하고 있었건만 삼월은 정작 석평에게 마음을 주고 있었던 것이다. 삼월은 장구월 이래 이참판댁의 꽃이라고들 했다. 하지만 정원의 목소리를 듣는 것만으로도 기분이 좋은 석평에게 세 살 연상인 삼월의 눈빛은 부담이었다.

필동 이참판댁에 석평이 온지 어느덧 오 년이 흘렀다. 정 행수와 스승 김수의 비호 아래, 또한 참판 이한주의 특별한 배려 속에 석평과 정원, 오성은 처녀 총각으로 장성해 가고 있었다. 석평이 열일곱, 정원이 열다섯, 오성이 열세 살이었다. 석평과 정원의 학문도 크게 성장했다. 하여 스승 김수는 정원과 석평의 학문이 자경(自經) 단계

에 이르렀음을 선언하고 사숙을 폐한 후 여주에 있는 신륵사 백련
암으로 들어가버렸다.

　그러구러 봄은 목면산에서 필동으로 내려와 앉았다. 불어오는 봄
바람에 살구꽃 봉오리들이 일제히 다문 입술을 터뜨리려 하고 있었
다. 스승이 떠난 후 여가가 생긴 정원과 오성은 아버지에게 육의전
나들이를 허락해달라고 떼를 썼다. 이 참판과 정부인은 오성이 걱
정스러워 쉬이 허락하지 않고 있었다. 그러다가 정원의 설득에 못
이기는 척 육의전 나들이를 허락한 날이 오늘이었다. 어제 낮부터
시작된 봄비가 밤새도록 주룩주룩 내려 정원의 애간장을 태웠다.
다행히도 아침이 되니 서쪽 하늘이 환히 개고 목면산 중턱에 안개
구름이 띠를 두른 청명한 봄날이었다.

　석평도 모처럼의 바깥나들이에 들떠 일찌감치 오성의 외출 준비
를 마치고 대문간에 서서 기다리고 있었다. 저만치 홍조를 띤 얼굴
에 미소를 머금고 서 있는 정원은 옥색 비단 장옷을 걸치고 자주색
당혜를 신었다. 그렇잖아도 도도하고 청초한 정원이 마실 차림을
하고 나서니 눈이 부실 지경이었다.

　정원을 따라나선 몸종 삼월도 장구월 이래 최고의 절색이라는 소
리가 무색치 않게 예뻤다. 아랫것들이 주로 입는 두루치조차 삼월
의 맵시를 가리지 못해 치맛자락 사이로 살짝살짝 비치는 몸매가
뭇 사내들의 눈길을 빼앗기에 부족함이 없었다. 필동 이참판댁 미
녀라는 저잣거리의 소문이 그냥 나온 소리가 아니었다. 열다섯 살
정원이 이제 막 맺히는 복숭아꽃 봉오리처럼 신선하다면 스무 살

삼월은 활짝 핀 목단만큼 육감적이었다.

정부인은 정원에게 은전과 엽전을 건네며 당부했다.

"몸조심해야 한다. 오성이 잘 챙기고 너무 늦지 않게 돌아오너라."

오성과 수종 석평, 정원과 몸종 삼월이 나들이 가는 모습을 보고 다들 부러워했지만 특히 삼월에게 흑심을 품고 있는 꼼보는 마음이 쓰라리고 눈에는 불꽃이 튀었다.

종로 육의전은 정오가 지나면서 사람들로 붐벼 행인들끼리 부딪치기 일쑤였다. 빼곡하게 늘어선 상점들에 임시로 이어 붙인 처마 아래로 갖은 물건들이 진열되어 눈길을 사로잡았다. 이리저리 치이는 사람들 사이에서도 호객꾼들은 손님 하나라도 더 끌어들이려 행인들의 소맷자락을 붙잡았다. 정신줄을 놓쳤다간 자칫 사람들에 쓸려가거나 호객꾼에 이끌려 눈앞에서 사라져도 모를 판이었다.

떡집 앞을 지나던 정원이 인절미를 사 오성에게 주고 석평과 삼월에게도 나누어주면서 주의를 당부했다.

"석평아, 너는 오성이 손을 잡고 내 손도 잡아서 서로 놓치지 않도록 해."

"예, 아씨……마……."

언제부터인가 아씨마님에서 마님 소리가 빠지기도 했다. 다른 사람이 없을 때는 마님이라 하지 말라고 정원이 요구한 때문이었다.

"석평아, 이것 봐! 이게 뭐야?"

정원은 옆에 삼월을 두고도 꼭 석평에게 물었다. 석평이 삼월의 눈치를 보며 답했다.

"노리개네요. 산호 노리개…… 아씨."

그러자 입을 삐죽이며 서 있던 삼월이 오성 옆에 딱 붙어 이런저런 물건들을 설명해주었다.

"도련님, 이것 보세요. 참 예쁘지요?"

"응, 예쁘네. 삼월이 하나 사줄까?"

"예, 도련님. 아이 좋아라!"

이 모습을 가만히 보고 있던 정원이 삼월에게 일렀다.

"삼월아, 도련님 시전 구경시키고 저 뒤편에 있는 탈놀이장으로 와. 도련님 손 놓지 말고."

"예, 아씨마님."

정원은 석평의 손을 이끌어 육의전 뒤편 공터로 향했다. 오성 곁을 떠나는 것이 염려되었으나 들뜬 정원의 마음과 정원의 손을 놓고 싶지 않은 석평의 마음이 두 사람을 탈놀이장으로 이끌었다.

공터에서는 왁자지껄한 가운데 탈놀이 한 판이 벌어지고 있었다. 재인들의 신명나는 몸짓에 군중들은 박수와 웃음으로 호응했다. 심청이 탈을 쓴 여인의 가냘프고 구슬픈 판소리가 끝나고 봉산탈춤이 이어졌다. 이윽고 마당에 외줄이 걸리더니 부채 하나 쥐고 아슬아슬 외줄을 타는 사내가 군중들의 오금을 저리게 했다.

정원과 석평은 오성과 삼월을 까맣게 잊은 채 시간 가는 줄 몰랐다. 그러다 석평은 문득 가슴이 갑갑함을 느꼈다. 이상하게 심장이 뛰었다. 탈놀이장에 온 지 족히 두 식경은 넘었을 것이다. 정신이 든 석평은 정원을 탈놀이장에 두고 육의전으로 뛰어갔다. 육의전을 한

바퀴 돌아보았으나 오성도 삼월도 보이지 않았다. 눈앞이 캄캄해졌다. 다시 육의전에서부터 멀리 시전까지 헤집고 다녔다. 그렇게 육의전과 시전을 몇 바퀴나 돌았지만 오성의 모습은 보이지 않았다.

가슴이 까맣게 타들어가고 입술이 바짝바짝 말라갔다. 이리저리 뛰어다니며 소리를 질러봐도 기척이 없었다. 석평은 점점 절망의 구렁텅이 속으로 빠져들었다. 순간적인 방심의 결과는 돌이킬 수 없는 것이었다.

석평은 흐트러진 옷매무새를 추스르고 다시 육의전을 돌았다. 그러다가 혼이 반쯤 나가 오성을 찾아 헤매는 삼월을 만났다. 헝클어진 머리에 눈물범벅이 된 얼굴로 삼월은 자신이 잠깐 화장품 구경에 정신이 팔린 사이 오성이 없어졌다고, 아무리 찾아도 없다고 울먹였다. 벌써 해가 저물고 있었다. 육의전과 시전 모두 슬슬 파장 준비를 하고 있었다. 이제 사위가 어두워져 정원도 혼자 둘 수 없기에 석평은 삼월과 함께 탈놀이장으로 뛰어갔다.

"아씨, 제가 몇 번 더 돌아보고 그래도 못 찾으면 남대문 쪽으로 가보겠어요. 한 식경 정도 여기서 기다리시다 도련님이나 제가 돌아오지 않으면 삼월이와 함께 먼저 집으로 돌아가세요. 집에 가서 나리께 말씀드리고, 다른 종들 시켜 수포교와 동대문 쪽으로도 찾아보도록 해주세요."

그제야 사태를 파악한 정원의 얼굴이 하얗게 질렸다.

"어른들 아시는 날엔 야단날 텐데…… 그 전에 찾아야 해."

"아씨, 야단맞는 건 나중입니다. 우선 도련님부터 찾고 봐야지요."

풀어진 대님을 다시 묶고 석평은 다시 냅다 뛰었다. 육의전을 다섯 번이나 더 돌았지만 소득이 없자 이번에는 남대문 쪽으로 내달렸다.

남대문 시장에 도착하니 양식 한 톨 구하려고 달걀꾸러미나 생선 젓갈 단지를 들고 나왔다가 난전을 단속하는 시전 상인들에게 빼앗기고 땅바닥에 주저앉아 울고 있는 사람들이 눈에 띄었다. 그 사람들 사이로 석평은 눈을 크게 뜨고 오성을 찾았다. 긴장감으로 입술이 바싹바싹 타들어갔다.

더 어두워지면 찾기도 힘들어진다. 마지막이라는 심정으로 남대문 밖, 주로 어물을 파는 칠패로 달려갔다. 칠패도 파장한 터라 사람들 발길이 끊기고 닫힌 가게들만 을씨년스럽게 늘어서 있었다. 첫 번째 골목을 훑고 두 번째 골목을 돌아도 인적이 없었다.

세 번째 골목에 들어섰을 때, 어둑어둑한 속에 바닥에 퍼질러 앉아 우는 소년이 보였다. 석평은 용수철처럼 앞으로 튀어 나갔다. 울고 있는 소년은 오성이었다. 몽둥이로 맞았는지 어디 부딪혔는지 이마가 깨져 윗옷이 피로 붉게 적셔져 있었다. 얼마나 지치고 두려웠는지 오성은 석평을 보고도 주저앉은 채 울기만 했다. 석평도 안도감에 바닥에 털썩 주저앉았다. 그제야 노기 띤 정부인마님의 모습이 떠올랐다. 피투성이가 된 오성을 업고 돌아가는 석평의 발걸음은 천근만근이었다.

필동에 도착했을 때 이참판댁은 난리가 나 있었다. 정원과 삼월이 돌아와 이미 모든 보고가 되어 있었고, 종 여남은 명이 횃불을 들고 종로와 수포교 쪽으로 오성을 찾아 나선 상태였다. 정부인의 분노는 하늘에 닿을 만큼 치솟아 있었다. 폭풍 전야처럼 숨 막히는 정적을 깨고 정부인의 목소리가 얼어붙은 쇳소리같이 울려 퍼졌다.

"집안 종 다스리는 일입니다. 대감께서는 관여하지 마세요."

정부인의 서슬에 정 행수는 안절부절못했고 이 참판도 어찌할 도리가 없는 상황이었다. 정원의 말이 삼월이 오성을 데리고 다니다 잃어버렸다고 했다. 이를 추궁하자 삼월은 고개를 치켜들고 말했다.

"아씨마님과 석평이가 도련님을 제게 맡기고는 둘이서 탈놀이에 빠져 있었습니다."

석평이 제 상전인 오성을 잃은 것도 용서할 수 없는 일인 데다 금지옥엽 키운 딸과 붙어 탈놀이에 빠져 있었다는 데에 정부인은 더 분노하고 있었다. 관솔불을 밝힌 마당에 종들이 둘러서서 보고 있는 가운데 석평에게는 서른 대, 삼월에게는 스무 대의 태형이 내려졌다. 정부인의 의도였는지 태형을 집행하는 이는 꼼보였다. 꼼보가 누구인가. 죽자 사자 따라다녀도 석평을 마음에 두고 삼월이 쳐다보지도 않자 질투에 눈이 멀어 꼬투리만 잡히면 무슨 치도곤이라도 놓고 싶어 하는 꼼보가 아닌가.

"사정을 보아가며 치는 경우에는 네가 서른 대를 맞아야 할 것이야!"

정부인의 경고 때문인지 연적에 대한 원한 때문인지 꼼보는 인정사정없이 석평을 쳤다. 단말마의 비명에 정원의 가슴은 찢어지고 정 행수의 가슴도 휘청였다. 이 참판도 편치 않은 듯 방 안에서 연거푸 술잔만 비웠다.

"어허, 저 사람에게 저렇게 독한 데가 있었나?"

예상대로 꼼보의 장 집행은 삼월에게는 느슨했다. 혹여 자신이 대신 맞는다 해도 감수할 요량으로 내려치는 손에는 눈에 띄게 사심이 들어 있었다. 정부인은 이를 애써 외면했다. 분노는 삼월이 아니라 석평에게 나 있었기 때문이다.

장 집행이 끝나 사태는 잠잠해지나 싶었다. 그런데 오성이 헛소리를 하며 고열에 시달리는 통에 의원이 다녀가면서 정부인의 마음에 다시 열이 올랐다. 정부인은 다시 정 행수를 불러 지시했다.

"석평이와 삼월이를 묶어 광에 가두고 장독이 빠지는 대로 내다 팔아버리게."

그날 밤 삼경쯤, 울다 지친 정원은 눈물을 닦고 고약을 챙겨 광으로 갔다. 광 앞에 지키고 선 꼼보가 정원의 출입을 제지하려 했다. 순간, 정원이 꼼보의 뺨을 후려쳤다.

"네가 감히 내 앞을 막는단 말이냐?"

눈에 불을 켜고 쏘아붙이는 정원의 서슬에 꼼보가 주춤주춤 비켜서며 말했다.

"아씨마님, 정부인마님이 아시면 제가 죽습니다."

그러거나 말거나 문을 열고 정원이 안으로 들어가니 이미 정 행수가 와 있었다. 이미 석평과 삼월에게 고약을 발라주고 이불을 가져다 덮어주고 뜨거운 미음까지 끓여 와 먹인 뒤였다. 시체처럼 누워 신음소리를 내고 있는 석평에게 다가가는 정원을 보고 정 행수가 돌아서서 말했다.

"아씨마님, 이러시면 안 됩니다. 빨리 돌아가십시오. 아씨마님의 이런 행동이 석평이를 죽이는 일이라는 걸 진정 모른신단 말입니까?"

"석평이를 살려주세요."

"예, 제가 밤새워 간호하겠습니다. 석평이는 강한 놈이니 반드시 일어날 것입니다. 그러니 제발 돌아가시고 더는 정부인마님의 신경을 건드리지 마십시오. 석평이의 생명은 아씨마님의 행동에 달려 있습니다."

깊은 밤, 온몸을 조여오는 통증을 견디면서도 삼월은 옆에 누워 신음을 내뱉고 있는 석평이 가여워 가슴이 아팠다. 순간적인 질투를 억제하지 못해 정부인마님께 정원과 석평의 행동을 고자질했던 것이 깊은 후회로 돌아왔다. 석평을 마음에 둔 지 벌써 오 년, 그러나 놀랍게도 아씨마님이 석평을 좋아하다 보니 차마 마음을 드러낼 수도 없었다. 그러나 석평과 아씨는 맺어질 수 없는 몸, 하늘이 무너져내린다 해도 이루어질 수 없는 일 아닌가.

삼월은 힘겹게 상체를 일으켜 석평을 내려다보았다. 석평의 얼굴이 백지장처럼 창백했다. 잠이 든 것 같은데 코와 입으로 신음을 뱉고 있었다.

"석평아…… 미안해…….”

이틀이 지나고 사흘째 되는 새벽, 정 행수는 잠에서 깨자마자 광에 들렀다. 삼월의 장독은 거의 풀려가고 있었으나 석평은 좀처럼 나아지지 않았다. 열이 내리지 않았고 고약을 바른 부위도 쉽게 부기가 빠지지 않았다. 정 행수는 무명천 붕대를 풀고 다시 고약을 바른 다음 새 붕대로 정성스럽게 감쌌다. 상처 입은 자식을 돌보는 아비의 모습이었다.

석평의 눈시울이 붉어졌다. 석평은 정 행수의 손을 잡으며 뜬금없이 물었다.

"행수님, 저의 어머님과 형제들 소식 들으신 것 없습니까?"

몸이 아프니 어머니가 그립고 형제들이 생각나는 모양이었다.

"많이 약해진 모양이군. 한 번도 묻지 않던 놈이……. 네가 여기 오고 나서 이삼 년간 네 어미가 이 집 주위를 맴도는 걸 본 사람들이 있어. 먼발치에서나마 아들을 보고 싶었겠지."

문득 말을 멈추고 한동안 침묵하더니 정 행수는 고개를 숙이며 다시 입을 열었다.

"외거노비들 동태를 보고받다가 들었다. 이 년 전에 장구월이…… 갑자기 가슴병을 앓다 죽고 네 조모가 형제들을 키우고 있다고 하더구나. 조모는 온갖 잡일을 하면서도 손자들을 공부시키고 있단다. 부질없는 일일 텐데……."

"어머님이……어머님이 죽었다고요?"

"널 종살이 보내놓고 속앓이를 하다가 병을 얻은 모양이야. 미인 박명이라더니……."

정 행수에게 장구월은 언제나 아름다운 여인으로 남아 있는 모양이었다. 석평이 돌아누워 오열하기 시작했다.

"어머님, 어머님!"

석평의 울음은 날이 훤히 밝고 나서야 그쳤다.

그때 정원은 이 참판에게 가 엎드려 있었다.

"아버님, 석평이를 구해주십시오. 모두 제 잘못 때문에 일어난 일입니다."

"그래, 무엇이 너의 어미를 저토록 노하게 했는지 알고는 있느냐?"

"예."

이 참판은 정원이 진정 말뜻을 알고 대답하는지 궁금했으나 따져 묻지는 않았다. 여태껏 부탁 한 번 않던 정 행수도 옆에서 간절히 청했다.

"대감 나리, 석평이를 구원해주십시오."

이 참판이 내당 안방으로 건너갔다. 침모가 방을 나가고 정부인이 누운 자리에서 황급히 일어나 머리와 옷매무새를 고쳤다. 정부인은 이번 오성의 일로 더욱 건강이 나빠졌다. 이 참판이 부인의 손을 더듬어 잡고는 눈을 감고 맥을 짚어보았다.

정부인이 희미하게 미소 지었다.

"대감께서 오늘은 또 무슨 청이 있습니까? 혹시 소실이라도 들이시겠다면 허락해드리지요."

"소실은 무슨. 내게는 부인밖에 없다는 걸 잘 알지 않소? 허허허."

"그러시는 대감께서 어찌 그리 석평이를 편애하십니까? 만약 오성이를 못 찾았다면 어떻게 될 뻔했습니까? 생각만 해도 끔찍한 일입니다.”

“부인, 순간적으로 광대놀음에 빠져 오성이를 잃었으나 결국 찾아내 들쳐업고 온 그놈의 행실을 높이 사줍시다. 마당에 들어설 때까지 그놈의 심정은 얼마나 처절했겠소? 부인, 내가 그놈을 눈여겨보는 것은 다 뜻이 있어서요. 누구에게도 말 못할 내 뜻을 언제인가 부인도 알게 될 것이오. 그러니 이번 일은 여기서 끝내주시오.”

평소 건강이 나빠 부인 역할을 못하고 있는 정부인이 뜻이 있다는 대감의 말을 어찌 거역할 수 있겠는가.

“정녕 그러시다면 석평이와 삼월이를 혼인시키는 것은 어떻습니까?”

“그것도 생각해볼 문제입니다만 다 큰 딸년 앞에 종들 혼인은 없는 법이오.”

이런저런 말을 나눈 뒤에도 이 참판은 주안상을 들이라 하여 부인이 따라주는 술을 들면서 함께 시간을 보낸 후 돌아갔다.

대감이 따뜻한 말로 위로하고 시간을 같이해준 덕에 심기가 풀린 정부인은 석평과 삼월을 불렀다. 장독이 풀린 삼월이 석평을 끌어안다시피 부축해 들어왔다. 정부인이 말했다.

“오성이도 몸이 회복되고 대감 나리의 청도 있고 해서 내 이번만은 너희를 특별히 용서하겠다. 분수를 모르면 화를 입는 것은 세상의 이치다. 정원이 혼인하고 나면 너희 둘을 혼인시켜 주마.”

또 한 번의 충격에 눈앞이 캄캄해진 석평을 입이 귀에 걸린 삼월이 다시 부축해 안방을 나왔다.

4장

면천

정사년 늦가을, 정 행수는 종 열 명을 데리고 여주로 향했다. 가을걷이가 끝난 농장의 작물을 수취하기 위해서였다. 이 참판은 따로 석평을 불러 정 행수와 동행하되 농장의 실태와 문제점을 살펴보고 개선할 바를 파악해 보고서를 써서 제출하도록 명했다. 최근 빈번히 벌어지고 있는 농장노비들의 태업과 저항 때문이었다.

정 행수가 노비들에게서 수확량을 보고받고 이를 수취하는 열흘 동안, 석평은 이참판댁 농장은 물론 인근의 다른 농장들을 둘러보고 돌아와 보고서를 작성했다.

一. 여주 농장 현황

능서 농장과 영능 농장에 가족 단위의 종 서른두 명이 있으며

종 한 명당 열 마지기의 작개지와 열 마지기의 사경지를 나누어
주고 있음. 수확물은 최소 쌀 다섯 석으로 총 삼백이십 마지기의
작개지 및 삼백이십 마지기의 사경지에서 최소 백육십 석의 쌀을
징구하도록 되어 있음.

二. 올해 종들별 수확량 및 소속 가족 종들 명단은 별지와 같음.

三. 문제점

매년 되풀이되는 일반적인 문제점으로는 풍작과 흉작에 따른
수확량 차이, 작개지의 위치와 관수로에 의한 수확량 차이가 있
음. 개별 문제점으로는 수확량의 허위 보고, 사경지는 거름을 주
고 정성을 쏟으면서 작개지는 그렇게 하지 않는 점, 이외에도 마
름에 의한 수취량의 굴절과 아전처럼 행동하는 마름에 대한 저항
이 있음.

四.다른 농장들의 경영 형태

일반적인 농업 경영 형태로 작개, 가작, 병작이 있음.

작개란 지주가 노비들에게 땅을 나누어주고 노비는 가족 노동
력에 의해 이를 경작해 농사 결과를 책임지는 농업 경영 형태.
지주는 노비들에게 작개지를 나누어줄 때 사경지도 함께 나누어
주어 작개지 수확량은 전량 지주가, 사경지 수확물은 노비가 차
지함.

가작은 지주가 노비를 동원해 직접 농사를 짓는 형태이고, 병작은 노비든 노비가 아니든 작인이 지주에게서 땅을 빌려 수확물을 반으로 나누는 소위 타작의 형태임.

여주 능서 및 영능 농장은 다른 농장에 비해 노비들에게 후한 조건임에도 소출량 축소 보고, 마름의 행패에 따른 문제점이 드러나고 있음. 이에 비해 다른 농장들은 노비들의 태업과 저항으로 묵히는 전답이 속출하고 심지어 도망가는 노비까지 생겨 점차 병작의 형태로 바뀌어가리라 예상함.

五. 의견

마름을 없애고 작개지 노비들의 자율적인 모임을 만들어 대표를 선출하고 그 대표와 매년 수확량을 결정하도록 하거나 병작의 형태로 바꾸어갈 것을 고려할 시점이라 사료됨.

석평의 보고서를 받은 이 참판과 정 행수는 감탄을 거듭했다. 이 참판은 보고서를 한 번 더 보더니 말했다.

"내 등청하면 낭관들에게서 많은 보고서를 받지만 이렇게 논리 정연한 보고서는 본 적이 없네."

"예, 나리. 소인 역시 매년 가을이면 느끼는 문제점들이지만 이를 이토록 정확하게 지적하다니 놀라울 따름입니다."

이 참판은 별지에 적힌 노비 명단을 눈으로 훑었다.

"이 명단과 우리 노비 문서와는 별다른 점이 없는가?"

"일치합니다만 가족 종 명단에 미처 기록되지 않은 종 세 명이 이 보고서에는 추가되어 있습니다."

"마름에 대해서는 어떻게 생각하나?"

"이번에 가보니 마름을 저보다 더 두려워하는 것이 역력했습니다. 마름이 전답을 샀다는 소문도 있었습니다."

"종들의 모임을 만들고 그 대표와 협의한다? 이건 너무 앞서가는 의견 아닌가?"

"그렇습니다. 그 모임이 나쁜 쪽으로 활용될 수도 있습니다."

"결국 병작 쪽으로 가는 것이 옳을 듯하군."

"예, 노비들도 점차 생각이 바뀌고 있는 것 같고요."

"하긴, 조선의 노비제도는 대국에도 없는 가혹한 법이지. 정 행수, 석평이를 시켜 우리 집 재산 대장과 노비 문서들을 일목요연하게 정리시키게."

"예, 대감 나리."

"그런데 석평이가 지난 오성이 일로 나를 섭섭하게 생각하지는 않던가?"

"아닙니다, 나리. 오히려 황감해하지요. 실로 석평이에 대한 대감 나리의 애정은 하해와 같습니다."

정월 초하루, 이한주 대감은 대례복으로 조복을 입고 머리에는 양관을 썼다. 지난해 말 공조판서로 승차한 이한주는 삼정승에 이어 임금께 신년하례를 마친 뒤 예조판서 이세좌와 함께 공조판서 집무실로 돌아왔다. 참판과 참의, 낭관들에게서 간단히 신년하례를 받고 함께 차를 마시기로 약조돼 있었던 것이다.

예조판서 이세좌는 이한주와 같은 본관에 육칠 년 정도 연배가 높은 형님뻘이었다. 이미 세상에 알려진 일이지만 연산군의 생모 폐비 윤씨의 사약을 가지고 간 사람이 바로 그였다. 이것이 원죄가 되어 연산군이 즉위한 후 이세좌는 사는 것이 사는 게 아닌 고통 속에 지내고 있었다.

판서 집무실 관비인 시종이 차를 준비했다. 화로의 불 세기를 조절하고 물의 온도를 맞추어 용전차를 우려내는 솜씨가 깔끔했다. 차 시중을 들던 시종을 내보내고 두 사람은 대화를 시작했다.

"요즘 전하의 용안이 술과 여자 때문인지 푸석푸석하더군."

"즉위하고 삼 년은 잘도 참아오셨는데 작년 가을부터 술과 여자로 정사를 멀리하시니 걱정입니다."

"본래 학문을 싫어하고 잡기를 좋아하셨지. 억누르고 있던 욕망을 서서히 표출하시는 게 아닌지 모르겠어. 내가 제일 걱정이지."

"대감께서는 제발 그 일은 잊어버리세요. 그 일만 생각하고 계시는 것 같아 옆에서 보기가 민망합니다."

"나도 그러고 싶네만 생각이 떠나지를 않아. 요새는 잠을 자다가도 벌떡 일어나 그 생각을 한다네."

"재차 말씀 드리지만 전하께서는 이미 모든 사실을 알고 계십니다. 지난번 선왕 국장 때 묘지문을 보고 전하의 어머니가 윤후의 딸 정현왕후가 아니라 윤기견의 딸 폐비 윤씨라는 사실을 발견하고 승지들에게서 그간의 사정을 전부 들으시지 않았습니까. 그때 충격을 받아 진지도 못 드셨다지만 이내 정상을 되찾아 끝나지 않았습니까. 그것이 전부입니다. 그것으로 그 사건은 매듭이 지어졌고 종결되었습니다. 문제가 되었다면 대감께서는 이미 무사하지 못하셨겠지요.”

“그렇게 생각해도 될까?”

“그럼요. 그러나 제가 볼 때 문제는 다른 데 있는 것 같습니다.”

“다른 데라니?”

“삼사가 전하를 너무 몰아세우고 있어요.”

“어허, 이 대감! 삼사가 무엇 때문에 있고 삼사가 해야 할 일이 무엇인데? 전하와 조정을 견제하는 게 삼사의 일이고 책무 아닌가?”

선왕 때부터 모든 부서를 거치며 정치적 관록이 붙은 이세좌는 아직도 선왕 대의 원칙 그대로였다.

“선왕께서는 삼사를 키우고 삼사의 견제를 기꺼이 받아주셨지만 금상은 그것을 받아내실 그릇이 못됩니다. 금상과 능상들의 팽팽한 대결은 결국 폭발할 것이고, 그렇다면 다치는 건 신하들입니다.”

“능상이라고 했나?”

“우리끼리 하는 말이지요. 임금을 능멸하는 신하라는 뜻입니다.”

“하하, 임금을 능멸한다?”

“예, 사림이 잡고 있는 삼사와 전하와 훈구파의 대결이 살얼음판을 걷듯 위태로운 형국입니다.”

“음…… 그건 그렇고 자네 여식 혼사 말이야, 사림 쪽에서 말들이 많아."

정원의 나이 올해로 열여섯, 결코 빠르다고 할 수 없는 나이였다. 그런데 대사간 허반의 집에서 해온 청혼에 정부인의 병환을 핑계로 열 달 가까이 답을 하지 않고 있었다. 처음에는 지그시 기다려주던 허반 쪽이 이제는 집안 체면이 걸린 문제라고 확대 해석하고 나서면서 사림파와 함께 은근히 압력을 넣고 있었다.

"너무 확대 해석을 하는 게……."

"아니야, 그렇게 안이하게 생각해서는 안 되네. 역지사지로 자네라면 여기서 물러날 수 있겠는가? 발을 빼기에는 너무 늦었어."

"혼사가 되고 안 되고는 인연이 있어야 하는 것인데……."

술 한잔하자고 붙잡는 이세좌를 겨우 말려 먼저 보내고 이한주 대감은 보교를 타고 퇴청했다. 술과 저녁은 김수와 하기로 약조가 되어 있었다. 일 년 전부터 정원과 오성, 석평을 가르치기를 그만두고 이한주 대감이 시주하고 있는 신륵사 백련암에 가 있는 김수는 정원과 석평의 공부를 점검하고 함께 토론하기 위해 가끔 집에 들르곤 했다. 표면적으론 그러했지만 석평에 대한 애정 때문에 이 집에서 완전히 발걸음을 끊지 못하고 있는 눈치였다. 백련암에 있으면서도 김수는 석평을 만나 전해줄 것들 생각에 마음을 쓰곤 했다. 자신의 생애에 얻은 이 제자가 더없이 뿌듯했던 것이다.

저녁상을 앞에 두고 이한주와 김수가 마주했다. 상에는 삼해주가 올라와 있었다.

"자네와 술 한잔하는 게 이렇게 어려워서야. 오늘은 모처럼 옛날로 돌아가 모든 걸 벗어버리고 듬뿍 취해보세.”

“정초라 바쁠 텐데 나에게까지 시간을 내주고…….”

“무슨 소리. 눈길에 오느라 고생했네.”

“산에 사는 사람에게 눈이 무섭겠나? 눈길 걷듯이 매사 조심해야 하는 것은 벼슬하는 자네 같은 사람들이지.”

에둘러 하는 김수의 말에는 항상 깊이가 있었다. 언젠가 학문이 높은 경지에 이르렀는데 왜 호나 자를 쓰지 않느냐고 물은 적이 있었다.

‘이 몸에 이름 하나도 벅찬데 둘을 어떻게 감당하나. 떠날 때 모두 짐이 될 뿐이야.’

이한주 대감이 김수의 잔에 술을 치며 권했다.

“자, 자, 스승님 한 잔 더하고, 진지도 좀 들지 그래.”

“대감도 한 잔, 자.”

술을 들이켠 후 이한주가 물었다.

“조정에 무슨 어려움이라도 생길 것 같은가?”

“으흠, 금상은 불덩이야. 불덩이가 구를 때는 많은 사람이 다치고, 구르고 난 후에야 그 불도 소멸되지.”

“으음…… 자, 한 잔 더하시게.”

“벌써 즉위 사 년차인데 이렇게 평온하다는 게 오히려 이상하지.”

이야기가 무거워지자 이한주는 대화의 주제를 바꿨다.

“우리 정원이와 오성이 공부는 어떤가? 어느 수준인지 솔직히 말해보게.”

"정원이의 공부는 성실하지. 사서오경을 넘어 《자치통감》에 이르고 있어. 자네도 알다시피 서당에서의 배움은 《천자문》과 《동몽선습》,《소학》, 사서오경,《자치통감》이면 끝이고 다음은 자경이지."

"오성이는?"

"《천자문》을 마치고 《동몽선습》에 머물고 있네. 진전은 힘들어. 미안하네, 내 능력이 모자라서."

"자네가 미안할 일은 아닐세. 요즘은 석평이가 오성이를 붙들고 있는 모양일세. 그래도 석평이 말은 잘 들으려고 하니까. 남들이 들으면 웃을 일이야. 상전이 종에게 배움을 얻는다니."

"이 판서! 오성이에게 너무 무거운 짐을 지우지 말게. 사람 사는 것이 어찌 입신하는 것만이겠는가?"

오성이 어떤 자식인가. 이대 독자로 피붙이라고는 사촌동생 하나뿐인 이한주에게 오성에 대한 김수의 잔인한 평가는 야속하기만 했다.

"석평이는?"

"당장 소과는 합격할 수준이고, 학문을 대하는 태도나 열정은 웬만한 선비에 비할 만하네. 총명하여 한 가지를 배우면 그것을 응용하는 능력도 탁월하고."

"큰 그릇으로 보인다는 거지?"

"그렇다네. 대감, 그 애를 놓아주면 안 되겠나?"

"면천?"

"그 이상이 되어야 해. 후원자가 되어주게. 그 아이를 보고 있으면 마음이 뿌듯하다네. 그놈은 대감 한 사람의 종으로 썩히기엔 너무 아까워. 관상만 봐도 나라에 큰 도움을 줄 재목이야."

김수의 말에 동감하기에 이한주의 신음은 깊었다.

"으음…… 자네 양자라도 달라는 건가?"

"내가 데리고 가고 싶네. 그러나 양자로서가 아닐세. 제자를 훌륭하게 길러보고 싶은 스승의 욕심이지. 몇 안 되는 가족을 팽개치고 속세와 인연도 끊고 반 중이 된 내가 양자는 무슨."

"자, 자, 마시게…… 한 잔 더. 석평이 문제는 내가 더 깊이 생각해 보고 결정 나면 자네에게 보내든지 하겠네."

"고맙네. 마지막으로 한 가지만 더 얘기해도 되겠나? 듣기 거북한 얘기라도."

"말해보게. 자네와 나 사이에 못할 말이 뭐 있겠나."

"석평이를 나에게 보내라고 하는 이유에는 정원이와 자연스럽게 떼어놓으려는 목적도 있어. 나도 자네만큼이나 정원이를 아끼고 사랑하네."

"으음…… 음."

이한주는 의외로 놀라지 않았다. 이미 눈치 채고 있었던 것이다.

김수가 다녀간 뒤 며칠을 고민하던 이한주는 여주로 구종을 보내 이용주를 오게 했다. 이용주는 이한주의 사촌동생으로 그의 가장 가까운 친척이었다. 향시에서 진사시에 합격했으나 대과에 몇 번 떨어지더니 아예 대과를 포기하고 여주에서 한가롭게 책만 읽고 지냈다. 부인은 첫 임신에서 임신중독으로 고생하다가 아이를 낳지도 못하고 저세상으로 훌쩍 떠나버렸다. 주위에서는 재취를 권했지만 번번이 사양하고 남녀 종 십여 명과 같이 사는데 선대에게서 물려받은 땅이 제법 있어 여주에서는 부자 소리를 듣고 있었다.

형님이 급히 부른다는 소리에 이 진사는 한걸음에 한양으로 달려왔다.

"동생 왔는가?"

이한주의 말에는 힘이 없고 안색도 밝지 못했다.

"형님, 강녕하셨습니까?"

"그래. 바쁠 텐데 오라고 해서 미안하네."

"바쁘다니요. 평생 백수가 바쁠 리 있습니까?"

"우선 술이나 한잔 드세."

"예, 형님도."

"문중에서도 다들 무고하고?"

"예, 다들 잘 계시고 형님 승차 소식에 경하드린다고 전해달라 하였습니다."

"음, 고맙다고 전해주게."

"예, 그리하겠습니다. 한데 조정에 무슨 어려움이라도?"

"조정이란 곳에는 항상 갈등이 있지. 이번에는 전하와 사림의 갈등이네. 사림은 그들의 도덕 규범에 전하가 들어오기를 고집하고, 본래 학문을 싫어하시는 전하는 전하대로 고집을 부리고 계시지. 선왕의 도덕 정치가 사림을 키워놓은 게 잘못은 아니겠지만, 전하가 사림을 안고 갈 임금이 못된다는 데 문제가 있어."

먹구름이 기어이 비가 되어 내리면서 밖이 소란스러워졌다.

"그런데 저한테 무슨 하실 말씀이라도."

"실은 긴히 의논할 일이 있어 불렀네."

"의논할 일이라면?"

"우리한테 가까운 친척이라고는 자네와 나 둘뿐이잖은가. 게다가 나에게는 오성이 하나고 자네에게는 자식이 없고. 그렇게 우리 뒤에는 오성이 하나뿐이야. 그런데 자네도 알다시피 오성이가 많이 부족하네. 그래서 말인데 우리 집에 있는 종 석평이 있잖은가?"

"예, 형님."

이 진사도 오가면서 석평을 눈여겨본 터였다. 특히 지난번 여주 농장을 살펴보러 온 석평은 종으로만 살기에는 아깝다는 생각이 들 만큼 명민하고 성실했다.

"그 아이를 자네 양자로 들이면 어떤가?"

"석평이를 양자로요?"

"왜, 마음에 안 드나?"

"마음에 들지요. 석평이가 어릴 적부터 눈여겨보아 왔습니다. 이렇게 되려고 그랬는지 볼 때마다 남 같은 생각이 들지 않아서."

"천연이군. 김수는 그 아이가 재상감이라나. 허허."

"형님! 한잔합시다. 저에게 재상이 될 아들이 생긴 날입니다. 어찌 한잔 안 할 수가 있습니까?"

"아무렴, 한잔해야지. 밖에 누구 있느냐? 정 행수를 불러라."

이윽고 정 행수가 들어왔다. 그는 어딜 다녀오느라 이 진사가 온 것을 모르고 있었다.

"이 진사 어른 오셨습니까?"

이 진사가 만면에 웃음을 담고 말했다.

"정 행수도 이리 와 앉게. 축하할 일이 있네."

"제가 감히 두 분과 어찌 대작을 하겠습니까."

이한주가 정 행수에게 말했다.

"석평이를 면천시켜 이 진사에게 양자로 보내려 하네. 정 행수는 어떻게 생각하나?"

정 행수가 큰 동요 없이 나지막하게 말했다.

"두 분의 높으신 뜻에 경의를 드립니다. 이는 실로 흔한 일이 아니고 두 분의 결정은 훗날 집안에 큰 경사가 되리라 생각합니다."

이 진사가 정 행수에게 술을 따라 권했다.

"그동안 내 아들놈을 잘 돌봐준 것에 대한 고마움의 뜻이야. 자, 받게."

정 행수가 술잔을 받자 이 진사가 이번에는 이한주에게 말했다.

"석평이를 제 호적에 올리되 수양자나 시양자로 하기보다는 이름을 하나 지어 아예 처음부터 제 호적에 있던 것처럼 해놓겠습니다. 마침 문중의 모든 족보와 기록이 저에게 있으니까요."

"그게 좋겠네. 수양자나 시양자 들이는 일은 널리 행해지고 있긴 해도 국법이 이를 금하고 있으니 동생 말대로 하고, 석평이 이름은 이진성으로 하면 어떤가?"

"이진성, 좋군요. 이오성과 이진성이라……."

"그리고 정 행수, 동생이 이번에 석평이 문서를 정리할 때 여주에 있는 두 장원과 장토 중 하나는 이 진사 이름으로 바꿔놓아 주게. 이름을 빌리는 것이야."

이 진사가 물었다.

"형님, 무슨 사정이라도?"

"권력을 잡은 자들이 경쟁적으로 장토를 넓혀가고 있어. 녹봉만으로는 그 많은 종을 거느리고 궁중에 세력을 구축할 수 없으니 재물이 필요해서 끝없이 장토를 넓히는 데 몰두하고 있지. 언젠가 이는 큰 문제가 될 것이야. 공신전도 부족하여 이렇게 토지를 넓혀가면 상대적으로 임금의 토지는 줄어들고, 양민들의 토지도 줄어들어 세금이 줄 것이니 결국 갈등이 생길 수밖에."

정 행수가 답했다.

"옳으신 말씀입니다. 지시한 대로 처리하겠습니다."

이렇게 중요한 결정이 난 하루가 이한주의 과음으로 끝이 났다.

이튿날 이한주는 이 진사와 정 행수, 석평을 앞에 세워두고 정부인과 정원, 오성을 불러 단호하게 선언했다. 혹여 있을 정부인의 반대를 의식한 듯했다.

"노비 반석평의 노비 문서를 불태우고 면천한다. 또한 이진성으로 이름을 바꾸어 여주 이씨 이용주의 아들로 입후한다. 집안이 하도 적막하여 이런 결정을 하게 되었다. 이로써 이정원과 이오성은 이진성과 육촌 형제간이 된다. 이진성이 금년 열여덟, 이정원이 열여섯, 이오성이 열넷이니 이진성이 이정원의 오라버니요, 이오성의 형님이다."

반대할 줄 알았던 정부인이 뜻밖에 찬성하고 나섰다.

"대감의 뜻을 따르겠습니다. 여주 서방님에게도 경하드립니다. 적막한 우리 정원이와 오성이에게 형제가 생겨 얼마나 기쁜지 모르겠습니다."

이렇게 반석평은 이진성이 되었다. 정부인을 비롯해 정원과 오성 모두 석평, 아니 이진성의 일을 축하해주었다. 그런데 정부인에게는 다른 이유가 있었다. 언제부터인가 석평을 보는 정원의 눈빛이 달라져 있는 것을 정부인도 이미 알고 있었던 것이다. 그러나 알고도 모른 체할 수밖에 없었다. 어디 내놓고 얘기할 수 있는 일인가. 딸년을 잘못 가르친 어미의 죄로 생각되어 대감에게도 면목이 없는 일이었다. 이제 석평이 집을 떠나게 되고 더구나 둘 사이가 육촌간이 되니 더 이상 걱정할 필요가 없었다.

반면 정원은 혼란스러웠다. 석평의 면천은 얼마나 바라던 일인지. 아버지에게 엎드려 석평을 면천시켜 달라고 떼를 쓰고 싶었던 적이 한두 번이 아니었다. 그 소원이 이루어진 것이다. 그런데 육촌 오라버니라니……. 이것이 잘된 일인가, 잘못된 일인가.

어머니 손에 이끌려 이곳에 온 지 육 년, 열두 살 어린 소년에서 열여덟 살 늠름한 청년이 되어 이제 이 집을 떠난다고 생각하니 지난날들이 어제의 일처럼 떠올랐다. 두려움에 떠는 어린 아들을 종으로 떠밀어넣고는 뒤도 돌아보지 않고 도망쳐 돌아가던 어머니,

꼼보에게 두들겨 맞고 뒷마당에서 하늘을 쳐다보며 혼자 울던 일, 방문 밖에서 정원과 오성이 공부하는 소리를 엿들으며 도둑 공부하던 일, 스승님 책을 보다가 대감 나리께 들켰지만 야단맞기는커녕 오히려 정원 남매와 함께 공부하게 된 일, 복숭아꽃이 만발한 어느 봄날에 정원 아씨가 복숭아꽃을 꺾어 들고 물었던 일.

"꽃이 예뻐? 내가 예뻐?"

"저는 아씨가 예쁩니다."

그러자 정원은 꽃과 미인을 노래한 시 한 수를 적어 건넸다.

오성은 "너는 내 수종 하지 말고 형님하면 안 돼?"라고 말해 석평을 당황케 했고, 어느 겨울날 멀리 심부름을 다녀오니 정 행수는 "추웠지?"라며 손을 비벼 두 귀를 꼭 감싸주고 구운 밤을 손에 쥐여주었다. 육의전 구경 갔다가 오성을 잃어 장 서른 대를 맞고 다른 집으로 팔려갈 뻔했던 일, 삼월과 혼인시키겠다는 정부인마님의 말에 밤새워 고민하며 잠 못 이루던 일. 그런 석평에게 "참고 이겨내는 것이 참된 공부지."라며 어깨를 툭툭 쳐주시던 대감 나리……. 결코 잊을 수 없는 지난 일들이었다.

이진성이 된 반석평은 대감 나리께 하직인사를 드렸다.

"정진하고 정진해서 사람들의 기대를 저버리지 않도록 해라."

정부인마님께도 인사드리고 정 행수, 오성, 유모, 침모에게도 작별인사를 했다. 마지막으로 정원에게 인사를 하기 위해 별당에 들렀지만, 정원은 삼월을 시켜 편지만 건네왔다.

돌아서는 뒷모습이 보기 싫어 만나지 않겠습니다. 반천도 못 막은 인연을 헛육촌이 어찌 막을 수 있겠습니까? 시 한 수로 작별인사를 대신합니다.

　　뜰에 오동 한 잎 뚝 떨어지더니
　　침상 밑 온갖 벌레 슬피도 운다
　　훌훌이 떠나는 임 붙들 길 없네
　　아득해라 가는 곳이 어드메뇨
　　따르는 알뜰한 맘 산에 막히고
　　달 밝으면 꿈길도 외로우려니
　　남포에 봄 물결 푸르러지거든
　　임이여 오마던 말 어기지 마오.

읽고 또 읽었다. 절절한 정원의 마음이 가슴속으로 파고들었다. 진성은 황감할 따름이었다.

'어찌 내가 하늘 같은 아씨마님을 사랑할 수 있단 말인가? 그것은 그토록 나를 아껴주고 사랑해주신 대감 나리에 대한 죄다.'

그렇게 자신을 채찍질하면 할수록 머릿속에는 새침한 정원의 얼굴이 아른거렸다.

5장
여주의 이진성

　종살이 육 년의 희로애락이 녹아 있는 필동을 떠나 이진성은 여주 능서리의 이진사댁에 도착했다. 마을 맨 뒤편에 산을 업고 여덟 채로 이루어진 기와집이 남쪽을 향해 서 있었다.

　마을 입구에서 이진사댁으로 오르는 길, 기와로 덮은 돌담이 양쪽으로 길게 이어지더니 골목 끝에 솟을대문이 우뚝 서서 이진성을 마중했다. 대문을 넘어서자 마사와 황토를 다진 널찍한 안마당이 펼쳐지고, 툇마루가 딸린 바깥사랑채와 안채가 디귿 자로 배치되어 있었다. 안마당에는 자목련이 활짝 피어 화사했다. 집이 이진성을 따뜻이 반겨주는 듯했다.

　갑자기 잘생긴 도련님이 나타나자 열 명의 노비들이 모두 뛰어나와 반가워 어쩔 줄 몰라 했다. 그동안 상전이라고는 이 진사 하나뿐인 절간 같은 집이라 외로웠던 모양들이다. 개중 나이 어린 목단은 눈물까지 흘리면서 "도련님, 도련님." 하고 반가워했다. 부인이 산후통으로 죽어 갓난 아들을 필동 형님댁으로 보내 지금까지 키워왔다고 이 진사가 미리 말해둔 터였다.

"목단이라고 했지? 힘든 건 없느냐?"

이진성은 노비들 한 명 한 명에게 이름과 나이를 묻고 그동안 아버지 모시느라 고생했다며 일일이 다독여주었다.

"잘 왔다, 내 아들아! 내가 무슨 늦복이 있어 너 같은 아들을 얻었는지 모르겠구나."

혼자 살아온 긴긴 세월이 문득 사무치는지 이 진사가 소매로 눈물을 훔쳤다.

"아버님, 제가 아버님께 효도하겠사오니 오래오래 만수무강하십시오."

"오냐. 네 효도 받으며 오래오래 살리라. 본래 자식이란 젊어서는 기쁨이고, 나이 들어서는 의지가 되고, 죽어서는 제삿밥을 대접받아 좋다고 하더니 오늘 내가 그 모두를 얻었구나."

이 진사는 내당 일을 보는 양평댁과 청지기 오 영감을 특별히 불러 다시 인사를 시키고, 내일 이진성이 신륵사로 갈 준비가 잘 되어 있는지 물었다.

"절에 시주할 공양미는 내일 아침 소 두 마리에 실어 보내고 밑반찬 등도 양평댁이 특별히 준비해서 함께 갈 것입니다, 나리."

김수의 희망대로 이진성은 신륵사로 들어가 공부를 이어가기로 했던 것이다.

"그래, 앞으로 공부는 어떻게 할 계획이냐?"

"소과는 독학으로 준비하고, 스님들에게 무술도 배우며 학문의 범위를 넓혀볼까 합니다."

"잘 생각했다. 문무를 겸한 사람이야말로 앞으로 이 나라가 필요로 하는 인재지."

"예, 아버님."

"한 가지 더 일러둘 것은 너의 스승님처럼 주역이나 노장 사상에는 너무 깊이 들어가지 않았으면 하는 바람이다."

"예, 아버님. 염려하시는 바가 무엇인지 소자 잘 알고 있습니다. 아버님도 건강에 유의하여 주십시오."

이튿날, 먼동이 트자 사당에서는 이진성이 이용주를 이어갈 호주 상속인이 되었음을 조상들께 고하는 고사가 지내졌다. 고사를 지내고 조반을 들고 나서 이진성은 이 진사에게 절을 올렸다.

"아버님, 오자마자 떠나는 불효를 저지르고 있습니다. 용서하십시오."

"가문의 영광을 위하여 잠시 헤어지는 것이 어디 불효이더냐? 성심을 다해 공부에 임하여라."

"예, 아버님. 다녀오겠습니다."

이진성은 집을 나와 남한강을 거슬러 올라가는 황포돛단배에 올랐다. 강을 건너면 낮고 부드러운 곡선의 봉미산이 나타나고, 봉미산 남쪽 기슭에 신륵사가 자리 잡고 있었다. 뒤로는 숲이 우거지고 마당 앞으로는 아름다운 남한강이 흐르는 절경이었다.

나루터에 내려서 봉미산을 마주 보고 걸어 일주문을 지나 석탑에 이르면 오른쪽에 나옹선사의 호를 딴 강월헌이 나왔다. 강월헌에서 발길을 멈추고 이진성은 유유히 흐르는 남한강을 내려다보았다. 멀리 여주 벌판도 한눈에 들어왔다.

극락전을 지나 조사당을 왼쪽으로 끼고 돌아가니 나옹선사의 사리가 안치된 석종이 나왔다. 비문은 목은 이색 선생이 썼다고 했다. 스승 중의 스승 이색은 나옹선사 입적 후 대장경 불사를 주관하면서 신륵사와 인연을 맺었다. 고승과 대유의 만남이 서린 천년 사찰이라. 과연 스승님의 취향답다는 생각이 들었다.

천년 사찰 신륵사만큼이나 스님들의 무술과 교육 도량으로 유서 깊은 백련암이 나타났다. 봉미산 중턱에 자리한 이곳이 이진성이 머물 곳이었다. 산은 높고 골은 깊은데 앞은 훤히 틔어 있었다. 규모도 꽤 커서 대웅전 뒤에 늘어선 요사채와 수련장, 교육장 등이 모두 일고여덟 채는 돼 보였다.

"스승님, 그동안 강녕하셨습니까?"

큰절을 올리는 이진성의 손을 잡은 김수의 목소리에 반가움이 가득했다.

"석평아! 아니, 이제 진성이라 해야지? 너와 함께 다시 공부하게 되어 정말로 기쁘구나. 그런데 웬 공양미는 그렇게 많이 보냈느냐? 주지스님이 거듭 고마움을 전하셨다."

"그동안의 가르침만 해도 그 은혜가 태산 같은데 이번에는 저를 면천시켜 주시고, 이 은혜를 어떻게 갚아야 할지 모르겠습니다."

"은혜라니? 내 언제 보은을 바라고 너를 가르쳤느냐? 배운 것을 너에게 가르쳐 내가 못한 일을 너를 통해 하는 것이 나의 기쁨이고 보람이니라."

"스승님……."

"지금까지 너의 공부는 과거시험에 너무 매몰돼 있었다. 시험을 위한 공부만으로는 더 나아가기가 힘들다. 학문의 폭을 넓히고 무술 연마와 정신 수양으로 몸과 마음을 건강하게 만들면 결국 경서의 본질을 이해하는 데 도움이 될 것이다."

"제가 감당할 수 있을지 걱정됩니다."

"조정은 앞으로 많은 환난이 닥쳐올 것이고, 남녘과 북녘은 외침으로 시끄러워질 것이야. 뜻 높은 스님들은 승병이 나가 싸워야 할 때를 대비하여 스님들에게 무술 연마를 시키고 있다."

"조정으로부터 냉대를 받고 있는 불교가 나라와 백성을 생각하는 마음은 조정을 앞서는군요."

"스님들이 일본을 오가며 눈여겨본 바로는 일본이 지금은 옛날 중국 전국시대처럼 분열되어 서로 싸우고 있지만 곧 하나로 통일되어 조선을 위협하게 될 것이라고 한다."

"저도 오늘부터 무술을 배우겠습니다."

"좋은 생각이다. 너는 문무를 겸하여 나라와 백성에게 헌신하는 사람이 되어야 한다."

　이튿날 아침, 풍경 소리에 잠을 깨니 백련암이 들어앉은 골짜기로 아침 햇살이 상쾌하게 퍼져 들어왔다. 주위는 온통 푸른 숲과 눈부시게 반짝이는 개울물, 이끼 낀 바위들이 어우러져 아름다운 풍경을 만들고 있었다. 풀잎에는 아침 이슬이 맺혀 오색영롱한 빛을 뿌리고 계곡물은 서둘러 바위들 사이로 빠져나가느라 하얀 거품을 물고 이리 밀치고 저리 밀치며 산 아래로 흘러갔다.

그날 밤 두견새 우는 소리에 잠을 깨 문을 열고 밖으로 나오니 둥근 달이 하늘에 떠 은백색의 부드러운 빛으로 대웅전 마당을 밝히고 있었다. 비껴 부는 솔바람 소리를 들으며 마당을 거닐자니 걸음걸음 그녀의 얼굴이 발에 밟혔다. 새침한 얼굴, 가냘픈 몸매, 크고 검은 눈동자의 정원.

스님들과 함께하는 무술 연마와 정신 수련, 밤에 홀로 정진하는 글공부가 쳇바퀴처럼 돌아가는 백련암에서의 매일매일은 육체적으로 힘들었다. 그러나 비록 정원에 대한 그리움으로 종종 가슴은 아팠어도 정신적으로는 상쾌한 날들이었다. 가끔은 밤이 새는 줄도 모르고 스승과 토론을 벌이기도 했다.

"송대의 철학자 주희는 공자의 사상을 극기복례라는 말로 정리했다. 무슨 뜻이냐?"

"자신을 보편적 이념과 일치시켜야 한다는 뜻입니다. 여기 있는 내가 이상적인 곳으로 설정된 저곳으로 부단하게 전진해가는 엄숙한 노정이요, 내가 우리로 바뀌어가는 과정이며, 개별성이 보편성을 확보하는 과정이라고 할 수 있습니다."

"요약해서 쉽게 잘 설명했다."

"공자는 《논어》에서 안연에게 극기복례를 설명하면서 예에 맞지 않으면 보지도 말고, 듣지도 말고, 말하지도 말며, 움직이지도 말라고 했다. 여기서 예는 사회 전체가 따라야 하는 보편적인 기준으로, 이 기준을 삶 속에서 실현하는 것이 공자가 건설하려고 했던 인간의 길이다. 그러나 노자는 바로 이 점을 비판하면서 자신만의 독특한 인간의 길을 주장했다. 보편적인 기준을 정하고 모든 사람들을 따르게 해야 한다는 공자의 사상에 반대했다. 즉 미와 추, 선과 악을 상대적인 관계 속에서 파악해야 한다고 했다. 추함이 있어야 아름다움이 있고, 선이 있어야 악도 있다는 것이다."

"노자를 공부하는 것은 공자를 공부하는 데 도움이 되겠군요."

"마찬가지로 공자를 공부하는 것은 노자를 아는 데 도움이 된다. 자신을 극복하고 천명을 따르는 것이 도이며, 그 인간의 길을 건설하려 했던 두 철학자 가운데 공자는 인간의 내면에 초점을 맞추고 노자는 자연의 존재 형식을 사유의 원천으로 삼았던 게지."

"공자는 경직되어 있고 노자는 유연하고 부드럽다는 뜻입니까?"

"개념에 갇히는 순간 우리 모두는 유연한 적응력을 잃게 된다. 공자든 노자든 또 누구든 우리는 그들의 개념으로 구축된 구조 속에 갇혀서는 안 되고, 개념에서 벗어나거나 개념의 구축물을 지배해야 한다."

"개념에서 벗어나야 한다는 것이 바로 노자의 개념 아닙니까?"

"그렇다고 할 수 있지. 산 것은 부드럽고 죽은 것은 뻣뻣하다고 한 노자였으니. 태풍이 거세게 불어 모든 나무가 흔들릴 때 흔들림

없이 굳건히 서 있는 나무는 죽은 나무인 게지. 살아있어야 흔들리고 살아있는 것이어야 부드럽다. 세상이 하나의 이념으로 묶이는 것은 뻣뻣해지는 것으로 위험한 일이야. 지금의 조정이 그렇게 되어가고 있다. 부드러움 없이 경직된 세상은 종국에는 투쟁과 환난이 들끓게 된다."

스승과의 토론과 성실한 독학으로 이진성의 학문은 깊이를 더해갔다. 또한 스님들과의 무술 연마와 정신 수련은 이진성으로 하여금 새로운 분야의 학문과 정신세계를 경험케 하였다. 불가적 삶에 대한 이해와 자연에 대한 지혜를 배웠고, 몸의 건강과 정신의 건강이 상호 작용한다는 사실도 깨달았다.

그동안 이 진사는 매월 절에 사람을 보내 시주미와 옷과 음식을 챙기며 아들의 미래를 위해 투자를 아끼지 않았다. 이진성은 큰스승님을 만났고 고마운 아버지를 얻었다. 울고 발버둥치며 필동 이참판댁에 종살이를 하러 오지 않았다면 오늘의 이 행운이 있었을까.

대사간 허반 쪽에서 청혼을 한 것이 벌써 작년 일이 되었다. 이렇게 혼사를 질질 끌게 된 것은 정부인의 병환 때문이기도 했지만 기실 정원의 강력한 저항 때문이었다. 한 번도 부모 말을 어겨본 일이 없는 아이였다. 일이 이렇다 보니 신랑 쪽 집안에서는 혼사도 혼사지만 집안 체면 문제로 확대하여 이한주 판서를 곤혹스럽게 했다. 이 판서로서도 더 이상 끌 수가 없는 상황이었다. 오늘도 정부인은 정원을 설득하고 있었다.

"아버지가 처신하시기 어려운 모양이다. 얼마나 어려우시면 저렇겠느냐. 이번에는 네가 아버지의 뜻을 받아들여야 한다. 언제 네 아버지가 너의 청을 거절한 적이 있었더냐."

병환 중의 어머니가 이렇게 사정을 하니 정원은 감정 조절을 못하고 얼굴이 붉게 달아올랐다.

"저는 지금 혼인할 마음이 조금도 없습니다."

"이런 말까지는 안 하려고 했다만 너의 마음이 어디에 있는지 이 어미가 모를 리 있겠느냐. 어미는 네 마음을 다 안다. 하나 정원아, 너도 조선에 태어난 여인이고 이 어미도 그렇다. 조선의 여인이 어디 혼인을 하고 싶다고 하고 하기 싫다고 하지 않아도 되는 운명이더냐. 이 모두가 조선 여인의 숙명이야."

기어이 정원은 울음을 터뜨리고 이불 위에 엎드려 어깨를 들썩였다. 딸의 우는 모습에 정부인도 눈시울이 뜨거워졌다.

"정원아! 아버지가 더 이상 버틸 수 없으니 일단 정혼만이라도 하자. 어미 병환을 핑계로 정혼만 해두자, 응?"

정원은 더 이상 버틸 재간이 없었다. 네 마음을 다 안다는 어머니의 말이 시리도록 아팠다.

'어머님은 모든 걸 알고 계셨어……'

이튿날, 이 판서는 허반 대감댁에 정 행수를 보내 청혼을 허락한다는 뜻과 다만 정부인의 병환으로 혼례는 당분간 미루어달라는 뜻을 전했다. 그날 저녁 납채를 가지고 허 대감의 동생이 사자로 왔다. 혼례에 따른 의식을 진행한 후 음식을 대접하고 답장을 써서 들려 보냈다. 청혼을 반갑게 승낙하며 친영 날짜는 별도로 연락을 드린다는 내용이었다.

며칠 후, 신랑 될 허견이 정혼자의 집을 방문했다. 이 판서가 직접 사랑으로 맞이하여 융숭한 대접을 했다. 병환 중의 정부인까지도 예비사위 대접이 소홀할까 봐 자리에서 일어나 음식 준비를 지휘했다.

허견은 키가 작았고 마른 몸에 미간이 좁아 전체적으로 예민해 보였다. 두 개의 교자상을 붙여 차린 푸짐한 상을 사이에 두고 정원이 허견 앞에 앉았다. 형식적인 인사가 오갔다.

"이정원이라 하옵니다."

"허견이라 하옵니다."

가족은 이 판서가 직접 소개했다. 가족이라고 해봐야 정부인과 오성뿐이었다. 상을 물린 후 허견이 별당에 들렀을 때도 정원은 냉담한 목소리로 말했다.

"어머님이 병중이라 아직 둘만의 자리가 어렵습니다. 부디 이해를……."

허견으로서는 기분이 상할 수밖에 없었다. 그러나 겨울 달빛처럼 차갑게 느껴지는 정원의 교교한 아름다움에 그만 모든 것을 용서하고 싶었다.

"이해하고말고요. 정부인의 병환에 얼마나 상심이 큽니까? 빨리 쾌차하시길 바랍니다. 그럼 이만."

별채 앞까지 허견을 배웅하고 방에 들어오자 간신히 참아온 서러움이 마침내 오열로 터졌다. 옆에 있던 삼월도 소리를 삼키며 울먹였다.

6장

무오사화

실록청 당상관으로 임명된 이극돈은《성종실록》편찬을 위해 김일손이 작성한 사초들을 살펴보고 있었다. 그러다 김종직이 쓴 〈조의제문〉과 이극돈 자신의 비리를 비판하는 상소문을 발견했다.

〈조의제문〉이란 항우가 초나라의 의제를 폐위한 것에 대한 글인데, 김종직은 의제를 조의하는 제문 형식을 빌려 의제를 폐위한 항우를 비판하고 있었다. 이는 곧 세조의 단종 폐위를 비판하는 것으로 해석되었다. 이극돈의 비리에 대한 상소문은 세조비 정희황후 상중에 전라 감사로서 근신하지 않고 장흥의 기생과 어울렸다는 내용이었다.

이에 이극돈과 유자광은 노사신, 윤필상 등의 훈신 세력들과 합세하여 사림을 공격하는 상소를 올렸다. 그렇지 않아도 사림 세력에 불만이 많았던 연산군은 이를 사림 세력 대숙청의 기회로 삼았다.

무오년 칠월 십이일, 병을 치료하기 위해 시골에 가 있던 김일손이 한양으로 압송되었다. 〈조의제문〉은 세조를 비방한 글이고, 따라서 이를 쓴 김종직은 대역부도한 행위를 한 셈이며, 이를 사초에 실은 김일손 역시 같은 일당이라는 논리로 문초가 시작되었다.

연산군은 죽은 김종직을 부관참시하고 김일손은 물론 권오복, 권경유, 이목, 허반에게도 파당을 지어 세조를 능멸했다는 죄목을 씌워 능지처참했다. 같은 죄로 강겸은 곤장 백 대에 가산을 몰수하고 변경의 관노로 내쳤다. 표연말, 홍한, 정여창, 강경서, 이수공, 정의향, 정승조 등은 불고지죄로 곤장 백 대에 삼천 리 밖으로 귀양 보냈다. 이종준, 회보, 이원, 이주, 김굉필, 박한주, 임희재, 강백진, 이계명, 강혼 등도 김종직의 문도로서 붕당을 이루어 국정을 비방하고 〈조의제문〉 삽입을 방조했다는 죄로 곤장을 치고 귀양을 보냈다. 한편 이극돈, 어세겸, 유순, 윤효손, 김전 등은 수사관으로서 사초를 보고도 보고하지 않은 죄로 파면되고 홍귀달, 조익정, 허침, 안침 등도 좌천되었다.

사림파의 중진인 대사간 허반은 이번 사화의 중심에서 능지처참을 당하고 재산은 전부 적몰되었으며 가족들은 귀양 보내지거나 관노로 끌려갔다. 사돈인 이 판서도 의금부로 끌려가 하룻밤 동안 구금되어 조사를 받았다. 이 판서가 의금부에 구금되어 빈 보교만 돌아오자 정부인은 혼절하여 몸져누웠다.

다행히 의금부 조사에서 허반과는 정혼만 해놓은 상태이고 평소 사림과 접촉이 없었다는 점이 인정되어 이 판서는 이튿날 아침 집으로 돌아왔다. 그러나 사돈은 능지처참에 사위는 귀양 보내지고 이 판서까지 조사를 받자 그렇잖아도 병환이 깊었던 정부인은 생명이 위독해졌다.

"평생 어려움을 몰랐던 사람인데 한꺼번에 몰아닥친 일에 어찌 온전할 수 있겠나? 스스로 일어나기를 바라는 수밖에."

이판서댁은 어수선하고 침울했다. 노비들은 공연히 분주하게 설쳤다. 집에 다녀간 의원이 탕약을 지어 보내면서 정부인의 회복이 어렵겠다는 의견을 보였다. 갑자기 불어닥친 불행의 전조에 이 판서는 당황하지 않을 수 없었다. 정 행수가 죄를 지은 듯 엎드려 있다.

"광기가 끝이 난 것인가?"

"모든 처분이 끝나고 추가 처분은 없는 것 같습니다. 능지처참의 현장은 아수라장 그대로였습니다. 시체를 수습하는 가족들의 비명과 울부짖음이 떠나지 않고 있었습니다. 대감 나리, 진지 좀 드시고 기운을 차리십시오. 모두가 대감 나리만 쳐다보고 있습니다."

"그래야지…… 일어나야지…… 하지만 우리 정원이는 어떻게 하나. 그렇게 싫다던 아이를 억지로 정혼시켜 이런 일을 당하게 했으니 내 어찌 정원이를 본단 말인가……."

"우리 아씨는 성격이 강건합니다. 모든 걸 털고 일어날 것입니다. 너무 심려치 마십시오."

"사림파를 몰아내고 이제 훈구파가 권력을 움켜쥐겠다는 건가?"

"그렇게 되지는 않을 것입니다. 모든 반대 세력을 한 칼에 쓸어버리고 오직 왕권을 강화하는 것이 이번 사태의 핵심 아니겠습니까.”

“하긴 사림이 너무 전하를 밀어붙였지. 인간사 새옹지마라 하더니 다음에 나에게 올 일은 무엇이란 말인가. 흉인가, 길인가.”

다음에 올 일, 그것은 바로 이튿날 찾아왔다. 정부인이 기어이 숨을 거두었다. 정원의 울음이 온 집 안에 퍼져 나갔다.

“어머님! 어머님!”

이 판서의 지시로 초상은 지극히 간략하게 치러졌다. 이 판서는 여주 이 진사에게 종을 보내 그곳 선산 일을 당부했다.

“이 진사와 이진성은 여기 올 생각은 말고 산소 일을 맡아 하라.”

평소 봐두었던 선산 양지바른 곳에 정부인의 관이 내려가자 정원과 오성의 곡성이 산에 울려 퍼졌다. 딸의 곡성은 저승까지 간다고 하지 않던가. 백련암에서 내려온 이진성이 정원과 오성을 붙잡고 성분을 마쳤다.

“아버님을 생각해서라도 너희들이 힘을 내야지…….”

백련암을 떠나기 전, 이진성은 주지스님 방에 들렀다.

“두견새는 낮에도 울고 밤에도 우는데 소쩍새는 밤에만 운다. 소쩍새는 소쩍소쩍 울고 두견새는 불여귀 하고 운다. 하나 밤새 피를 토하며 운다는 두견새는 알고 보면 소쩍새다.”

옆에 앉은 김수는 이진성으로서는 알 수 없는 두견새와 소쩍새 이야기부터 했다. 방 안에 묵향이 가득했다.

“처사의 무술이 대단하다 하기에 무과에 응시하려나 싶었는데 성균관에 들어간다고요."

"예, 스님. 지난번 소과에 합격하여……."

연로한 주지스님은 한글 창제에 깊이 관여한 신미스님의 계를 받은 수전스님의 직전 제자로, 세상 보는 눈이 밝은 분이었다. 성균관에 들어가는 것을 염려하는 주지스님의 마음을 읽은 듯 김수가 말했다.

"유생 신분으로 성균관에 들어가는 일이니 아직 말릴 일도 못되고……."

그러자 주지스님이 한마디 했다.

"보살님들이 지옥이 어떻게 생겼느냐 물으면 내가 대답하기가 수월해졌어요. 나는 한양에 가보라고 하지요."

염려하는 두 어른의 마음을 돌려보려고 이진성이 주지스님에게 물었다.

"스님들과 육 년간 무술을 연마하고 수행을 함께했어도 정작 무엇을 했는지 모르겠습니다."

"허허, 옛날 중국에 백거이라는 사람이 조과스님에게 물었습니다. '하루 중 어떻게 수행하는 것이 온전한 수행인지요?' 조과스님이 대답했습니다. '못된 짓을 하지 아니하고 일체를 선에 어긋나지 않게 행하는 것이오.' 백거이는 그건 세 살 먹은 아이도 아는 말 아니냐고 껄껄 웃었습니다. 그러자 조과스님이 꾸짖어 말했지요. '세 살 먹은 아이도 하는 말이나 백 살 먹은 노인도 해내지 못하는 일입니다.'"

김수는 주지스님의 말씀에 고개를 끄덕이다가 형형한 눈빛으로 이진성을 보았다.

"삼남 지방은 지금 논바닥이 갈라지고 우물이 마르는 극심한 가뭄이 계속되어 작물들이 노랗게 타들어가고, 집 떠난 유랑민들은 길거리에서 병들거나 굶어 죽고 있지 않은가. 그런데도 임금이라는 사람은 낮에는 국청을 열어 사람들을 죽이고, 밤에는 주지육림에 놀아나고, 듣기 좋은 말만 하는 신하만 옆에 두고 바른말하는 신하는 쫓아내 귀양 보내고 있어.

매관매직하는 간신과 양반들에 토호들의 양민 수탈은 끝이 없는데, 조정에서 밀려난 사림파마저 산야에 묻혀 있으면서도 경서 해석을 두고 다투는 한심한 정국이지. 그들은 오직 공맹의 도리와 도덕의 실현만 외치며 허망을 갈구하고 있으니 백성은 누구를 믿고 의지하겠는가.

백성에게 왕권이 무엇이며 신권이 무슨 소용인가. 그 또한 자신들의 이익과 권력 다툼에 다름 아니지. 죽어가는 백성 앞에 도란 무엇이며 예란 무엇이겠느냐. 진성아, 노자가 말한 애민치국의 첫째인 무위를 기억해라. 무위가 첫째요 덕을 두 번째에 놓은 이유가 어디에 있겠느냐. 상선약수(上善若水)야말로 진리이니라. 너는 조정에 나가거든 변방 가기를 즐거워해라. 물이 아래로 흐르는 것은 아래에 무엇이 있어서가 아니다. 물이 아래로 흐르는 것이 자연의 이치이듯 백성에게로 가는 것이 목민관의 자연스런 일이지 않겠느냐. 나는 이를 겸손이라고 했는데, 기억하고 있겠지?"

"예, 스승님."

주지스님이 합장을 했다.

"백성이 있는 변방과 자연의 겸손이라…… 욕심을 버리면 이 아수라장에서 벗어날 수 있는 것을. 나무관세음보살."

물소리, 새소리를 뒤로 하고 이진성은 백련암을 떠났다. 한양을 떠나온 지 육 년 만이었다.

무더위를 쫓기 위해 연방 부채질을 하던 것이 엊그제 같은데 벌써 바람이 서늘했다. 정부인이 세상을 떠난 지 오 년, 세월의 빠름이 유수와 같았다. 그동안 내당의 일은 정원이 맡아 해왔다. 과년한 처녀였지만 어느 누구도 정원에게 혼사 얘기를 꺼내지 않았다. 멸문지화를 당한 허반 대감의 아들 허견과의 정혼은 자연스럽게 파혼으로 여겨졌다. 양반가의 파혼은 청상과 맞먹는 큰 상처였다.

이진성은 지난여름 성균관에 들어갔다. 이 진사는 인편으로 이 판서에게 그 소식을 전했고, 이진성에게는 필동 출입을 엄하게 금지했다. 그 바람에 정원이 이진성을 마지막으로 본 것은 오 년 전 정부인 초상 때 여주 선산에서였다. 그때 이진성은 오열하는 정원과 오성을 꼭 안아 울음을 달래주었다. 특히 하관할 때 엎드려 쓰러진 정원을 두 팔로 일으켜 한참이나 안고 있었던 장면이 지난 오 년 내내 정원의 가슴 깊이 새겨져 있었다. 지금도 그때를 생각하면 정원은 가슴이 뛰고 얼굴이 붉어졌다.

내당 일을 맡아 큰 살림을 꾸려나가는 딸, 자신의 잘못된 판단으로 이미 혼기를 놓친 과년한 딸 정원에게 이 판서는 할 말이 없었다. 지난 오 년 동안 외직인 수원 유수로 나가 있다가 다시 공조판서로 제수되어 돌아왔을 때도 정원은 집안을 흠 없이 이끌고 있었다. 정원은 정부인의 빈자리를 훌륭히 메워주었을 뿐 아니라 이 판서의 고민을 해결해주는 지혜도 갖췄다.

국고를 탕진한 연산군이 신하들에게 공신전을 내놓으라는 압력을 가하기 시작했다. 그 압력은 토지가 많은 신료들에게까지 확대되었다. 선대로부터 물려받은 재산이 많은 이 판서도 예외가 아니어서 억울한 처지에 놓이게 되었다. 그러나 공신전을 받은 적이 없는 데다 원칙주의자인 이 판서는 순순히 응하지 않았다.

"내 몸과 이 장토는 선대가 물려준 것이다. 나는 이것을 지켜 오성이에게 물려줄 의무가 있다."

그러나 정원은 간곡히 아뢰었다.

"달이 차면 기울기 마련이고 물도 차면 넘치기 마련입니다. 높이 오르는 만큼 추락은 더 치명적이지요. 우리 집안이 선대에서부터 성세를 누린 지가 백 년이 넘었습니다. 예부터 영화와 치욕은 반복되어 왔으니 사람의 힘으로 어찌 항상 좋은 상태만 지켜낼 수 있겠습니까? 아버님, 외람되오나 소녀가 감히 말씀드립니다. 장토의 반을 스스로 내놓으시고 저희에게는 언제나 굳건한 나무가 되어주소서."

정원의 말에 이 판서는 아무 말도 하지 못했다.

"내 딸이지만 네가 내 스승이구나."

무오사화로 강력한 왕권 수립이라는 목표를 달성한 뒤, 연산군은 그 강화된 권력을 국정 개혁에 사용하지 않고 사치와 방탕, 음행과 같은 무도한 행위에 휘둘렀다. 우선 언론에 재갈을 물리기 위해 사간원을 없애 왕의 일에 왈가왈부하는 세력을 치워버렸다. 혹여 자신의 비리나 이에 관련된 간신들을 입에 올리다 적발된 이가 있으면 갈가리 찢어 죽이는 형벌을 가하고 형제와 친족마저 참형에 처하여 정국을 공포로 몰아넣었다.

"입은 화의 문이고 혀는 몸을 베는 칼이다. 입을 닫고 혀를 깊이 감추면 몸이 편안하고 어디서나 굳건할 것이다."

이런 연산군의 엄명을 어긴 사람이 김처선이었다. 김처선은 연산군의 생모 폐비 윤씨가 아끼던 환관으로, 폐비 윤씨 사후 연산군이 세자의 자리에서 쫓겨나지 않도록 온몸으로 지켜온 사람이었다. 그런 김처선이 연산군에게 폭정을 그만하라고 간언했다. 연산군은 그 자리에서 김처선의 팔과 다리를 베었다. 피를 철철 흘리면서도 직언을 멈추지 않자 혀까지 자른 다음 활을 쏘아 죽였다. 그래도 분이 풀리지 않은 연산군은 김처선이 죽은 후 모든 문서에서 '처' 자를 쓰지 못하게 했다.

성균관을 폐하여 사냥터로 만들어서 호랑이와 곰을 풀어놓고 사냥을 즐겼으며, 성균관 유생에게는 자신의 가마를 메게 했다. 그것도 모자라 사냥터를 도성 밖 민가까지 확대하여 백성의 원성을 샀다. 또한 기녀 제도를 개편하라 지시하여 운평(연산군 때 전국의 크고 작은 읍에 모아두었던 가무 기생) 일천 명, 흥청(운평 가운데 대궐로

뽑혀온 기생) 삼백 명을 채워 주지육림에 빠졌다. 마음에 드는 흥청에게는 녹봉도 주고 몸종까지 붙여주었다.

장녹수가 이 흥청 출신으로 연산군의 마음을 사로잡았다. 연산군은 왕실 종친을 비롯한 수많은 신료들의 반대에도 불구하고 장녹수와 매일같이 놀아나더니 기어이 숙원에서 숙용으로 내명부 직첩을 주었다. 요부 장녹수는 임금의 총애를 업고 온갖 사술을 부리고 간신들과 결탁하여 벼슬을 팔아 일약 거부가 되었다. 이무렵 판부사로 채홍사 역을 맡고 있던 임사홍이 장녹수에 버금가는 미인을 연산군에게 추천했는데 그녀가 바로 월산대군의 부인 박씨였다.

월산대군은 연산군의 큰아버지이므로 박씨는 큰어머니였다. 그러나 박씨의 미모에 반한 연산군은 그녀를 궁으로 불러 주연을 베풀고 기어이 겁탈하고 말았다. 이 사건은 궁중에서 모르는 사람이 없게 되었다. 이렇게 되자 박씨는 아우 박원종에게 유서를 남기고 저세상으로 떠나버렸다. 박원종은 강원 감찰사로 나가 있다가 이 소식을 듣고 복수심에 이를 갈았다.

채홍사 임사홍은 이 일에도 아랑곳하지 않고 사대부 여인뿐만 아니라 여염집 아낙들까지 궐 안으로 불러들였다. 마침 훈련원 군관 박장원의 아내가 미모가 뛰어나다는 소문이 자자했는데 급기야 궁에서 소환장이 떨어졌다. 그날 박장원이 퇴청하여 집에 오니 부인이 머리를 싸매고 자리에 누워 있었다.

"아이고 여보, 이 대명천지에 임금이 여염집 여자에게 오라 가라 하니 이런 일이 세상에 어디 있소? 은장도가 있으면 자결할 일이거

늘 내가 자결하면 당신이 잡혀가게 생겨 이러지도 저러지도 못하고
이 일을 어찌 한단 말이오?"

박장원은 지난 무오년에 무과에 합격한 무인으로 키가 크고 기
운이 장사인 데다 무예가 남달라 일찌감치 장안 제일의 무사로 이
름을 날리고 있었다. 그런 그도 뾰족한 수가 없어 혼자 끙끙 앓으며
뜬눈으로 밤을 새웠다.

소환일이 하루하루 다가왔다. 박장원으로서는 환장할 노릇이지
만 임금에게 따질 수도 없는 일이라 분을 삭이며 체념한 채 꽃단장
을 하고 궁으로 가는 아내의 뒷모습만 쓸쓸히 바라볼 뿐이었다.

사흘 후, 이틀 밤을 자고 돌아온 아내의 얼굴에 가기 전의 침통하
던 표정은 온데간데없었다. 오히려 생글생글 웃으며 궁에서 받아온
음식과 물건들을 늘어놓고 자랑을 하는 것이 아닌가.

"사내란 임금이나 백성이나 똑같아."

박장원은 욱하는 성질을 이기지 못하고 궁에서 받아온 물건들을
내팽개치며 소리쳤다.

"대궐에서 무슨 짓을 했기에 그리도 기분이 좋단 말이냐!"

손에 잡히는 대로 목침을 들어 획 던지니 부인의 머리에 맞았다.
부인은 앞으로 꼬꾸라지며 즉사하고 말았다. 일도필살, 장안 최고
의 무인 박장원이 때렸으니 무사할 리가 없었다. 박장원은 서둘러
시신을 치우고 나서 집에 있던 패물들을 챙겨 북쪽으로 달아났다.

한편 연산군의 사치와 향락이 심해지자 재정은 점차 거덜나기 시
작했다. 하지만 중신이라는 사람들 가운데 임금의 행동을 비판하는

이는 없었다. 오히려 연산군의 폭정을 기회로 권신들은 자신들의 이익을 챙기기에 여념이 없었다. 그러나 연산군이 국고 빈 것을 메우기 위해 공신들에게 지급한 공신전 반환을 계획하고 노비마저 몰수하려 하자 대신들의 태도는 급변했다.

임금이 향락과 사치에 마음을 빼앗겨 있는 것이야 그렇다 쳐도 자신들의 경제 기반까지 몰수하려는 것은 더 이상 묵과할 수 없다고 판단한 것이다. 그들은 임금의 처사가 부당함을 지적하며 사치와 향락을 자제해줄 것을 간청하기 시작했다. 그러나 그들 모두가 연산군에게 반발했던 것은 아니었다. 공신전을 소유하고 있던 부중파 신료들은 반발했지만, 궁중파는 일단 임금의 의도에 따르자는 뜻을 폈다.

무오사화 이후 조정은 다시 외척 중심의 궁중파와 의정부 및 육조 중심의 부중파로 갈라져 있었다. 이런 상황에서도 자신의 욕심을 채우려는 인물이 있었으니 바로 채홍사 임사홍이었다.

7장

갑자사화

　무오사화 때 사림파를 제거하는 데 큰 공을 세운 임사홍은 정권을 장악한 훈구파가 두 차례에 걸쳐 자신을 탄핵하자 복수를 다짐하고, 연산군의 처남인 신수근과 요부 장녹수와 결탁하여 연산군의 외할머니 신씨를 연산군에게 데리고 갔다.

　갑자년 삼월 이십일 밤, 임사홍과 장녹수가 입시한 침전에서 연산군은 신씨를 맞았다. 하얗게 센 머리에 굽은 허리로 엉거주춤 서 있는 신씨에게 연산군이 물었다.

　"정녕 저의 외할머님이라는 말씀입니까? 제 어머니께서 비참하게 죽었다는 것이 사실입니까?"

　"그러하옵니다. 전하의 어머니께서는 간악한 자들의 흉계에 의해 원통하게 돌아가셨습니다."

신씨는 딸이 사약을 마시고 죽을 때 피를 토한 적삼을 지니고 있었다.

"내 아들이 왕위에 오르거든 이 일을 꼭 전하고 내 원통함을 풀어달라고 전해주시오."

이렇게 말하고 세상을 떠난 폐비 윤씨의 한을 어머니 신씨는 잊을 수가 없었다. 그래서 피 묻은 적삼을 십여 년이 넘게 부둥켜안고 지내왔던 것이다.

연산군의 눈이 충혈되면서 불꽃이 튀었다.

"간악한 자들의 흉계라면, 누구를 가리키는 것입니까?"

폐비 윤씨가 죽을 때 연산군은 어려서 아무것도 몰랐다. 윤후의 딸 정현왕후, 즉 자순대비가 친어머니인 줄로만 알고 자랐다. 성종과 인수대비도 폐비 윤씨의 일을 철저히 비밀에 붙이고 앞으로 백 년 동안 누구도 발설하지 못하도록 엄명을 내렸다. 그러나 연산군은 왕위에 오르자마자 곧 친어머니가 폐위된 사실을 알게 되었다. 그래도 사약을 마시고 억울하게 죽은 사실의 전모는 모르고 있었으므로 어머니 묘를 능으로 격상시키는 것에 만족해야 했다.

신씨는 피 묻은 광목 적삼을 내놓으며 말했다.

"간악한 대신들과 정 숙의와 엄 숙의 그리고 대비마마의 모함으로 억울하게 사약을 받고 돌아가시면서 저에게 이것을 남기셨습니다."

연산군은 낡았지만 아직도 핏자국이 역력한 옷자락을 잡고 오랫동안 오열했다. 폭풍 전야 같은 대궐의 깊은 밤, 연산군과 신씨의 통곡 소리만이 적막을 깨고 있었다.

“전하의 어머니께서 사사되신 후 저는 죽지도 못하고 지금까지
살아왔습니다. 이제 전하께서 이 원한을 풀어주십시오.”

연산군은 신씨를 궁 안에 머물게 하고 “안양군 이항과 봉안군 이
봉을 칼을 씌워 옥에 가두라.”는 첫 번째 명을 내렸다.

연산군의 광기는 하루 숨을 고르는가 싶더니 다음 날 밤, 정 숙의
와 엄 숙의를 자루에 씌워 결박해놓고 이항과 이봉에게 몽둥이를
주며 치라고 했다. 이항과 이봉은 어두워 누군지도 모르고 자루 속
의 사람을 몽둥이로 내리쳤다. 자루 속 여인들의 처절한 비명이 들
리자 주위 사람들이 혼비백산하여 달아났다.

그제야 이항과 이봉이 자루 속의 사람이 어머니인 줄 알게 되어
몽둥이를 놓고 더 이상 할 수 없다고 버티자 이번에는 연산군이 직
접 몽둥이를 들고 여인들을 마구 내리쳐 참살해버렸다. 이렇게 참
살한 것으로도 분이 풀리지 않았는지 시신을 찢어 젓갈을 담근 뒤
산과 들에 뿌리라고 명을 내리고, 이항과 이봉은 귀양 보냈다가 그
곳에서 사사했다. 그들의 처자식들은 모두 귀양을 가거나 노비가
되었다.

정 숙의와 엄 숙의가 연산군에게 몽둥이로 맞아 죽었다는 소식을
들은 인수대비가 국청으로 달려왔다.

“주상, 주상! 대행왕의 후궁들을 주상이 어찌!”

“할머님은 관여하지 마세요. 할머님이야말로 우리 어머니를 죽이
라고 하신 장본인이지 않습니까?”

이미 이성을 잃은 주상이었다. 할머니가 눈에 보일 리 없었다. 눈

을 벌겋게 치켜뜨고 격렬하게 대들자 그토록 심지가 강한 인수대비도 눈을 내리깔고 공포에 떨며 물러날 수밖에 없었다. 현기증이 났다. 그때 인수대비의 귀에 원상 한명회의 목소리가 아스라이 들려왔다.

"세자를, 아니 원자를 바꾸어야 합니다. 통촉하소서."

이렇게 시작된 광란의 갑자사화는 갑자년 삼월부터 시월까지 칠 개월간 계속되었다. 연산군은 밤에는 술독에 빠져 지내고 낮에는 국청을 열었다. 폐비 윤씨 사사에 찬성했던 윤필상, 이극균, 성준, 이세좌, 권주, 김굉필, 이주 등 십여 명이 사형을 당했고 이미 죽은 한치형, 한명회, 정창손, 어세겸, 심회, 이파, 정여창, 남효온 등은 부관참시에 처해졌다. 이밖에도 홍귀달, 주계군, 심원, 이유녕, 변형량, 이수공, 곽종번, 강백진, 최부, 성중엄, 이원, 박한주, 신징, 심순문, 강형, 김천령, 정인인, 조지서, 정성근, 성경온, 박은, 조의, 강겸, 홍식, 홍상 등도 참혹한 화를 당했다. 사사된 사람들의 가족에 이르기까지 죽고 끌려가는 사람이 부지기수여서 거리는 아수라장으로 변했다. 필동 이판서댁도 연산군의 광기를 피할 수는 없었다.

침모 북정댁과 정 행수가 여주에 도착한 것은 한밤중인 삼경이 가까워서였다. 며칠째 알 수 없는 불안감에 쉬이 잠들지 못하다 겨우 선잠이 들었던 이 진사는 대문 두드리는 요란한 소리에 잠을 깼다. 곧이어 정 행수의 음성이 들리더니 북정댁이 우는 소리도 들려왔다. 꿈인가 생시인가. 이 진사는 무거운 몸을 일으켜 머리맡에 밀어놓은 의관을 챙겨 입고 밖으로 나섰다.

"진사 어른! 야단났습니다. 판서댁이 풍비박산났습니다!"

순간, 이 진사의 가슴이 덜컥 내려앉았다.

'기어이 염려했던 일이 일어났구나.'

한밤중의 소란에 열흘 전 성균관에서 내려와 있던 이진성도 밖으로 나왔다. 이진성은 북정댁을 내당으로 들여보내고 대문채 마루에 털썩 주저앉은 정 행수를 일으켜 사랑방으로 데리고 들어왔다.

"행수 어른! 무슨 일인지 차근차근 말씀해보십시오."

무슨 말이 튀어나올지 몰라 차마 입을 열지 못하고 있는 이 진사를 대신해 이진성이 정 행수를 진정시키느라 애쓰고 있었다. 눈이 풀려 있는 것이 정 행수는 정신이 반쯤 나가 있는 듯했다.

"그저께였습니다. 궁에서 무슨 일이 일어났는지 아무것도 모르시는 대감마님께서 평상시처럼 보교를 타고 등청하셨는데……."

"……."

"그런데 그날 빈 보교만 집에 돌아와 자초지종을 알아봤더니 글쎄…… 궁에서 곧바로 의금부에 끌려가셔서 밤새 조사를 받고는 이튿날 바로 사사되셨습니다."

"지금 사사라고 하셨습니까?"

"마른하늘에 날벼락이라더니, 멀쩡히 등청하셨던 어른을 뵐 새도 없이 그렇게…… 사람 죽고 사는 것이 그렇게 쉬운 일이었는지……."

"어떻게 이런 일이……."

"글쎄 사람들을 한꺼번에…… 기가 막힐 일입니다. 대역 사건도 아닌데 그 많은 사람들을 끌고 가 재판도 안 하고 그냥 죽이다니……."

"도대체 죄가 무엇인데요?"

너무도 기가 막히고 답답한 이진성이 정 행수를 다그쳐 물었다.

"죄? 폐비 윤씨 건으로…… 적극적으로 반대 안 한 죄라나요? 반대한 사람만 빼고 모조리 죽였답니다. 사사된 사람만 백 명이 훨씬 넘습니다."

여전히 이 진사는 정신줄을 놓은 사람처럼 한마디 말도 못하고 남의 집 얘기 듣듯 멍하게 앉아 있었다.

"정원이와 오성이는요?"

"오늘 아침 사헌부 감찰에서 나와 집과 모든 물건을 봉인했고, 장례원에서도 나와 노비들과 함께 정원 아씨와 오성 도련님도 데리고 갔습니다."

"오성이도요?"

"예. 흐흐흐흑……."

"어디로 갔는지는 모르십니까?"

"장례원에서 나온 사람들 얘기로는 아씨와 도련님은 형조에서 배치하고, 노비들은 전부 사복시로 데리고 간다고……."

청천벽력이었다. 이한주 대감이 이진성에게 보여준 애정은 웬만한 일가친척보다 더했으면 더했지 모자라지 않았다. 종으로 있을 때 공부시키며 보살펴준 은공만도 황감한데 면천까지 해주어 반석평을 이진성으로 살게 해주신 분이었다. 그런 분께서 졸지에 사사되셨다니…….

언제나 단정하게 갖춘 의관에 뒷짐을 지고 부드럽게 다문 입매에 보일 듯 말 듯 웃음을 띤 채 인자로운 눈으로 자신을 바라보던 모습이 눈에 선했다. 오성을 잃고 매질을 당해 광에 갇혔다가 다른 데로 팔려갈 뻔했을 때 정부인에게 손수 양해를 구해 살려준 것도 이한주 대감이었다. 그 은공을 어떻게 갚으라고 이리 허망한 일이 생겼다는 말인가.

이진성의 마음은 착잡함을 넘어 죄스러운 마음으로 치달았다. 그러다 문득 정원과 오성에게로 생각이 돌아왔다. 이한주 대감이 남기고 간 두 남매, 형식적으로 육촌지간이지만 동기간보다 더 깊은 애정을 쌓은 사이다. 어디로 끌려갔다는 말인가. 지금 얼마나 불안에 떨고 있을까. 반석평으로 종살이를 하러 들어올 때 느꼈던 불안을 생각하면 지금 정원과 오성의 처지가 짐작되고도 남았다. 정원을 생각하니 더욱 가슴이 아려왔다. 귀하게 자라온 아씨마님이 지금 어떤 수모를 당하고 있을 것인가.

이진성은 서둘러 짐을 꾸렸다. 정 행수와 이 진사는 이 판서의 시신을 수습하는 일을 맡기로, 이진성은 정원과 오성을 찾기로 이야기를 하고 세 사람은 날이 밝자마자 한양으로 길을 나섰다. 이 진사는 정원과 오성을 찾으려면 돈이 필요할 것이라며 집에 있는 패물과 은전을 챙겨주었다. 정 행수도 짐을 풀어 제법 많은 양의 은전을 내놓았다.

“압류당하기 전에 대감 마님 방에 있던 은전입니다. 아씨와 도련님을 위해 필요할 거라 생각해 빼돌려놨던 것이니 가지고 가서 아끼지 말고 쓰세요.”

“고맙습니다. 반드시 찾아 돌아오겠습니다.”

“그런데 대과 준비는 어쩌고 성균관에서 내려와 있습니까?”

“성균관은 폐쇄됐습니다. 대과는 금상이 있는 한 볼 생각이 없고요. 아버님이나 스승님의 뜻도 같습니다.”

세 사람은 한양까지 한달음에 올라와 수포교 근방 주막에 짐을 풀고 저녁을 먹었다. 밤이 되니 거리는 한적하여 을씨년스럽기까지 했다. 주막도 손님이 없기는 매한가지였다. 주막 주인의 말이 한양은 며칠 동안 아수라장이었다고 했다. 이름을 부르며 애타게 사람 찾는 소리, 죽음을 확인하고 울부짖는 소리, 그야말로 생지옥이 따로 없었다. 한바탕 태풍이 휩쓸고 가자 거리에는 발길이 뚝 끊기고 집집마다 문을 굳게 걸어 잠갔다.

“산 사람은 살아야 한다.”

삶에 대한 원초적인 본능은 사람들을 빠르게 체념케 하고, 미처 봉합되지 않은 상처일지라도 일상은 언제 그랬느냐 싶게 수습되어 조용해지는 것이 세상이었다.

“주인장, 혹시 이번 사화에서 사사된 사람들 시신은 어디에 버려졌는지 들은 적 없습니까?”

“모르지요. 형조, 의금부, 사헌부에서 나누어 문초하고 그곳에서 사사했다고 하니까요. 지나던 과객들 말이 양재 역참 근처 어느 야

산에 요 며칠 독수리와 까마귀 떼가 몰려와 시끄럽다고 하더이다. 그쪽 어딘가 버렸는지 원."

울화가 치미는지 이 진사는 술잔을 연거푸 비웠다.

"이런 개 같은…… 어허, 술이라도 마셔야지."

정 행수와 이진성도 과음을 하고, 큰 소리 한 번 안 내던 이 진사는 이제 주정까지 했다.

"이놈의 세상, 술이라도 취해야…… 맨 정신으로는 살 수 없는 세상이야. 암 그렇고말고."

이튿날 아침, 숙취에서 깨어난 세 사람은 필동부터 가보았다. 필동에서만 다섯 집이 화를 입었다. 커다란 빗장으로 대문을 봉인해놓아 출입이 금지된 채 사헌부에서 나온 갑사들이 서슬 퍼렇게 창을 들고 서 있었다.

"몇 대째 살았던 집인데……."

안타까움을 다 표현하지 못하고 이 진사는 말을 흐렸다.

"아버님, 시신 수습하는 데 제가 같이 가야 하지 않겠습니까? 하늘을 보니 비도 올 듯합니다."

"아니야. 힘들면 사람을 사서 할 테니 너는 맡은 일을 하도록 해라. 시신을 찾을 수나 있을지……."

필동에서 이 진사와 정 행수와 헤어진 이진성은 곧장 장례원으로 향했다. 오월인데도 한여름처럼 더운 날씨였다. 이진성의 마음속에서는 불이 났지만 장례원 말단 관리들의 일처리는 더디기만 했다.

"누구를 찾아왔소?"

"사촌동생 이정원과 이오성을 찾아왔습니다."

일촌이라도 줄여야 조금이라도 사정을 봐줄 것이었다.

"장부가 정리되지 않아 그러니 한 달 후에 다시 오시오."

한 달이면 별일이 다 일어날 수 있는 시간이었다. 자신이 성균관 생원임을 밝히고 간곡히 부탁하면서 이진성은 은전 한 개를 내밀었다. 상대는 그제야 창고에 들어가 자료를 찾아 나왔다.

"이정원은 경흥 관아에 관비로 갔고, 이오성은 공조 소속 선공감에서 처리했으니 선공감으로 가보시오."

이진성은 육조거리에 있는 공조로 달려갔다. 그러나 공조에도 공조 뒤편의 선공감에도 오성의 기록은 없었다. 선공감에서 다시 장례원, 장례원에서 다시 선공감으로 몇 차례나 오가며 오성의 행방을 물었으나 끝내 알아낼 수가 없었다.

"장부 정리가 끝나면 나올 수도 있으니 석 달 후에 다시 와보시오."

애타게 찾는 이진성이 애처로운지 선공감 관리가 한 가닥 희망의 끈을 남겨주었다.

"예, 석 달 후에 오지요."

선공감을 나온 이진성은 정원이 있다는 경흥으로 길을 잡았다. 북쪽으로 가는 그의 발걸음은 한없이 무겁기만 했다.

8장

경흥 관노 이정원

경흥은 함길도 북동부에 있는 국경 지역으로 두만강을 사이에 두고 여진족과 대치하고 있었다. 대대로 고조선과 고구려가 지배하던 이 땅은 당나라로 넘어갔다가 발해가 일어서고는 발해의 강역이었다. 그러다 성하던 발해가 불분명한 이유로 멸망하자 그 빈자리를 요나라가 차지했다.

이후 고려가 탈환하여 동북면이 되었다가 조선조 태종 10년에 대규모의 여진이 침입하여 백성을 괴롭히자 세종 17년에 공성부를, 세종 19년에 도호부를 설치하고 세종 21년에 육진을 개척하면서 현재에 이르렀다. 그 육진 가운데 하나가 경흥이었다.

경흥에는 여느 국경 지역처럼 무역소가 있었다. 무역소를 통해 여진족이 조선 경내로 들어와 물건을 사갈 수 있었고, 조선도 여진으로 넘어가 여진에서 생산되는 모피나 가죽 등을 살 수 있었다.

이렇듯 국경을 넘나들며 장사하는 몇몇 사람들 가운데 한양에 살던 박장원이 있었다. 부인을 죽이고 야반도주했던 박장원이 경흥에 도착하여 허기진 배를 채우기 위해 들른 곳이 우녀라 불리는 노처녀의 국밥집이었다. 우녀는 백정 우석의 딸로, 아비가 잡은 고기로 국밥집을 경영하고 있었다.

오랫동안 도망자 신세로 돌아다녀 지치고 수척해졌으나 기골이 장대하고 키가 큰 박장원은 예사 인물이 아니었다. 우녀가 한눈에 반한 것은 어쩌면 당연했다. 박장원을 보고 사흘 동안 상사병을 앓던 우녀는 자리를 박차고 일어나 대차게 청혼을 했다.

"아비가 비록 백정이지만 집에 먹을 양식이 있어 살기가 그리 어렵지 아니하고, 그동안 여러 사람에게서 청혼을 받았으나 마음이 동하지 아니하였는데 장부를 보고는 내 심장이 벌떡이니 마음이 그대에게 있음을 알았습니다."

노골적인 우녀의 청혼에 박장원은 처음에 당황했으나 오랜 여정에 지쳤고 더구나 도망자 신세인지라 청혼을 승낙했다. 우녀에게 식구라고는 아비 우석밖에 없고, 우석은 백정마을에서 지내며 경흥 영문 옆에 있는 집에는 가끔 오는 터라 신접살림을 그곳에 차려도 무방했다. 텃밭이 있을 만큼 마당이 넓고 대문채와 안채, 바깥채, 세 칸으로 제법 규모를 갖춘 초가였다.

마당 텃밭에 뿌리를 둔 박꽃이 지붕을 타고 올라 흐드러지게 꽃을 피우고 있었지만 박꽃보다 더 예쁜 것이 우녀였다. 백정의 딸이

어서일까. 박이 열린 듯 풍성한 젖가슴에 잘록한 허리, 희고 깨끗한 피부가 바야흐로 만개한 몸매였다. 박장원이 우녀에게 빠져버리는 데는 그리 오랜 시간이 걸리지 않았다.

박장원은 우녀 곁에서 한시도 떨어져 지내고 싶지 않았지만 우녀의 강력한 요청으로 여진을 드나드는 상인이 되었다. 우녀를 위해 그는 험한 여진의 산하를 누볐다. 이곳에서는 박장원이 양반가 출신이란 것도 무과에 합격하여 촉망받던 군관이었다는 것도 알 리 없었고 박장원 자신 또한 이 모두를 잊고 지냈다.

경흥에 도착한 이진성이 부실한 속을 채우려 우녀의 국밥집에 들어섰을 때, 안에는 기묘한 대치가 벌어지고 있었다. 젊은 여자가 이마에서 피를 흘리며 바닥에 엎어져 흐느끼고 탁자와 의자가 어지럽게 나뒹굴었다. 한눈에도 건달로 보이는 젊은 사내 둘이 여자에게 으름장을 놓았다.

"여기서 장사하려면 우리의 보호를 받아야 되잖아? 몇 번을 경고했는데도 소식이 없어, 백정 딸 주제에."

엎어져 흐느끼던 여자가 고개를 들고 대차게 말했다.

"내 돈 주고 고기 사와 국밥 장사를 하는데 어디에다 무슨 신고를 해야 한다는 말이오? 더 이상 장사 방해하지 말고 물러들 가시오. 우리 남편이 오면 무슨 사달이 날지 모르니."

우두머리로 보이는 건달이 말했다.

"어쭈, 지금 장사 방해라 했나? 진짜 장사를 방해해줘야 맛을 알겠어? 그런데 뭐? 남편이 오면 사달이 난다고?”

또 다른 건달이 바닥에 나뒹구는 그릇 하나를 발로 차니 그릇이 날아서 이진성 앞에 떨어지며 깨졌다. 그제야 이진성이 국밥집 안으로 들어와 서 있는 것을 발견한 건달들은 흠칫하면서도 기세를 빼앗기지 않으려고 눈을 부라렸다.

“오늘 장사 안 하니 돌아가시오.”

한눈에 모든 상황을 판단한 이진성이 침착하게 한 걸음 한 걸음 다가섰다.

“사람이 다치지 않았소? 왜들 이러는 거요?”

우두머리가 이죽거렸다.

“돌아서 나가는 게 몸에 좋을 텐데.”

이제는 정식으로 문제에 개입하겠다는 뜻으로 이진성이 단호하게 말했다.

“보자 하니 한창 일할 젊은 사람들 같은데. 여기서 그만 돌아가겠다면 내 그냥 보내주겠네만…….”

미처 말이 끝나기도 전에 우두머리 놈의 주먹이 이진성의 얼굴로 날아들었다. 그러나 예상하고 있던 이진성은 옆으로 몸을 슬쩍 피하면서 놈의 사타구니를 걸어찼다. 정낭을 차였는지 놈이 비명을 지르며 나뒹굴었다. 또 한 놈은 부러진 의자 다리를 쥐고 이진성을 향해 후려쳐 왔다. 이번에도 가볍게 피하면서 놈의 복부에 주먹을 꽂아넣었다. 욱 소리를 내며 넘어질 듯하다가 다시 일어서는 것을 이번에는 오른발로 턱을 강타하니 뒤로 벌렁 넘어졌다. 정낭을 차였던 놈이 겨우 몸을 추슬러 넘어진 놈을 끌어안고 문밖으로 황급히 사라졌다.

바닥에 엎어져 피 흐르는 이마를 손으로 감싸쥐고 있던 우녀가 일어나 허리를 굽혀 절했다.

"선비님, 어디 다친 곳은 없습니까? 천한 사람을 구해주셔서 무어라고 고마운 말씀을 드려야 할지 모르겠습니다."

"저는 괜찮습니다만, 부인은 피나는 곳을 지혈하고 고약이라도 발라야겠습니다."

"집이 여기서 멀지 않아 잠시 다녀올 테니 선비님께서는 잠시만 기다려주시오."

"그렇게 하지요. 바쁜 일도 없으니."

집에 가서 지혈을 하고 고약을 바른 뒤 우녀가 다시 돌아왔을 때, 국밥집은 이미 깨끗하게 정리된 상태였다. 부서진 탁자며 의자는 한쪽으로 치워져 있었다.

"선비님께서 여기를 다 치워주시고 제가 어찌 해야 할지 모르겠습니다."

그리고 보니 선비라는 사람은 훤칠한 키에 눈매가 시원시원하고 코가 우뚝한 것이 일 년 전 자신으로 하여금 상사병을 앓게 했던 남편 박장원과 비슷하여 호감이 갔다.

선비가 말했다.

"목이 마르고 속이 부실하니 우선 술과 국밥 한 그릇을 주십시오. 돈 걱정은 마시고."

이진성은 공짜로는 먹지 않겠다는 뜻을 분명히 했다.

"아이고, 선비님…… 돈이라니요. 제가 오늘 신세진 것이 많은데."

잠시 후 우녀가 술과 국밥을 들고 나왔다. 이진성은 술부터 한 사발 쭉 들이켰다. 부실한 속이 금세 짜르르 녹았다.

"선비님은 한양서 온 양반 같아요. 우리 남편도 한양서 장사했던 사람인데."

"그래요. 남편은 어디 갔습니까?"

"어제 여진서 돌아와 지금 집에서 푹 자고 있어요."

"여진서 돌아오다니요?"

"여진을 드나들며 장사를 하거든요."

"조선과 여진을 왔다 갔다 하면서 장사를 한다고요?"

"예, 우리 남편도 선비님처럼 키가 크고 잘생겼답니다."

이진성과 우녀는 정답게 이야기를 나누었다. 그 모습을 마침 한 숨 자고 일어나 국밥집에 들른 박장원이 보았다. 슬쩍 질투가 났으나 애써 태연한 체하며 박장원이 두 사람 곁으로 걸어 들어왔다.

"이분이 뉘신데 내 장사하는 것까지 얘기하나."

박장원은 이진성이 들으라는 듯 우녀를 탓했다. 이진성은 자리에서 일어나 인사를 했다.

"경기도 여주에 사는 이진성이라고 합니다. 제가 경흥이 처음이라 이것저것 궁금한 것이 많아 부인에게 실례를 했나 봅니다."

그러자 우녀가 조금 전까지 일어났던 일을 상세하게 설명했다. 박장원이 크게 놀라 국밥집 안을 살펴보고 이진성의 손을 잡으며 허리를 숙였다.

"은인도 몰라보고 제가 큰 실례를 했습니다. 저는 박장원이라 합니다. 여기 오기 전에는 한양서 살았습니다."

이진성은 박장원에게 의자를 당겨 앉기를 권했다.

"여기 앉아 저하고 술 한잔하시지요. 경흥 애기도 들려주시고요."

"술은 제가 대접하겠습니다. 오늘 큰 은혜를 입었는데."

"은혜는 무슨. 당연한 일을 했는데요."

우녀가 안주로 고기를 삶아 내오며 말했다.

"오늘 술은 제 은인에게 올리는 술입니다. 마음껏 드시고 마음껏 취하십시오."

술잔이 오가는 횟수가 늘면서 두 사람은 서로 형님, 아우 하는 사이로 변했다.

"형님은 어떻게 이곳 경흥까지 오셨습니까? 혹시 무슨 죄라도 짓고 도망 오신 것 아닙니까?"

박장원이 크게 놀라 반문했다.

"죄? 무슨 죄?"

"아니면 집안이 사화에 걸려들기라도 한 것은 아닌가요?"

"사화?"

"예, 형님. 사실 저는 성균관 생원인데 이번 갑자사화에서 종숙부 되시는 분이 사사되어 집안이 풍비박산났습니다. 동생 하나는 경흥 관아에 관비로 끌려갔다고 해서 이곳으로 찾으러 온 겁니다."

"음…… 종숙부 되시는 분 존함이 어찌 되는가?"

"전 공조판서 이한주 대감입니다."

"이한주 대감이!"

"우리 대감을 아십니까?"

"이야기는 많이 들었지."

술자리가 쉬이 끝날 것 같지 않자 우녀는 고기를 썰어 안주 한 접시를 더 내왔다.

"여보, 나 먼저 들어가요. 술자리 파하면 두 분 같이 오고요. 선비님이 갈 데가 없잖아요? 문 잘 잠그고 오세요."

"걱정 마오. 조심해서 들어가고."

상냥한 우녀의 말에 박장원도 다정한 눈으로 부인을 보았다. 두 사람 사이에 부부의 정이 뚝뚝 묻어나왔다.

"형수님이나 형님이나 서로를 무척 아끼는 것 같습니다."

"허허, 그런가. 아우, 실은 내가 훈련원 군관이었다네."

"그런데 왜……."

"사정이 있었지."

두 사람 다 만취한 상태라 서로의 말이 농담인지 진담인지 가늠이 되지 않았다. 이진성은 더 이상 술을 이기지 못하고 옆으로 쓰러졌다. 박장원이 이진성을 부축하여 집으로 데리고 오자 그때까지 자지 않고 기다리던 우녀가 두 사람을 맞아주었다.

"저런, 많이 취하셨네."

"많이 마셨지. 내가 같이 잘 테니 당신은 혼자 자요."

"혼자 주무시게 하면 안 돼요?"

“너무 취해서 옆에 있어줘야 할 것 같아 그래.”

이튿날 아침, 이진성이 술이 깨어 일어나자 박장원은 지난밤 못다 한 이야기들을 모두 털어놓았다.

“그런 일이 있었군요. 형님을 처음 봤을 때 어쩐지 장사하는 사람 같지가 않았습니다. 한데 형수님은 이런 사정을 압니까?”

“모르네. 한양서 장사하던 사람인 줄 알고 있지.”

“그럼 모든 것을 사실대로 얘기하세요. 백년해로할 부부인데 언제까지 속일 수는 없지 않습니까.”

“글쎄. 나도 처음에는 죄인 된 몸으로 도망 다니는 신세가 지겨워 덜컥 혼인을 했는데 살다 보니 이젠 내가 저 사람 없이는 못 살겠어.”

이런저런 이야기를 하고 있을 때, 마침 우석이 집에 다니러 왔다. 박장원은 장인에게 이진성을 소개하며 어제 있었던 건달 사건을 이야기했고 우석은 크게 고마워했다.

“우리 딸이 큰 은혜를 입었습니다. 양반께서 누추한 백정 집을 찾아주시니 고맙고요. 내 집이다 생각하고 편하게 계시면서 일을 보도록 하십시오.”

옆에서 이를 지켜보고 있던 박장원이 무언가 결심을 한 듯 갑자기 우녀를 불렀다. 박장원은 아내와 장인 앞에서 그동안 숨겨온 이야기를 털어놓았다. 박장원의 말이 끝나자 우녀는 놀라 눈물을 훔쳤다.

“나리 같은 양반이 저 같은 백정의 딸을 언제까지 데리고 살겠습니까? 저는 지금 눈앞이 캄캄합니다. 더구나 배 속에는 아기까지 있는데 이 일을 어찌 한단 말이오?”

우녀의 애절한 넋두리에 아비도 눈물을 흘렸다.

“그동안 사위가 보여준 정들이 모두 허위였단 말이오, 아이고! 내 딸만 불쌍하게 되었구나…….”

박장원이 우녀의 손을 잡으며 말했다.

“내 비록 처음 만났을 때 사실을 말하지 않았지만 그동안 당신에게 준 정만은 진실한 것이오. 앞으로도 그럴 것이고, 내 앞으로 어떻게 되어도 당신을 아내로 생각할 것이며 배 속에 있는 그 아이는 내 소중한 자식이오.”

우녀와 우석은 감동하면서도 어딘가 못 미더워하는 표정을 감추지 못했다. 이번에는 이진성이 나섰다.

“형님은 이제 형수님 없이는 못 산다고 제게 분명히 말했습니다. 형님은 의리가 강한 군관으로, 결코 형수님을 버리지 않을 것입니다. 그건 제가 보장할 수 있습니다.”

그제야 우녀와 우석이 박장원의 진심을 믿었다.

“사위와 이 생원님의 얘기를 들으니 안심이 되고, 지금은 비록 죄인이나 그래도 양반 군관 사위를 얻었으니 이야말로 크나큰 영광이 아니겠소? 얘기를 듣고 보니 생각이 납니다만 내 벗도 백정인데 한양서 온 양반 사위를 봤소.”

이진성이 설명했다.

“이번 두 번의 사화로 많은 사람이 죽고 또 많은 사람이 귀양을 갔습니다. 더러는 도망을 가기도 했지요."

이진성의 말에 우석은 고개를 끄덕이더니 박장원의 손을 잡으며
말했다.

"자네는 양반이기도 하지만 내 귀한 손자의 아버지이기도 하니
앞으로는 몸조심해야 하네. 내가 백정마을에서 데리고 있는 우막
개라는 아이를 줄 테니 여진에 갈 때 데리고 다니시게. 본디 여진족
아이인데 어릴 때부터 내가 키웠지. 심지가 굳고 몸이 빠르며 칼을
잘 쓰네. 도움이 될 게야."

박장원이 반가운 얼굴로 답했다.

"그렇지 않아도 여진 말을 할 수 있는 사람이 필요했습니다. 데리
고 오시면 제가 무술도 가르치겠습니다."

얼굴에서 그늘이 걷힌 우녀는 이제 생글생글 웃고 있었다.

"오늘 같은 날 술이 빠져서야 되겠습니까. 잠시만 기다리시오."

세 사람은 우녀가 차려온 술상을 앞에 두고 한 가족의 새로운 출
발을 축하했다.

"반천을 뛰어넘어 영원한 부부가 된 것을 축하합니다."

이진성이 의미심장한 말을 했다.

우녀의 집에 우막개가 나타난 것은 이튿날 오후였다. 우막개는
두만강 상류에 살던 건주좌위 어느 부락의 우두머리인 백호와 조선
족 여인 사이에서 태어난 아이였다. 어느 날 밤 급습해온 해서여진
(海西女眞)에 의해 부락은 불타고 남자들은 모두 죽었으며 여자들은
끌려갔다. 어쩌다 살아남은 조선족 여인이 아이를 데리고 도망쳐

강을 따라 흘러 흘러 들어온 것이 경흥에 있는 백정마을이었다. 이 여인과 어떤 관계였는지는 우석이 말을 하지 않아 알 수 없지만, 여인은 백정마을에 온 지 얼마 지나지 않아 우석에게 열 살 된 아들을 부탁하고 세상을 떠났다.

우막개는 어릴 때부터 우석에게서 칼질을 배웠다. 비록 오랫동안의 백정질에서 터득한 것이지만 칼 다루는 솜씨가 예사롭지 않았다. 동작은 민첩했고 눈빛이 날카로우며 말수가 적었다. 그런 우막개가 이제 늠름한 청년이 되어 우녀 집에 들어오게 된 것이다.

"잘 왔다. 이제 우린 한 식구가 되는 거야."

우막개의 손을 덥석 잡으며 박장원이 진심으로 반가워하고 이진성도 자신을 소개하며 따뜻이 맞아주었다. 이국땅에서 가족의 정을 모르고 자라온 우막개는 처음에는 잔뜩 긴장하더니 따뜻한 환영에 금세 얼굴이 풀어지고 미소까지 떠올랐다.

"우막개입니다. 저한테 이렇게 잘해주시니 정말 고맙습니다."

박장원이 문득 제안 하나를 했다.

"이미 나와 진성은 형제가 되기로 하였으니, 우막개 너도 막냇동생으로 우리의 형제가 되는 것이 어떠냐?"

우막개가 크게 기뻐하며 제안에 응하고 이진성도 무척 좋아했다.

"우리 삼형제가 술 한잔해야지요. 제가 술을 사올 테니 그동안 안주를 준비해주세요."

"그래, 우리 우녀가 배가 부르니 안주는 내가 만들지."

우막개는 어리둥절하기만 했다. 사람의 정이라는 게 이런 것인

가. 어려서부터 우석 노인이 돌봐주기는 했지만 지금껏 이렇게 정을 주는 사람들은 처음이었다.

어느덧 밤이 깊고 세 사람 모두 기분 좋게 취했다. 박장원은 우녀가 있는 방으로 가고, 이진성과 우막개가 같은 방으로 들어가 잠이 들었다.

이튿날에는 박장원과 이진성이 목검을 잡고 무술 실력을 겨뤄보았다. 훈련원 제일 무술 교관이었던 박장원이지만 이진성 또한 호락호락하지 않았다. 신륵사 백련암에서 연마한 육 년간의 실력, 그 수준을 가늠해볼 수 있는 기회가 왔다.

기합 소리가 거듭되면서 동작이 빨라지고 두 사람은 가쁜 숨을 몰아쉬었다.

"그만, 그만!"

목검을 거두고 털썩 주저앉은 것은 박장원이었다.

"자네, 무관이었나?"

"아닙니다. 절에서 공부할 때 스님들에게서 조금 배웠을 뿐입니다. 형님이야말로 대단한 실력인데요. 형님이 양보하지 않았다면 저는 10합도 버티기 어려웠을 겁니다."

"원, 별 겸손의 말을."

대련을 지켜보던 우막개가 놀라움과 감동이 가득한 얼굴로 두 사람을 보았다.

"형님들, 제게도 무술을 가르쳐주시오. 꼭 무술을 꼭 배워야 할 이유가 있습니다."

"이유라면?"

"우리 부락을 불태우고 내 아버지를 죽인 놈들에게 복수하고 싶습니다."

"그놈들이 누군가?"

"해서여진의 와르카 부족입니다."

우막개는 어린 시절에 겪은 일을 정확히 기억하고 있었다. 그렇지 않아도 날카로운 눈빛이 먹이를 쫓는 맹수처럼 날카롭게 빛났다.

"그렇다면 지체할 수 없지."

그날 밤 바로 무술 수련이 시작되었다. 박장원이야 한평생을 무술로 살아온 사람이지만 이진성은 실로 경이로운 실력이었다. 부드러움 속에서도 강인함을 잃지 않는 검법, 박장원이 오히려 배우고 싶은 특이한 검술이었다.

무술 수련은 세 사람의 형제애를 더없이 끈끈하게 만들어 어느새 그들은 심복지우(心腹之友)가 되어 있었다. 의리는 바위처럼 무겁게, 목숨은 깃털처럼 가볍게 여기며 의형제를 맺은 세 사내는 앞날을 위해 수련에 정진했다.

이진성은 밤에는 무술에 몰두하고 낮에는 경흥 관아 주위를 배회하며 정보를 입수하는 데 집중했다. 지금까지 입수한 정보에 의하면, 경흥 관아의 관비들은 그 숫자가 백 명 가까이 이르며 그 가운데 반은 관아 내 잡일에 종사하고 나머지 반은 관아 밖의 영문 안 작업장에서 병사들의 옷 수선과 빨래, 군복 만드는 일에 동원되고 있었다. 경흥 관아 병사들뿐 아니라 건원보 병사들 옷까지 포함되어 작업량이 많고 고되기 그지없는 일이었다. 견디지 못하고 쓰러져 죽는 관비들이 적지 않아 모두 그곳을 죽음의 작업장이라고 불렀다.

이진성의 직감으로 정원은 십중팔구 그곳에 있을 것이었다. 경험 많은 이들도 오래 못 견디고 쓰러지기 일쑤라는데 손에 물 한 방울 안 묻히고 살아온 정원이 그런 험한 일을 하고 있다고 생각하니 견딜 수가 없었다. 기운이 쑥 빠져 우녀의 집으로 돌아오니 박장원이 걱정스럽게 물었다.

"왜 그래? 무슨 나쁜 소식이라도 들었나?"

"소식 들은 건 없습니다. 다만 고생하고 있을 정원이를 생각하니……."

"내가 곰곰이 생각해봤는데, 부사를 찾아가 만나보는 게 어떤가?"

"경흥 부사를요?"

"그래. 내게 좋은 호피가 하나 있으니 선물로 가지고 가서 직접 담판을 하는 게 낫겠어."

"담판이라."

"그렇지. 부사가 안 되면 형방을 만나보는 것도 괜찮고."

경흥 부사는 문관 출신의 오갑수였다. 환갑이 다 되어가는 나이로, 사복시와 병조에서 오랫동안 낭관으로 근무하다 작년에 파격적으로 승차하여 경흥 부사로 부임했다. 들리는 소문으로는 장녹수의 친가 쪽에 줄이 닿아 있다고 했다.

부사와 같이 부임해온 형방 오진수는 관리나 아전 경험이 전혀 없음에도 제법 실력이 있다는 평이었다. 과거에 번번이 낙방하여 오랜 공부를 걷어치우고 한때는 시전에 나가 장사를 했으나 밑천만 말아먹어 그마저 그만두고 형님뻘 되는 친척 오갑수를 따라 이곳까지 온 터였다. 이방의 일을 겸하고 있어 사실상 경흥에서 부사 다음가는 실세인 그는 관비 관련 업무도 담당하고 있었다.

이진성은 퇴청 시간에 맞춰 관아 정문에서 기다리다가 형방 오진수를 붙잡고 늘어졌다.

"형방 나리, 저는 한양에서 온 성균관 생원 이진성이라고 합니다. 상의 드릴 일이 있어 만나뵈려고 기다리고 있었습니다."

형방 오진수가 이진성의 위아래를 훑어보더니 인상이 좋고 사람이 건실해 보였는지 이내 경계의 눈빛을 누그러뜨렸다.

"무슨 일인지는 몰라도 한양에서 이곳까지 왔다니 일단 들어나 봅시다."

두 사람은 가까운 주막에 들러 주안상을 마주하고 앉았다. 술잔이 두 번째 돌고 나자 형방 오진수가 물었다.

"그래, 나에게 상의할 일이 뭐요?"

"사촌동생이 이번 사화에 멸문지화를 당하고 이곳에 관비로 와 있습니다."

"그래서요?"

"다름이 아니옵고, 납공노비로 돌려서 데려갈 길이 없나 싶어 천릿길을 마다 않고 왔습니다."

"납공노비라…… 멸문을 당했다는 댁이 어디요?"

"전 공조판서 이한주 대감입니다."

"이한주 대감이라."

"예. 그분의 딸이 지금 관비로……."

형방 오진수는 관심을 가지고 잠시 생각에 잠기는 듯했다.

"관비들은 우리가 관리하고는 있지만 납공노비로 돌리는 결정은 우리 관할이 아니고 장례원의 허가를 받아야 합니다."

"그래서 이렇게 상의드리는 것입니다. 도와주십시오. 은혜는 평생 잊지 않겠습니다."

"내 이 생원이 초면이어도 왠지 호감이 가고 성실해 보여 하는 말이지만, 적과 대치하고 있는 변방에 조정이 지원해주는 것이라곤 관비나 관노, 관기뿐이오. 그래서 관아에 특별 경비를 쓸 일이 발생하면 장례원의 허가를 받아 관비를 납공노비로 전환해 한꺼번에 신공을 받아 경비로 충당하곤 하오. 우리가 특수 임무 경비를 충당하기 위해 장례원으로부터 관비 셋을 납공노비로 전환하는 일을 작년 말에 허가받아 두었는데, 돈을 많이 내야 하니 납공노비를 자청하는 사람도 없고 특수 임무를 담당할 적임자도 못 찾은 상황이오."

"특수 임무라는 것이 무엇입니까?"

비밀스러운 일인 만큼 선뜻 말하기 어려워 형방은 한참이나 뜸을 들였다.

"몇 년에 한 번씩 여진족에 대한 여러 정보를 입수하여 절제사를 거쳐 병조에 보고하게 되어 있소. 그 일은 단순히 세작 활동만 해서 되는 것이 아니고 여진 전체를 꼼꼼히 정탐해야 할 뿐 아니라 보고서를 작성할 만큼의 실력도 있어야 하는 어렵고 위험한 일이오. 하여 적임자를 찾기가 쉽지 않소."

형방이 솔직하고 진지하게 사정을 설명해준 데 이진성은 상당히 고무되었다.

"초면의 저에게 이토록 소상히 말씀해주시니 형방 나리께 진심으로 감사드립니다. 형방 나리, 단도직입적으로 말씀드리겠습니다. 그 특수 임무를 제게 맡겨주십시오. 제게는 그 임무를 도와줄 형님도 있습니다."

"형님이라면?"

"의형제를 맺은 박장원이라고, 여진을 돌아다니며 장사를 하는데 무예가 출중합니다."

"그것 참 좋은 생각이오. 상단을 꾸려 여진족을 정탐할 수 있다는 뜻 아니오?"

"그렇습니다."

"하나 이 일은 결코 쉬운 일이 아니오. 생각을 깊이 해야 할 것이오. 관아에서는 아무 지원도 못하고 단지 관비 셋을 납공노비로 전환하는 권한만 줄 수 있소."

"알겠습니다. 저희가 하겠습니다. 부사 나리께 보고해주십시오. 부사 나리의 허락이 떨어지면 곧장 떠나겠습니다. 다만 한 가지 더 부탁드리면, 떠나기 전에 제 사촌동생 면회를 시켜주시고, 일하기 좀 편한 데로 보내주십시오. 이것은 형방 나리의 권한이니 할 수 있는 일 아닙니까?"

"그렇게 하겠소. 내일 관아로 들어오시오."

이진성은 은전이 든 작은 가죽 주머니를 꺼내 탁자 위에 놓았다.

"부사와 형방 나리께 인사드리려고 준비해온 것입니다. 성의로 받아주십시오."

예상 외로 형방은 두 손을 저으며 완강히 거절했다.

"앞으로 당신들이 해야 할 일은 비용이 많이 들고 성공한다는 보장도 없을 뿐 아니라 살아 돌아온다는 보장도 없소. 모든 임무가 성공적으로 끝났을 때 부사 나리께 약간의 사례를 하시오. 나한테는 안 해도 되니."

형방은 생각보다 합리적인 사람으로 요즘 보기 드문 향리였다.

"내일 관아로 들어오되 오늘 돌아가거든 그 박장원이라는 이와 깊이 상의하여 결정하시오."

집으로 돌아온 이진성은 박장원에게 형방을 만난 일을 보고했다. 박장원은 깊은 한숨부터 쉬었다.

"이 일은 생각보다 어려운 일이야. 지극히 위험한 일이지. 다른 방법은 없겠나?"

예상 외의 반응에 이진성은 절망을 느꼈다. 정원을 구해야 한다는 간절함 때문에 너무 안이하게 생각한 것일까. 형방의 이야기를 듣고 일이 반이나 성사된 것처럼 경솔하게 좋아했던 자신이 부끄러웠다.

'어떻게 한다? 포기한다? 그건 절대 아니다. 여진족 사람을 사서 나 혼자 상단을 꾸려?'

잠이 오지 않는 밤이었다.

이튿날, 오만 가지 생각으로 밤을 지샌 이진성에게 박장원이 훤히 웃어 보였다.

"아우, 우리 상단 한번 크게 꾸려볼까?"

"예?"

"관아에 들어가서 약속이나 단단히 받아오라고. 국경 출입증도 잊지 말고."

"형님, 고맙습니다. 정말 고맙습니다."

"우리 셋이 힘을 합치면 못할 일이 뭐 있겠나. 우막개도 꼭 가고 싶다고 하니."

"막내가요?"

"여진을 정탐하는 일이야말로 자기가 적임자라더군."

박장원의 말에 힘을 얻은 이진성은 힘찬 발걸음으로 경흥 관아를 향했다. 자그마한 키에 홀쭉한 몸으로 한눈에도 깐깐해 보이는 부사가 쇳소리 같은 음성으로 말했다.

"여진족의 전체 분포 현황과 최근 동향, 군사 능력 등을 빠짐없이 파악하여 보고서를 만드는 일일세. 절제사를 거쳐 병조에 보고되는 것이라 내용이 부실해서는 절대 안 되는 일이야. 또 허위로 작성했다가는 관을 속인 죄로 무거운 처벌을 받게 된다는 것을 명심하게. 물론 보고서가 훌륭하다면 그 대가로 납공노비 세 명을 모두 데리고 갈 수 있을 걸세."

"부사 나리의 뜻, 잘 알겠습니다."

오직 일을 성사시켜 정원을 구해내야 한다는 생각에 이진성은 일의 어려움이나 생명의 위험 따위를 생각할 겨를이 없었다.

부사를 만나고 난 뒤 형방 집무실로 들어가는 이진성의 가슴이 쿵쿵 뛰었다. 침착하려 애를 썼으나 거듭 심호흡을 해도 마음이 진정되지 않았다. 드디어 정원을 만나는 것이다. 미리 이야기가 된 대로 형방은 정원을 면회하게 해주었다.

이진성이 정원을 기다리는 동안 관아 밖 영문 안 작업장에서는 노역이 한창이었다. 관아 소속 병사는 물론이고 건원보 소속 병사들의 옷까지 만들고 수선하고 세탁하느라 정신없이 바쁜 와중에 작업반장인 오십대 초반의 여자가 싸리나무 회초리를 들고 연방 고함을 질러대고 있었다.

"요령을 피우고 속도가 늦는 년은 본보기로 회초리 맛을 보게 될 것이다. 야! 거기 늙은 년, 이리 나와! 늙었다고 봐줄 줄 아느냐?"

하나같이 검정색으로 물들인 광목 작업복을 입어 누가 누군지 구별하기 어려웠지만 개중에도 가장 눈에 띄는 젊은 여자 둘이 늙은 여자를 부축하여 데리고 나왔다.

"우리 어머님은 병자입니다. 요령 피우는 게 아닙니다. 한 번만 봐주십시오."

다른 한 여자도 호소했다.

"정경부인은 병자가 맞습니다. 대신 우리 둘이 세 사람 몫의 일을 하겠으니 연로하신 정경부인은 작업에서 빼주십시오. 부탁입니다."

"정경부인? 핫핫. 왜, 중전마마라고 하지 그래. 왕년에 정경부인 아니었던 년 있으면 나와보라 그래. 회초리 맛을 봐야 정신을 차리지, 응?"

비록 검은 작업복에 수척한 얼굴, 헝클어진 머리를 하고 있지만 이 세 여자에게서는 무언가 범접하기 힘든 기품이 남아 있었다. 그래서 감히 회초리를 휘두르지는 못하고 작업반장은 계속 고함만 질러댔다. 고함소리, 거친 숨소리, 왁자지껄한 욕설로 작업장은 가히 지옥 같았다.

형방이 들어온 것은 그때였다. 형방이 무언가를 지시하자 작업반장은 관비들을 둘러보며 큰 소리로 물었다.

"이정원! 이정원이 어느 년이냐?"

순간, 관비들은 일손을 멈추고 부러운 눈으로 정원을 쳐다보았다. 이런 경우는 대개 부러워할 만한 일일 때가 많았다.

"예, 접니다."

"네가 전 공조판서 이한주의 여식이 맞아?"

"예."

"형방이 너를 찾으니 집무실로 가봐."

"형방이 저를 왜……."

"혹시 알아, 부사 수청이라도 들라 할지."

여자들이 와 하고 웃었지만 정경부인과 그 딸의 낯빛은 어두워졌다. 정원과는 한양에서부터 같이 끌려와 그간 모녀처럼 또 자매처럼 서로 의지하고 지낸 사이였다. 직접 만난 적은 없지만 관비가 되기 전부터 서로 알 만한 사이이기도 했다. 한쪽은 공조판서 이한주 대감의 딸이고 다른 한쪽은 좌찬성 성경원 대감의 부인과 딸이었다. 집안이 멸문지화를 당했다는 공통점으로 그들은 서로 공감하고 의지하면서 혹시라도 있을 행운을 갈망하며 지냈다. 성 대감의 딸 희영이 정원을 보는 눈빛은 필사적이었다.

"언니, 어머님이 많이 편찮으신 것 알지? 우리도 살려주어."

정원의 다리라도 붙잡고 늘어지고 싶은 희영의 절실함을 모를 리 없는 정원은 입술을 꽉 다문 채 고개를 끄덕였지만, 무슨 일인지 알 수 없는 상황이라 불안한 마음으로 발걸음을 옮겼다. 영문을 나와 관아 뒷문을 거쳐 형방의 집무실로 가는 내내 정원은 별의별 생각을 다 했다.

형방이 나를 찾는 이유가 뭘까. 그가 관아의 모든 관노와 관비의 책임자라는 사실은 이미 들어 알고 있었다. 정말 부사 수청이라도 들라고 하면 어떻게 해야 하나. 혹시 정 행수가 찾아온 것일까. 불안과 기대가 뒤섞인 마음으로 정원은 조심스레 형방 집무실 문을 열고 안으로 들어갔다.

첫눈에 들어온 것은 장승처럼 서 있는 한 사내였다. 순간, 정원은 자신의 눈을 의심했다. 고된 노역과 비참한 생활 속에서도 한순간도 잊어본 적 없는 사람, 꿈에서나 만날 수 있었던 그 사람이 눈앞에 서 있었다. 아무 말도 나오지 않았다.

이진성은 그저 눈물만 흘리고 선 정원에게 다가와 품에 꼭 안았다. 소리 없는 눈물이 차츰 흐느낌이 되고 다시 오열로 변했다.

"오라버니……."

정원을 껴안은 팔에 힘을 줄 뿐 이진성도 말이 없었다. 만나면 할 말이 태산이라고 생각했는데 막상 얼굴을 보니 어떤 말도 할 수 없었다. 흘러내리는 정원의 눈물이 이진성의 가슴을 타고 흐를 뿐. 차라리 이대로 눈을 감아 이 순간이 영원했으면 좋겠다는 생각이 들었다.

그때 형방이 들어와 이진성은 정원을 가만히 떼어놓았다. 형방에게 면회를 허락한 데 대해 고마움을 표시한 후 이진성은 정원에게 자신이 경흥까지 오게 된 사연과 곧 여진으로 떠나야 하는 이유를 설명했다.

"안 돼요, 너무 위험해요. 가지 말아요."

"이미 약조를 해서 돌이킬 수 없는 일. 하지만 걱정하지 마. 열 달 후 당당히 다시 나타날 테니."

"그래도 안 돼요! 세상에…… 제가 뭐라고. 왜 그토록 위험한 곳으로 가려 하세요?"

조용히 지켜보던 형방이 안 되겠는지 대화를 중단시키고 정원을 관아 내 의무실로 옮겨주겠다고 약속했다. 지금의 작업장만 아니라면 어디든 천국이겠기에 정원은 형방에게 감사를 표한 다음 정경부인과 성희영의 사정을 전하고 선처를 부탁했다. 이진성도 약조한 납공노비 세 명을 이들 셋으로 하겠다고 하자 형방은 이진성이 여진에서 돌아올 때까지 세 여인을 의무실에서 일하도록 그 자리에서 허락했다.

이진성과 눈물로 작별한 뒤 다시 작업장으로 돌아온 정원에게 작업반장이 물었다.

"형방이 왜 부른 거야? 정말로 수청 때문인가?"

"아뇨, 오라버니가 면회를 왔어요."

작업반장이 궁금해서 참을 수 없다는 얼굴로 무언가를 더 물으려 했지만 정원은 자기 자리로 돌아와 묵묵히 일을 시작했다. 내내 말이 없던 정원은 일을 마치고 숙소로 돌아와서도 입을 열지 않았다. 더는 못 참겠다는 듯 성희영이 마당으로 정원의 손을 잡아끌었다.

하늘에 달이 휘영청 떠 마당에 달빛이 내려앉아 있었다. 교교한 달빛 속에 선 정원의 얼굴이 신비스러울 만큼 희었다. 두 눈은 꿈꾸듯 빛났다.

"언니, 무슨 일 있어요?"

"희영이는 누구를 진정 사랑해본 적이 있어?"

뜬금없는 말이었다. 생사의 갈림길에 놓여 있는 처지에 사랑이라니.

"없어요, 그런 적."

"그렇다면 여기서 이대로 죽는 건 너무 억울하잖아?"

"그러니 죽지 말아야죠. 면회 때 무슨 일이 있었어요? 혹시 임금이 바뀐다는 소식이라도 들었나요?"

"아니. 형방이 우리 셋을 곧 의무실로 옮겨준다고 했어."

"정말요? 아…… 한데 형방이 왜?"

정원이 자초지종을 들려주자 희영이 혼잣말처럼 나지막이 말했다.

"그분이 성공해서 돌아오느냐 돌아오지 못하느냐에 우리 세 사람의 운명이 달려 있네요. 믿을 수가 없어요. 어떻게 그런 오라버니가 있을 수 있지요?"

정원을 만나고 돌아오자마자 이진성은 상단을 꾸릴 준비를 시작했다. 처음엔 배 속에 아이가 있으니 남편을 보낼 수 없다고 반대하던 우녀도 이진성이 꼭 해야 할 일이라는 점을 이해하고는 상단 자금에 보태 쓰라고 돈을 내놓기까지 했다.

상단의 규모가 생각보다 커졌다. 인삼 등 의약품과 종이, 의복 등 생필품에 금패, 산호, 밀화 등 패물, 연지와 곤지 같은 화장품도 물목에 포함시켰다. 노새 다섯 마리에 일꾼 다섯 명을 구하고 여진을 향해 두만강을 넘은 것이 갑자년 구월 초하루였다.

동여진에서 시작해 서여진까지 가야 하는 긴 여정이었다. 하루 종일 가도 높은 산만 보이는 첩첩산중, 우거진 솔숲으로 하늘조차 보이지 않는 산악지대가 있는가 하면 며칠을 가도 끝없이 펼쳐진 황량한 벌판이라 바람 피할 곳조차 없기도 했다. 척박한 땅이었다.

연말이 지나고 해가 바뀌어도 정원과 오성을 찾아 떠난 이진성에게서 소식이 없자 김수는 여주 이진사댁을 찾아왔다.

"차를 준비시킬까요? 곡차를 준비시킬까요?"

"정 행수, 스승님의 건강을 위해 닭을 잡아 진지를 준비하고, 곡차를 먼저 내오시게."

주안상을 앞에 두고 김수와 이 진사가 마주 앉아 따뜻하게 데운

삼해주를 마셨다.

"소식이 궁금하기도 하고 진사 어른은 어찌 지내시는가 싶어 내려왔습니다."

"우리도 아무 소식을 못 듣고 있습니다. 찾으러 간 놈도 연락이 없으니 원."

"무소식이 희소식이라고, 아예 데리고 올지 누가 압니까?"

"그렇다면 얼마나 좋겠습니까."

따뜻한 술이 들어가니 김수의 얼굴에 불그스레 화색이 돌았다.

"자식이 없어 외롭다가 자식이 생겨 기쁘더니 이제는 자식 때문에 걱정입니다."

"사람 마음이 참 오묘해서…… 그렇지요? 즐거움이 없으면 고통도 없고, 고통이 없으면 즐거움도 없는 것이 세상의 이치 아닙니까? 하나의 뿌리에서 두 가지가 나듯 고통도 즐거움도 결국 한 마음에서 나고 사라집니다. 살아있는 모든 생명체는 이런 인과에서 벗어날 수 없지요."

"말씀을 듣고 보니 부끄럽습니다. 아들로 인한 즐거움이 없으면 걱정도 없을 테니까요."

"곧 좋은 소식 있을 터이니 너무 심려하지 마십시오. 그런데 진성이가 간 곳이 어디라고 했지요?"

"저 먼 북쪽 끝 경흥입니다."

눈을 지그시 감고 주문을 외듯 무언가를 중얼거리다 김수가 말했다.

"경흥 땅은 진성이와 인연이 있는 길한 곳입니다. 곧 좋은 일이
있을 겁니다."

"그렇다면 걱정 놓겠습니다."

이런저런 얘기들이 오가고, 이 진사는 문득 긴 한숨을 내쉬었다.

"이놈의 조정은 언제쯤이나 잠잠해질까요. 저 광기는 또 언제 멈
출지."

김수는 한참을 생각하다가 알듯 모를 듯한 얘기를 내놓았다.

"우리 인간은 어떤 일이 앞서 기다리고 있는지 헤아리지 못합니
다. 그러나 달이 차면 기울고 밀물이 있으면 썰물이 온다는 이치가
어찌 오늘이라고 피해 가겠습니까? 한 발 한 발 무언가가 다가오고
있습니다."

"음…… 머지않았다는 말씀이시군요. 그럼 우리 진성이 대과는
언제쯤이나 길이 열리겠습니까?"

"진성이는 금상이 있는 한 대과를 보지 않겠다는 생각이 확고합
니다."

"금세 세상이 바뀌겠습니까? 부처님은 무얼 하고 계십니까? 이 많
은 목숨을 빼앗은 금상 같은 사람을 저대로 두시니 말입니다."

"저마다가 모두 부처인데 부처님이 따로 있나요."

술기운이 오른 이 진사가 조금 흥분하여 비꼬듯 되물었다.

"우리가 모두 부처라고요? 그럼 금상도 부처입니까?"

"인간의 본성이 부처라는 뜻이지요. 부처의 모습으로 세상에 태
어났으나 부처 되기를 거부한 인간들이 태반이니 세상이 이 모양

아니겠습니까."

"우리 중생들이 공양미를 바치는 것이나 스님들이 고행을 마다하지 않고 정진하는 것이 모두 부처가 되겠다는 일념 아닙니까?"

"그렇다고 볼 수 있지요. 부처가 될 마음은 없으면서 부처인 체하는 사람이 극락왕생하겠다는 꿈을 꾸는 경우를 더러 봅니다만, 잠든 사람을 깨우기는 쉽지만 잠든 체하는 사람은 깨울 수 없듯 부처인 체하는 사람은 구제되기 어렵습니다. 어쩌면 우리 모두가 잠든 체하는 사람들일지도 모릅니다. 절에 와서 공양미를 바치고 기도한다고 부처가 되는 것이 아닙니다. 인간이 본래 부처로 태어났으니 부처처럼 생각하고 부처처럼 행동하면 그것이 바로 부처이지요."

"불교를 오래 공부하시더니…… 그렇다면 석가모니 부처님께서 가르치신 그 방대한 경전의 최종 가르침은 무엇입니까?"

"제가 스님도 아니고 단지 학문하는 사람으로 경전을 뒤적이고 있을 따름입니다. 석가모니 부처님께서 열반하시기 전 남기신 말씀이 적절하겠습니다.

'나는 일찍이 한 마디도 말한 바 없다. 너희들은 자신을 등불로 삼고 자기를 의지하여라. 진리를 등불 삼고 진리에 의지하여라. 이 밖에 다른 것에 의지해서는 안 된다. 그리고 너희들은 내 가르침을 따르고 화합하고 공경하며 다투지 마라. 나는 몸소 진리를 깨닫고 너희들을 위해 진리를 말했다. 너희는 이 진리를 지켜 무슨 일에나 진리에 따라 행동하라. 죽음이란 한갓 육신을 벗는 것임을 잊지 마라. 육신의 생로병사는 누구에게나 피할 수 없는 일이다. 그러므로 육신에 매이지 마라. 여래는 육신이 아니다. 깨달음의 지혜다. 육신은 죽어 없어지더라도 깨달음의 지혜는 영원하다. 진리는 깨달음의 길에 살아있다. 내가 간 뒤에는 내가 말한 가르침이 곧 너희들의 스승이 될 것이다.'"

구월에 떠나 해가 바뀌어 정월이 지나고 이월이 되어서야 여진으로 갔던 상단이 돌아왔다. 동여진에서 북여진으로, 북여진에서 다시 서여진으로 광활한 만주를 일주하는 것은 모진 추위와 무더위를 견뎌야 하는 강행군이었다. 눈 속에 갇혀 사흘간 꼼짝없이 발이 묶이기도 했고 산적과 마적을 만난 것만도 세 번이었다. 한 번은 몸값을 치르고 풀려났으나 두 번은 목숨을 걸고 싸워서야 벗어날 수 있었다. 박장원과 이진성, 우막개의 뛰어난 무술이 없었다면 어려운 여정이었다. 그렇게 생사고락을 함께하며 셋은 피를 나눈 형제보다 더한 정을 나누었다.

이진성은 드넓은 땅을 보면서 조상들이 경영하던 웅대한 꿈을 느낄 수 있었다. 그 꿈을 잃고 조그만 반도에 내려앉아 각자의 이기에 사로잡혀 다투고 있는 조선이 무기력하게만 느껴졌다. 이런 나약함으로 남은 반도나마 온전히 지킬 수 있을까. 몸은 고되고 힘들었지만 느끼고 깨달은 바가 많은 여정이었다.

우녀의 집으로 돌아왔을 때 그들을 기다리는 사람은 둘이 되어 있었다. 박장원이 갓난쟁이 딸을 번쩍 안아 올리자 아기가 자지러지게 울어댔다.

"이놈, 내가 네 아비다."

우녀가 눈을 흘겼다.

"아기가 놀랬잖아요."

"수고했소, 정말 고맙네."

"장사는 잘했어요? 하려던 일도 잘됐고요?"

"모든 게 잘되었소. 그런데 장사는 별로 남기지 못했어."

"무사히 돌아온 것만도 좋은 걸요. 밤마다 달을 보고 얼마나 빌었는지 몰라요. 참, 그보다 우리 딸 이름을 지어야 하는데."

"우리 예쁜 딸 이름을 뭐라고 할까…… 당신이 밤마다 달을 보고 빌었으니 달님이가 어떻소?"

"달님이. 좋아요."

여진에서 돌아온 후 이틀이 지나서야 겨우 노독이 풀린 이진성은 보고서를 정리해 관아로 들어갔다. 내용은 다음과 같았다.

춘추전국시대 이래 '숙신' '읍루' 혹은 '물길' '말갈'로 불리던 여진족은 동만주 해안 지역에서 북만주와 서만주 일대까지 분포해 있으며 주로 수렵과 사냥을 하나 일부는 농경으로 생업을 유지한다.

지금의 여진족은 고구려, 발해 등에 복속되어 있었다. 그런데 약 삼백오십 년 전 거란족이 세운 요나라의 지배를 받다가 금나라를 건국했다. 금나라는 한때 송나라를 양자강 이남까지 후퇴시킬 만큼 강성했고, 남으로는 고려를 압박하여 고려가 북진 정책을 펴지 못하도록 좌절시키기도 했다. 그러나 종내 금나라는 몽골족에게 멸망해 이후는 야인여진, 해서여진, 건주여진으로 분열되었다. 야인여진은 다시 파아손, 착화, 홀라온, 호로 해서여진은 울라, 후이파, 하다, 예허로 분열되어 있으며 건주여진은 오돌리, 후리가이, 도은, 발고강, 탈알령으로 분열되어 있는 실정이다.

유목과 농경을 병행하고 있는 여진족은 하늘신을 믿으며 독자적인 자신들의 문자를 사용한다. 금나라 초기 완안희윤에 의하여 발명된 여진 문자는 한자에 기반을 둔 데 반해 문화는 몽골의 영향을 맡아 부족의 지도자를 한 또는 칸이라 부르고 좀 더 강력한 칸은 버일러라 부르기도 한다.

가족은 대개 다섯에서 일곱 명으로 구성되어 강력한 관계를 형성하고 있다. 이들은 가족 단위로 사냥을 하고 생활하며, 이를 기반으로 전쟁 등 대규모 활동 시에는 기업 또는 나루를 조직하여 대응한다.

금나라 이후 강력한 통일 세력이 나타나지 않아 부족 간의 이합집산이 수시로 생겨나고 분열에 따른 분쟁과 다툼이 자주 일어나는 바 이것이 우리 변방을 어지럽히는 요인이 되고 있다. 두만강 건너편의 해서여진은 최근 세력이 크게 약화되었으며, 만주 북부 흑룡강 부근의 야인여진은 조선과 멀리 떨어져 있어 별 위협이 없다. 그러나 만주 중앙에 위치한 건주여진은 명나라부터 부족별로 건주좌위, 건주본위, 건주우위라는 작위를 받아 앞

다투어 문물을 도입하고 경쟁적으로 군비를 확충하며 견제를 하고 있다.

만약 해서여진이 약해진 틈을 타 북쪽에서 몽골족이 침략해 온다면 북쪽의 야인여진이 해서여진을 조선으로 밀어낼 가능성이 있다. 향후 여진족을 통일할 부족을 꼽으라면 아마도 건주좌위 여진이 될 것이다. 이밖에 여진족의 부족별 위치와 인구, 군사수, 주요 병기는 별도로 지도상에 표시하였다.

보고서뿐 아니라 별첨 지도에 표기된 여진족의 인구와 군사 수, 병기 종류에 이르기까지 완벽히 정리된 보고서를 꼼꼼히 살펴본 경흥 부사는 흡족한 표정이 역력했다. 특히 그동안 잘 몰라 어려움을 겪었던 부족별 위치와 인구 등에 대한 조사는 기대 이상이었다.

부사는 이진성의 노고를 치하하고 형방 오진수를 불러 신공 납부를 조건으로 이정원과 정경부인, 성희영을 납공노비에 처하도록 명했다. 그동안 세 사람은 형방의 약조대로 관아 의무실에서 비교적 편안히 지냈다고 했다.

"형방 나리, 이번에 큰 은혜를 입었습니다. 잊지 않겠습니다."

"대과에 급제하면 북방 근무를 지원하겠다던 이 생원의 말을 기억하오. 부디 급제하여 이곳 경흥으로 와서 재회하기를 기대하겠소. 정문으로 나가면 반가운 얼굴들이 기다리고 있을게요. 그럼 안녕히 가시오."

"고맙습니다."

형방과 작별인사를 나누고 정문으로 나오니 의녀 복장을 한 세 여인이 옆구리에 보따리 하나씩을 낀 채 기다리고 있었다. 정원이 성희영에게 보따리를 던지더니 이진성의 품속으로 뛰어들었다.

"오라버니, 오라버니! 살아왔군요, 살아왔어요. 살아 돌아와 고마워요……."

이진성은 흐느끼는 정원을 안은 채 한동안 그대로 서 있었다. 그러다 문득 정경부인과 성희영을 의식하고는 정원을 안은 팔을 놓았다. 의녀복으로 가릴 수 없는 덕스러운 연륜과 잘 갈무리된 품위로 누가 봐도 귀한 여인임을 알 수 있는 정경부인과 탐스럽게 통통한 성희영이 미소를 머금고 서 있었다. 성희영은 가지런히 땋아 내린 풍성한 머리칼에 반짝이는 눈, 알맞게 솟은 코가 얼굴 한가운데 가지런히 놓여 있고 그 아래 붉고 도톰한 입술이 매력적인 처자였다. 성경원 대감의 사랑을 듬뿍 받은 귀한 딸다웠다. 그런데 어쩌다 이런 곳에서 만나게 되었는지. 기구한 운명이었다.

정경부인이 먼저 인사를 했다.

"생명을 살려준 은인을 만나니 무슨 말부터 해야 할지…… 고맙습니다."

성희영도 허리를 굽혔다.

"고맙습니다, 생원님."

이진성이 훤하게 웃었다.

"정경부인과 낭자께서 그동안 얼마나 고생이 많았습니까."

가까스로 울음을 그치고 안정을 찾은 정원이 물기가 남아 있는 눈으로 물었다.

"오라버니, 이제 우리는 어디로 가요?"

이진성은 우선 우녀의 집으로 세 여인을 데리고 갔다. 박장원과 우녀가 이들을 따뜻하게 맞아주었다. 우녀는 벌써 세 사람의 옷과 신발까지 마련해놓았다. 무명치마와 명주저고리에 속곳까지, 우녀의 마음 씀이 고왔다.

처지가 이와 같지 않다면 생각할 수도 없는 일이지만 양반 가문의 세 여인이 백정의 딸 우녀에게 몸을 의탁하고 있었다. 우녀가 정성을 다해 소머리로 곰국을 만들어 먹이고 귀한 산삼까지 달여 먹인 것이 효과가 있었는지 사나흘이 지나자 세 사람의 몸은 눈에 띄게 좋아졌다. 이를 기다렸다는 듯 이진성이 여인들에게 물었다.

"여주에서 기다리는 분들을 생각해서라도 하루 빨리 내려가야 합니다. 내일이라도 출발하는 것이 어떻습니까?"

"좋아요. 내일 날이 밝으면 바로 출발하지요. 올 때 고생한 걸 생각하면 그 먼 길을 또 어떻게 갈지 걱정이긴 하지만 하루 빨리 돌아가야지요."

들떠 있는 정원과 달리 정경부인과 성희영은 가타부타 말이 없이긴 한숨만 쉬었다. 얼굴에는 수심이 가득했다. 어디로 간다는 말인가. 귀양살이하는 아들 성희수에게 갈 수도 없고 친척들에게 갈 수도 없었다. 멸문지화의 불똥이 자신들에게까지 튈까 싶어 슬슬 피하던 그들이었다. 사돈이라는 사람들은 한밤중에 찾아와 며느리와 어린 손자를 데리고 가버리는 비정함을 보이기도 했다.

성희영이 들릴 듯 말 듯한 목소리로 겨우 말했다.

"저희는 갈 데가 없습니다."

듣지 않고도 그 사정이 충분히 짐작이 갔다. 이진성은 일부러 오금을 박듯 힘주어 말했다.

"납공을 조건으로 제가 보증해서 나올 수 있었습니다만 나라가 부르면 언제든지 다시 돌아와야 한다는 걸 알고 계시지요? 그러니 제 허락 없이는 아무 곳도 가실 수 없습니다. 당분간은 제 말을 따르십시오. 일단 저희 집으로 가서 천천히 생각해보시지요."

한때는 고귀했던 여인들이 무명저고리를 입고 조용히 앉아 있으니 그 모습이 가련하면서도 청초한 면화꽃 같았다.

내가 보증하고 데리고 나왔으니 내 허락 없이는 아무 데도 갈 수 없다. 경우에 따라서는 섭섭하게 들릴 이 말이, 어려운 처지를 생각해 자신들의 보호자임을 자처하는 이진성의 깊은 마음임을 알기에 성희영과 정경부인은 눈시울이 뜨거워졌다.

"죽는 것만도 못한 삶을 이어오면서도 지금까지 살아온 것은 이 여식 혼자 두고 갈 수가 없었기 때문입니다. 이제는 살아야 하는 또 다른 이유가 생겼습니다. 살아생전 이 은혜를 갚아야 하니까요."

정원은 정경부인의 손을 잡았다.

"지금까지 어려운 고비가 얼마나 많았습니까? 여주 오라버니 집에 가면 저희 아버님을 친형처럼 따르셨던 종숙부님께서 편히 지낼 수 있게 해주실 테니 염려 마세요. 마침 종숙부님은 혼자 계시니 지내기도 불편하지 않으실 겁니다. 그렇지요, 오라버니?"

“아무렴.”

이진성이 두 사람의 마음을 다독이며 계획한 일정을 알렸다.

“내일은 일단 나진까지 가서 강릉으로 가는 조운선을 타야 합니다. 강릉에 닿아서는 육로로 대관령을 넘어 여주까지 갈 것입니다.”

날이 밝자마자 이진성과 세 여인은 먼 길 떠날 채비를 했다. 떠나기 전에 정경부인은 우녀의 손을 꼭 잡았다.

“그동안 신세진 것을 어떻게 갚아야 할지…….”

우녀가 정경부인의 손을 맞잡으며 환하게 웃었다.

“갚으셔야죠. 좋은 날이 오면 다 갚으세요. 우리에게 못 갚으면, 우리 딸에게 갚으세요.”

우녀가 딸아이를 번쩍 들어 보여주며 다시 웃었다.

“달님이라고 했지요. 훗날 좋은 세상이 오면 달님이를 한양으로 보내주세요. 내 수양딸 하나 더 키우는 것으로 약조하지요.”

이진성의 사양에도 불구하고 박장원과 우막개는 나진까지 배웅하겠다고 네 사람을 따라나섰다. 나진 가는 길은 산과 산이 끝없이 이어진 첩첩산중, 길만 험한 것이 아니라 시절이 과히 험악하여 험한 꼴을 당할 수도 있었다. 박장원과 우막개가 없었다면 힘들 뻔한 그 산길을 닷새나 걸어 나진에 도착했다.

나진에 도착하니 마침 강릉 가는 조운선이 있어 금세 배를 얻어 탈 수 있었다. 조운선은 세곡을 실어 나르는 큰 배로 선원이 열다섯 명, 손님은 이진성 일행까지 열 명 남짓이었다. 이렇게 세곡을 실어 나르는 동시에 손님을 태우고 받는 뱃삯은 꽤 짭짤했다.

　조운선이 떠날 준비를 했다. 생사고락을 같이했던 그동안의 일들이 떠올라 이진성은 박장원, 우막개와 헤어지는 일이 쉽지 않았다.

　"형님, 형수님이랑 달님이와 행복해야 합니다."

　"자네도 대과에 급제해서 경흥으로 오게."

　"예, 다시 돌아오겠습니다."

　우막개도 이진성의 손을 꽉 잡으며 말했다.

　"형님, 경흥 온다는 약속 꼭 지키세요."

　"꼭 지키마. 그동안 무술 연마나 열심히 해두어라. 돌아왔을 때 한번 붙어보자꾸나."

　"좋습니다. 기대하고 있겠습니다."

　이진성 일행이 탄 배가 천천히 나진을 빠져나갔다. 손을 흔들며 무어라 소리치는 박장원과 우막개의 모습도 서서히 멀어져갔다.

9장
두 여인

여인 세 명이 돌아가면서 뱃멀미를 하는 바람에 강릉에 도착했을 때는 이진성도 기진맥진해 있었다. 정원과 성희영은 이진성 앞에서 그런 모습을 보이는 게 창피하였으나 뱃멀미라는 것이 어디 사정을 보아가며 찾아오는 것이던가. 병들고 쇠약한 정경부인의 멀미는 더 심하여 이진성이 아들처럼 수발을 들었다. 그렇게 모진 뱃멀미를 이겨내고 겨우 배에서 내린 그들은 주막부터 찾아들었다. 그러나 봉놋방이 없어 사처의 방 두 개를 겨우 잡아 여장을 풀었다.

이진성은 주막집 주인에게 지필묵을 부탁하고는 그간의 사정을 간략하게 적은 서찰을 써서 인편에 여주로 급히 보냈다. 경흥 관아에서 정원을 찾아 정경부인, 성희영과 함께 납공노비로 데리고 나와 강릉에서 여주로 가고 있으니 가마 세 채를 마련하여 강릉 쪽으로 마중을 나오도록 요청하는 내용이었다.

네 사람이 함께 저녁을 먹은 후 마당 평상에 앉으니 파도 소리와 함께 봄바람이 불어오고 그간의 시름을 잊게 할 모처럼의 평화가 찾아왔다. 하늘에는 별들이 반짝이고 저 멀리 초승달이 그림처럼 떠 있었다.

"이제는 마음을 편안히 가지셔도 될 것입니다."

이진성의 말에 정경부인이 꿈꾸는 듯 말했다.

"갑자사화 이후 오늘까지 하루 한시도 편한 적이 없었는데 이 생원님 덕분에 지금에야 비로소 내가 살아있다는 걸 느낍니다. 참으로 고맙소."

정경부인과 성희영의 평화로운 얼굴과는 달리 정원의 얼굴은 어두웠다. 오성 생각에 혼자만 이런 평화를 누리는 것이 죄스러운 모양이었다.

"오성이 소식은 아직 없나요?"

정원의 물음에 이진성도 금세 어두운 얼굴이 되었다.

"지난번에 말했듯이 장례원과 선공감 사이에서 서류가 없어진 것 같은데, 여주에서도 아직 소식을 못 들었다면 한양에 가서 다시 찾아보마."

두 사람 사이에 오가는 울적한 대화를 돌리려는 듯 성희영이 불쑥 물었다.

"오라버니, 우리 때문에 대과 준비도 못하고 어떻게 해요?"

생원님에서 호칭은 어느새 오라버니로 바뀌어 있었다.

“금상이 있는 한 대과를 보지 않을 생각입니다. 금상을 섬기는 것은 백성들에게 죄를 짓는 것이라는 생각이 들어요. 금상도 오래 가지는 못할 것입니다. 큰 바람은 아침 내내 불지 않고 소나기도 하루 종일 퍼붓지 못하는 법이지요. 그런데 지금 저를 오라버니라고 했습니까? 하하.”

성희영의 얼굴이 홍당무가 되고 정원과 정경부인도 빙긋이 웃었다. 정원이 대신 대답했다.

“희영이는 내 동생이니 오라버니라고 부르는 게 당연하지요. 오라버니가 먼저 천연이라고 말했지 않아요?”

“천연? 핫핫핫.”

성희영이 자신을 얻은 듯 장난스럽게 물었다.

“천연이 뭐예요? 설명해주세요, 오라버니.”

“천연이란 사람의 힘으로가 아니라 하늘이 만들어주는 인연이라고 설명하면 되겠습니까, 낭자.”

정경부인도 한마디 거들었다.

“이 생원님의 설명이 참으로 적절하네요. 동생한테 낭자는 무슨. 그냥 희영이라고 불러요.”

세 사람의 대화를 지켜보는 정원의 마음이 어쩐지 쓸쓸했다. 내일 먼 길을 다시 나서야 하니 일찍 자는 게 좋겠다는 이진성의 말에 따라 다들 일어나지 않았다면 이진성과 성희영 사이의 묘한 기류를 불편해하는 정원의 마음을 누군가는 눈치 챘을 것이다.

다들 방으로 향했다. 방으로 들어가려다 말고 정원은 이진성의 방을 돌아보았다. 저 방에 진성 오라버니가 혼자 있다는 생각을 하다 정원은 힘없이 고개를 저었다.

이튿날 새벽같이 강릉을 출발한 일행은 대관령의 험한 산길로 접어들었다. 꼬박 이틀을 걸어 횡계를 지나 해질녘에 용전에 이르렀을 때였다. 저만치 가마 세 대와 가마꾼 열다섯 명을 이끌고 오는 정 행수의 모습이 보였다. 정 행수가 먼저 정원을 보고 달려왔다.

"아이고, 아씨마님!"

정 행수는 통곡했다.

"얼마나 고생이 많으셨습니까? 아씨마님이 이토록 고생하는데도 이 몸은 아무것도 한 일이 없습니다. 지하에 계신 대감 나리를 어찌 뵐까요."

그러나 정원은 냉랭한 목소리로 물었다.

"오성이는 아직 찾지 못했습니까?"

"예, 아직…… 송구합니다."

경흥에서 겪었던 그 지옥 같은 생활을 오성이 어디선가 또 겪고 있을 것을 생각하니 정원은 가슴이 찢어지는 듯했다.

"관노들이 있을 만한 곳은 모두 다녀보았습니다. 장례원과 형조, 사복시에도 가보았습니다만 어디에도 서류조차 없었습니다."

참담한 심정에 입을 다물고 있던 정원이 문득 생각난 듯 정경부인과 성희영을 소개했다. 두 여인에게 절하며 정 행수가 말했다.

"여주 진사 어른께서는 서찰을 받고 사정을 아신 뒤에 두 분이 여주에 오셔서 당분간 기거하시기를 청했습니다."

정경부인이 답했다.

"염치없지만 고마우신 말씀을 따르겠습니다."

가마 세 대를 앞세워 보내고 이진성과 정 행수가 나란히 걸었다.

"그동안 얼마나 고생이 많으셨소?"

"아버님도, 그리고 행수 어른께서도 별고 없으시지요?"

"진사 어른께서 마음고생이 심하셨지요."

걷는 동안 이진성은 그동안의 일을 풀어놓았다. 정원을 납공노비로 데려나오기 위해 만주 일대를 종주했다는 소리에 정 행수는 놀라움을 감추지 못했다.

"아씨마님을 위해…… 참으로 대단합니다."

"그나저나 금상의 광기는 여전합니까?"

"금상도 금상이지만 금상에 붙어 일신의 영달에만 급급한 무리들의 행패가 더 가관이오."

"어떻게 그런 자들이 설친답니까? 바른말을 하는 신하가 한 사람도 없단 말입니까?"

"성희안 대감이 모처럼 바른말을 했다가 미관말직으로 좌천당하고 임사홍 같은 간신배들의 처신은 점입가경이야."

"권불십년이라고 머잖아 백성들의 원성에 부딪힐 것입니다. 권력자들이 세상을 끌고 가는 것처럼 보여도 세상을 바꾸는 것은 언제나 무지렁이라 업신여김 당하는 백성임을 알게 될 것입니다."

"그건 그렇고, 진사 어른께서 이르시길 시각을 맞추어 밤늦게 여주에 당도하고 도련님은 내일 당장 성균관에 다시 입교하라 명하셨소."

"내일 당장이오?"

"예, 내일 당장. 이미 한양 갈 채비를 해두었지요."

이 진사가 이른 대로 이진성 일행은 남한 강변의 작은 주막에서 가마를 돌려보내고 자시에 맞추어 걸음을 조절해 이진사댁에 도착했다. 한밤중에 대문을 열어놓고 기다리던 이 진사가 마당에서 일행을 맞았다.

"원행에 얼마나 고생이 많으셨습니까? 정경부인과 희영 아씨를 환영합니다. 아드님이 귀양에서 풀려 복권하실 때까지 내 집이다 생각하고 편안히 계시다 가시길 바랍니다."

정경부인이 황망히 허리를 굽혀 인사했다.

"염치를 무릅쓰고 오기는 왔습니다만 폐가 막심하다 보니 몸 둘 바를 모르겠습니다."

"시간이 야심하니 오늘은 방으로 들어가 편안히 쉬시고 내일 아침 다시 뵙지요."

이 진사는 정경부인과 성희영을 깨끗이 단장해놓은 별채에 들게 했다. 정원에게는 비어 있던 안채를 내주면서 따로 사랑방으로 데리고 가더니 살아 돌아온 자식을 보듯이 손을 꼭 잡았다.

"얼마나 고생이 심했느냐? 평생 귀하게 자란 네가……."

아버지 같은 종숙부가 눈물을 흘리자 정원도 울음을 터뜨렸다. 그 곱던 얼굴이 해쓱해지고 거칠어진 것을 보자 이 진사의 마음이 더욱 아팠다.

"잘 참고 잘 견디어주었구나."

"한데 오성이 소식은 아직 없는 것이지요?"

"미안하구나…… 아직 오성이를 못 찾고 있다."

정원이 눈물을 훔치는 사이 이 진사는 비로소 이진성을 돌아보았다.

"내 아들이 큰일을 해내고 왔구나."

"아버님, 그동안 강녕하셨습니까?"

"그동안 얼마나 고생을 했으면 얼굴이 반쪽이 되었는고."

울음을 그친 정원은 이진성이 목숨을 걸고 여진을 다녀왔다는 이야기를 전했다. 이 진사가 깜짝 놀라며 물었다.

"뭐? 네가 세작을 했다고?"

"예, 아버님. 견문을 넓힐 겸 다녀왔습니다."

"이놈아, 그런 위험한 일을!"

"아버님께 미처 허락을 받지 못해 송구합니다. 하지만 좋은 경험이었습니다."

자신을 위하여 한 일이니 정원도 죄송하기는 마찬가지였다. 조카딸을 위해 한 일이라 이 진사도 더는 아들을 나무라지 못했다.

"네 목숨이라고 네 마음대로 할 수 없는 게 자식 된 도리이니라."

"유념하겠습니다, 아버님."

"그리고 정 행수로부터 들었겠지만 내일 한양으로 올라가 성균관에 다시 입교하도록 해라."

"오성이를 찾는 문제도 있고 해서 당분간은……."

이 진사는 단호했다.

"오성이는 나와 정 행수가 찾을 것이니 너는 아비가 시키는 대로 해라."

"예, 아버님 뜻에 따르겠습니다."

"한양에 가지고 갈 물목은 이미 양평댁이 조처해놓았을 것이다. 너는 책만 가지고 가면 된다."

다른 말을 못하도록 이미 짐까지 꾸려놓은 이 진사는 아들을 정원과 떨어져 있게 할 생각인 듯싶었다.

이진성이 한양으로 떠나기 전에 정원을 보러 가니 마침 성희영이 함께 있었다. 어젯밤 둘 다 얼마만인지 모를 목욕을 하고 양평댁이 준비해둔 새 옷으로 갈아입은 터라 어제와는 전혀 다른 모습이었다. 누가 더 아름다운지 가리는 일은 의미가 없었다. 정원은 호리호리하면서 기품이 넘쳤고 성희영은 풍성한 아름다움을 지녔다.

눈이 휘둥그레진 이진성에게 정원이 장난스레 물었다.

"오라버니, 왜 그렇게 놀라요?"

성희영은 부끄러워 말도 못하고 미소만 지었다.

"여기가 어딘가 했네. 하늘에서 내려온 선녀들이 사는 곳인 줄 알았어. 하하."

이진성의 말에 정원과 성희영도 소리 내어 웃었다. 이렇게 즐거운 마음으로 마음껏 웃는 것이 얼마만인가. 그러나 웃는 것도 잠시, 작별을 고할 시간이었다.

"이제 떠나야 한다."

정원이 볼멘소리를 했다.

"성균관은 없어졌다고 하지 않았어요?"

"다시 문을 열었다는군."

성희영은 갑자기 불안한 얼굴이 되었다.

"오라버니가 안 계시면 저희는 어떻게 해요?"

"여기 계시게 하기 위해 저를 쫓는 겁니다. 미인들 때문에 공부가 될 리 있겠습니까?"

찬모가 와서 사랑채에 식사 준비를 해놓았다고 전했다. 이 진사는 정경부인과 성희영, 이진성과 정원, 정 행수를 앞에 두고 말했다.

"함께 식사를 하자고 한 것은 언제까지가 될지 모르지만 계실 때까지는 한 식구가 되자는 뜻입니다. 돌아가신 성 대감이나 우리 판서 대감은 평소 우의가 남달랐고, 더구나 경흥에서 정원이와 생사고락을 함께했으니 보통 인연이 아닌 듯합니다. 어려울 때 서로 도와 난관을 헤쳐나가기를 바랍니다. 머지않은 날에 좋은 시절이 돌아와 아드님도 귀양에서 풀려날 것입니다. 그때까지 마음 편히 계시기 바랍니다."

정경부인이 정중히 답했다.

"뜻밖의 사화에 양가가 화를 당했으나 이 생원의 도움으로 목숨을 건진 것만도 그 은혜가 하늘에 닿을 만큼 높은데 다시 또 신세를 지게 되었습니다. 다행히 밝은 세상을 만나 이 은혜들을 갚을 수만 있다면 더는 바랄 것이 없겠습니다. 생전에 우리 대감이 자주 인용하던 말로 항룡유회(亢龍有悔)가 있습니다. 하늘 끝까지 올라간

용은 더 이상 오를 곳이 없어 내려갈 길밖에 없음을 알고 뉘우친다
는 말씀을 자주 하셨지요. 이를 못 보시고 변을 당하셨지만 대감의
말씀은 곧 이루어질 것입니다. 귀양을 간 죄인의 몸이지만 아들이
건강하게 살아있다니 앞날을 기대할 수 있어 이 늙은 목숨을 부지
하고 있습니다.”

정경부인의 말에 모두가 숙연해졌다.

여섯 사람은 조반을 들기 시작했다. 세 여인에게는 참으로 오래
간만에 받아보는 풍성한 밥상이었다. 지난 일 년간 무얼 먹고 살았
는지 기억하기도 싫었다. 하루에 두 번, 수수로 만든 주먹밥 한 덩
이가 식사의 전부였다. 배고픔에 지쳐 그것조차 더 먹겠다고 빼앗
고 빼앗기던 징그러운 기억이 떠올랐다. 아귀 같은 작업장 생활이
었다. 용케도 그것을 견디고 살아남았다는 것이 실감 나지 않았다.
그곳 생각만 해도 여전히 몸이 떨리고 가슴이 울렁거렸다.

훌륭한 조반을 먹었지만 아직도 세 여인은 노비 신세였다. 나라
가 부르면 언제든 다시 종살이를 하러 가야 하는 처지였다. 그것이
멸문지화를 당한 세 여인의 운명이었다.

10장

반정

　무더위도 한풀 꺾이고 아침저녁으로 선선한 바람이 불었지만 연산군의 폭정은 꺾일 줄 모르고 더욱 달아올랐다. 피의 수레바퀴는 굴리기 시작한 사람의 피가 뿌려져야 끝이 난다고 했던가. 두 번의 사화가 휩쓸고 지나간 조정에는 이제 말 한 마디 제대로 할 인사가 남아 있지 않았다. 모두 눈치만 살피며 쉬쉬하는 판에 성희안 대감이 나날이 더해가는 연산군의 향락을 빗댄 시 한 수를 지었다가 미관말직으로 내쳐졌다.

　월산대군의 처로 연산군에게 유린당한 후 자결한 박씨부인의 동생 박원종은 아예 미운털이 박혀 경기 관찰사직을 내놔야 했다. 연산군은 자신을 성가시게 한 사간원을 없애버렸고, 신료들과 함께 학문을 논하고 국정을 협의하던 경연마저 폐지했다. 사냥터를 넓히겠다며 도성 삼십 리 내 민가를 모두 철수시키는 짓도 서슴지 않은 임금의 학정에 전국 각지에서 언문 상소가 날아들었다. 그러자 연산군은 훈민정음 사용을 금지하고 언문으로 된 서적을 모두 불태웠다.

금상의 행동이 이렇듯 광기를 넘어서자 저잣거리에서는 언제 역모가 일어날 것이라거나 누가 반정을 준비하고 있다거나 하는 소문이 파다했다. 하지만 대궐은 간신배에 둘러싸여 아무것도 몰랐다. 운명의 날은 그렇게 한 발 한 발 다가오고 있었다.

새벽안개가 깔리듯 반정의 기운이 전국으로 번지자, 오히려 때를 놓쳐 다른 이들에게 반정의 주도권을 빼앗길까 염려되는 상황이 되어 성희안과 박원종은 거사를 서두르지 않을 수 없었다.

병인년 구월 초하루, 밤공기가 싸늘했다. 군불을 지피지 않아 방 안에 냉기가 감돌았지만 비장한 각오의 성희안과 그의 아들 성율에게는 추위를 느낄 여유가 없었다. 성희안의 눈에 무장한 아들의 모습이 든든했다. 귀엽고 어리게만 여겼던 놈이 벌써 이렇게나 컸다.

이조참판 겸 오위도총부 부총관을 지낼 때 망원정 연회에서 금상에게 향락과 폭정을 훈계하는 시 한 수 올렸다가 미움을 사서 미관말직으로 좌천된 지 벌써 이 년, 절치부심한 성희안에게는 부인도 아들도 없던 세월이었다. 오로지 오늘 밤만을 생각하고 달려온 것이다. 그러나 생사를 건 거사를 향해 나아가려 하니 아들도 부인도 노모도 눈에 밟혔다.

밖에서 인기척이 났다. 부인 조씨가 방으로 들어오며 흠칫 놀랐다. 갑옷을 입은 대감과 아들 성율이 장승처럼 서 있었기 때문이다.

“부인.”

부드럽지만 차분히 가라앉은 대감의 음성이었다. 조씨의 가슴이 덜컥 내려앉았다. 떨리는 목소리로 조씨부인이 청했다.

“대감! 율이는 두고 가십시오.”

아버지 대신 성율이 대답했다.

“소자, 촌각도 아버님 곁을 떠날 수 없습니다.”

단호한 아들의 기개에 성희안은 핏줄의 뜨거움을 느꼈다. 그리고 부인에게 애틋한 시선을 보냈다.

“포악한 임금을 몰아내고 백성을 구하는 일이오. 율이를 두고 간다고 달라질 것은 없소.”

두 사내의 결연함에 조씨부인은 체념할 수밖에 없었다.

“부디 뜻을 이루고 돌아오소서.”

“아암, 그래야지요. 그러나 이것이 영원한 이별이 될 수도 있소. 만약의 경우 어머님을 부탁하오.”

조씨부인이 쓰러지면서 흐느꼈다.

“어허, 밖에 사람들이 듣겠습니다.”

성희안이 뚜벅뚜벅 걸음을 옮겨 후원으로 나서자 그 뒤를 성율이 조용히 따랐다. 관솔불로 사방을 밝힌 후원에는 행전을 단단히 맨 구종 열 명과 성 행수가 비장한 채비를 마치고 대감이 나오기를 기다리고 있었다.

그들은 갑옷 차림의 성희안과 성율이 나타나자 웅성거리더니 말머리를 돌려 일렬로 도열했다. 말이 내뿜는 콧김과 사람들의 열기

로 가을의 밤바람이 오히려 더웠다. 성희안은 구종들의 손을 일일
이 잡으며 묵직하게 외쳤다.

"포악한 임금을 몰아내고 백성을 구하자. 기필코 뜻을 이루어 너
희들과 영화를 함께할 것이다. 훈련원으로 간다. 나를 따르라."

칠흑같이 어두운 그믐밤, 말발굽 소리와 사람들의 발걸음 소리가
정적을 깨뜨렸다. 앞장서서 말을 달리는 성희안의 마음은 오히려
홀가분했다. 얼마나 고뇌하고 고뇌해온 일인가. 한 번 박차고 일어
난 바에야 후회를 남겨서는 안 된다. 나의 운명과 내 식구들의 운명
과 이 나라의 운명이 오늘 밤에 달렸다. 아랫배에 힘을 주니 용기가
더욱 솟아났다.

훈련원에 도착했을 때는 이미 많은 이들이 모여 웅성거리고 있었
다. 어디서 오는지 병사들이 꾸역꾸역 모여들고 말들의 울음소리가
보태져 팽팽한 긴장감이 감돌았다.

"성 행수는 구종들을 데리고 신 판관을 따르고, 성율은 나를 호위
하라!"

지휘소로 들어가니 이미 박원종이 도착해 무관들을 모아놓고 일
일이 지시를 내리고 무관들은 박원종의 말을 일사불란하게 따르고
있었다. 본래 계획된 일이지만 선수를 놓치고 주도권을 빼앗겼다
는 묘한 기분을 느끼며 성희안은 유순정 곁으로 다가갔다. 초조함
으로 끊임없이 서성이던 이조판서 유순정이 성희안을 보고 미소를
지었다.

"거사가 성공하리라 여겨지는지 생각보다 많은 사람이 모여들고

있습니다. 이미 박원종 대감의 지시로 무관 신윤무, 박영문, 홍경주가 행동을 개시했습니다."

싸움이란 초반에 기선을 잡는 것이 중요하지만 기선을 잡을 것도 없었다. 반정군의 공격에 방어해야 할 궁궐수비대인 내시부나 내금위 갑사들이 도망치거나 오히려 창을 거꾸로 잡고 반정군에 가담하는 바람에 너무도 쉽게 대궐 안으로 밀고 들어갔다. 궁녀들과 내관들은 혼비백산하여 궁 밖으로 도망쳤고 지키는 이 하나 없는 연산군은 반정군에 허무하게 붙잡혔다.

일각이 채 안 되는 동안 대궐을 장악한 반정군은 속전속결로 일을 처리했다. 연산군의 총애를 받던 전동, 김효손, 강응 등은 목이 베이고 죄 없이 옥에 갇혀 있던 수많은 이들이 풀려났다. 신윤무는 군사들을 거느리고 임사홍, 신수근, 신수영의 집을 찾아가 가차 없이 죽였다. 한 무리의 군사들은 성종의 차남 진성대군을 보호하기 위해 몰려갔다.

날이 밝자 반정군의 수뇌부인 성희안과 박원종, 유순정은 군사들로 하여금 궁궐을 지키게 하고 성종의 계비 자순대비를 찾아갔다. 박원종의 권고로 성희안이 자순대비께 아뢰었다.

"신 등은 임금이 포악무도하여 반정을 일으켰습니다. 지금 백성들은 도탄에 빠져 있고 나라의 장래는 백척간두에 다다라 있습니다. 신 등을 비롯한 조정 신료와 백성들은 진성대군에게 마음이 쏠려 있사오니 대비마마의 처분을 받기를 바라나이다."

그러나 자순대비는 선뜻 이들의 뜻을 따르기가 어려웠다. 반정군의 진위를 알 수 없는 상황에서 아들의 안위를 먼저 걱정할 수밖에 없었다.

"진성대군이 어떻게 그리 중대한 일을 맡을 수 있겠소. 지금 세자가 총명하니 그를 왕으로 세워 잘 보필하는 게 좋지 않겠소?"

반정군으로서는 실로 이해하기 어려운 상황이 전개되었다. 아들 진성대군을 왕으로 세우겠다는데 극구 반대를 하니 생각지도 않은 일로 거사가 주춤거리고 있었다. 그러나 물러설 수 없었다. 성희안이 이번에는 독대를 청하여 자순대비와 마주 앉았다.

"종사의 백년대계를 위해 신 등이 일어설 때부터 진성대군을 왕으로 모실 것을 약속했고, 어제부터 군사들로 하여금 진성대군을 보필케 하고 있사오니 승낙하여 주시옵소서."

일각이나 더 뜸을 들인 뒤 자순대비는 같은 대답을 내놓았다.

"내 성 대감의 인품을 모르는 바 아니나 듣자 하니 반정군의 대부분이 금상의 신하였던 사람들이고 그렇다면 그들도 현 시국에 책임이 없다고 할 수 없지요. 무엇보다 세자를 옹립하면 대국의 고명을 얻기도 쉽지 않겠소?"

자순대비의 진심은 어디에 있는가. 어미 된 입장에서 자식의 안위를 걱정하는 심정은 이해하나 나라를 위한 충정에 일어선 성희안으로서는 속이 터질 노릇이었다.

"대비마마, 금상은 죄인입니다. 또한 세자는 죄인의 아들입니다. 통촉하소서."

자신도 모르게 성희안의 음성이 커졌다. 흠칫 놀란 자순대비가 이각이나 침묵하다 마지못해 승낙을 했다.

"대소 신료의 뜻을 따르겠소."

자순대비의 이 말은 진성대군을 왕으로 봉하겠다는 뜻보다 반정군을 이 나라 조정의 중심 세력으로 인정한다는 의미가 컸다.

성희안은 진성대군을 궁으로 모셔오도록 했다. 얼마 후 진성대군이 들어오자 자순대비는 담담히 미리 준비한 글을 읽어 내려갔다.

"지금 조정은 임금이 포악하여 백성들은 도탄에 빠졌고 종사가 백척간두에 놓여 있어 대소 신료들과 백성들이 들고 일어나 진성대군을 추대하여 이 나라의 잘못된 기강을 바로잡겠다고 하니 나는 신하들의 뜻을 좇아 진성대군을 새 왕으로 삼고 전 왕을 연산군으로 강등하니 신하와 백성들은 나의 뜻을 따르라."

이리하여 진성대군이 조선 11대 임금으로 즉위했으니 곧 중종이다. 부인 신씨를 왕비로 책봉하고 백관의 하례를 받은 그의 나이 열아홉 살이었다.

한편 폐조 연산군은 강화도 교동으로 유배의 길을 떠났고, 폐왕비 신씨는 건천궁으로 내쫓겼으며, 폐세자와 그의 아들들은 모두 귀양 보내졌다. 폐조가 총애하여 주지육림으로 세월을 함께했던 장녹수, 김귀비 등은 서소문 군기사 앞에서 모두 목이 베였다.

거사가 일단 마무리되자 성희안은 집으로 돌아가는 보교에 앉았다. 그 옆으로 잠을 못 자 핼쑥해진 아들 성율과 성 행수, 구종들이 반정군에서 붙여준 의금부 갑사 열 명의 호위를 받으며 따랐다. 구종들은 반정의 무용담과 포상에 대한 기대감으로 떠들썩하여 성희안이 앉은 보교가 흔들리기까지 했다.

성희안은 지그시 눈을 감고 있었으나 어쩐지 허전하고 착잡한 마음을 가눌 길이 없었다. 종사를 바로잡고 백성을 구하겠다는 일념으로 기세등등했던 어젯밤과 달리 모든 일이 뜻대로 된 듯한데 마음이 편치 않았다. 벌써 무관들은 끼리끼리 똘똘 뭉쳐 반정군 사이에 편 가르기가 시작되는 듯했다.

시작도 자신이 했고 준비도 자신이 했는데 하룻밤 사이에 모든 주도권이 박원종의 손에 넘어갔다. 죽으라면 죽는 시늉까지 하던 판관 박영문과 신윤무가 박원종에 찰싹 붙어 굽신대던 모습이 떠올라 씁쓸하기 짝이 없었다.

"자순대비의 반정 승낙과 신씨의 폐비 문제는 성 대감께서 주관하여 처리해주시오, 대감." 하던 박원종의 음성이 귀에 무겁게 남아 있었다. 반정이 끝나면 모든 상념이 일시에 사라지리라 생각했는데 어제보다 더한 상념 속에 어느덧 집에 도착했다. 집 앞에서부터 집 안까지 관솔불이 불야성을 이루고 있었다.

활짝 열린 대문을 들어서자 소식을 듣고 찾아온 친인척과 지인, 동네 사람들이 잔치를 벌여놓고 개선하는 성희안에게 환호했다. 순간 성희안은 누구에게랄 것도 없이 날카롭게 일갈했다.

"이것은 아니야. 이것은 내가 바라던 바가 아니야. 우리는 한 일이 없어. 그들은 스스로 무너진 거야. 겸손해야 해. 그것만이 이 나라에 이 같은 반정이 없게 하는 길이야."

11장

엇갈린 희비

반정을 주도하여 중종을 추대한 성희안, 박원종, 유순정은 정국 일등 공신에 책봉되었다. 연산군 때의 노신들은 명목상 정승으로 삼고 성희안, 박원종, 유순정이 실권을 장악했다. 박원종은 우의정, 성희안은 형조판서, 유순정은 병조판서가 되어 정국을 주도했다. 이들은 앞으로 처리할 일을 반정 훈공, 왕비 신씨의 폐위 문제, 연산군에 의해 귀양이나 죽임을 당한 사람들의 신원 등으로 정했다.

성희안의 집은 문객으로 북새통을 이루었고 방마다 웃음꽃이 만발했다. 며칠 전까지 적막강산이던 집 안에 몰려드는 인파로 바깥채에서는 성 행수가 안채에서는 조씨부인이 홍역을 치르고 있었다.

며칠째 어머니 옆에 붙어 앉아 있던 딸이 아버지에게 자신의 남편 신수린의 공훈을 강력하게 요구하고 나섰다.

“아암, 우리 대감이 목숨 걸고 한 일인데 내 사위가 공이 없다면 말이 안 되지. 삼등이든 사등이든 공신은 되어야 하고말고.”

“늦잠 자고 해가 중천에 떴을 때 겨우 일어난 사람이 공은 무슨.” 하던 성희안도 조씨부인이 급기야 머리를 싸매고 드러눕는 바람에 반승낙을 하고 말았다.

세상인심이 이러하였다. 미관말직으로 내쳐지자 개미 새끼 한 마리 얼씬거리지 않던 집에 어떻게든 줄을 대려 발버둥이었다. 정승 집 개가 죽으면 육조판서가 문상을 오는데 정승이 죽으면 육조판서 집 개도 발길을 끊는다는 세상인심 아니던가. 누구보다 이를 잘 아는 성희안은 성 행수를 불러 문객들의 출입을 엄히 제한하고 선물은 전부 돌려보내라고 지시했다.

한편 남편 진성대군이 왕으로 추대되었다는 소식과 동시에 아버지 신수근이 반정군에 의해 죽임을 당했다는 비보를 들어야 했던 왕비 신씨는 울 수도 웃을 수도 없었다. 반정 전, 성희안이 박원종에게 뜻을 전하자 박원종은 신수근에게 은밀히 접근한 적이 있었다.

“당신이 비록 연산군의 처남이기는 하나 우리는 당신의 사위인 진성대군을 옹립하려고 하니 함께 힘을 합쳐 폭군을 몰아냅시다.”

신수근은 이를 거절했다. 그는 반정이 성공하리라 생각하지 않았다. 이상한 일은 무슨 곡절이 있었는지 박원종의 반정 제안을 세상에 알리지 않은 것이다. 아무튼 신수근의 거절은 자신과 형제들 그리고 왕비가 되어야 할 딸의 운명을 바꿔놓은 셈이었다.

아비를 잃은 슬픔 속에서도 신씨는 왕이 된 남편을 오히려 위로

했다.

"전하, 왕위만 보전된다면 신첩이야 어떻게 되든 무슨 상관이겠습니까."

조강지처를 내칠 수 없다고 고집하는 중종을 성희안이 설득하여 결국 신씨는 입궁 나흘 만에 폐서인이 되고 말았다. 왕비 문제가 일단락되자 정국은 공훈 문제로 한바탕 소동이 벌어졌다. 이미 일등 공신은 자연스럽게 정해져 있었다. 성희안, 박원종, 유순정, 신윤무, 홍경주, 박영문, 장정, 유자광이었다.

연산군을 부추겨 온갖 못된 짓을 하던 유자광이 용케 반정 대열에 깊이 관여하여 일등 공신에 올랐다. 실로 처세의 달인이자 출세의 불사조라 할 만했다. 정작 문제가 되는 것은 공신의 수였다. 늘려야 한다는 박원종, 유자광, 신윤무, 박영문, 장정, 홍경주의 주장에 성희안과 유순정이 수를 줄여야 한다며 반대하고 나섰다.

"숙폐를 척결하고자 반정을 했는데, 더 큰 숙폐를 만들고 있나이다. 자질구레한 친척들까지 공신에 끼어 뇌물로 인한 훈공이 속출한다면 이것이야말로 새로운 폐혜가 아니겠습니까?"

성희안이 주장하자 유순정도 거들고 나섰다.

"공신의 수가 백 명이 넘는 것은 과합니다. 개국공신도 이 수의 반밖에 안 되었습니다. 이는 공신의 품위를 스스로 떨어뜨리는 일로 훗날 웃음거리가 될 것입니다."

그러나 수가 많다 하여 공이 있는 사람에게 훈공을 하지 않으면 정국 불안을 야기하는 원인이 될 것이라는 주장이 대다수여서 두 사람의 의견은 가볍게 무시되었다.

신원 문제로도 의견이 갈렸다. 연산군에 의해 무고하게 피해를 입은 사람 전원을 신원 복권해야 한다는 성희안과 유순정의 주장은 죄에는 경중이 있고 사연 또한 다를 수 있으며 한꺼번에 많은 사람이 신원되어 적몰한 재산을 돌려주면 나라 재정에 큰 부담이 된다며 반대하는 의견에 밀려 일부만 신원하는 것으로 결정되었다.

공신들 사이에 새로운 세력이 생겨난 것 같아 퇴청하는 성희안은 마음이 무거웠다. 종사품 사복시 첨정이었던 홍경주, 종삼품 군기시 첨정과 군자부정이었던 박영문과 신윤무, 특히 신윤무는 성희안의 말이라면 죽는 시늉까지 마다하지 않던 인물인데 일약 판관이 되어 성희안의 의견에 반대를 하고 있는 실정이니 씁쓸한 마음을 금할 수 없었다.

집에 들어서니 내외당 가릴 것 없이 또 사람들로 붐볐다. 바깥사랑채에는 다섯 명의 문객이 기다리고 있었고 내당에서도 웃음소리가 끊이지 않았다.

"내 그리 사람을 통제하라 일렀거늘."

성 행수가 엎드려 아뢰었다.

"통제하고 또 통제하였습니다만 돌려보낼 수 없는 사람이라 해서 들였는데 이렇습니다."

"자네도 이등 공신이 아닌가. 곧 직책을 받아 나가야 할 몸이니 매사에 조심을 해야지."

성 행수의 이름은 성희원으로, 성희안과 팔촌지간이었으며 성희수와 성희영 남매와도 팔촌지간이었다.

"문중에서 온 사람들만이라도……."

"문중에서?"

"예, 문중에서 성경원 대감의 일로 오셨습니다."

"으음. 오신 뜻은 말씀 안 들어도 잘 알고 있고 또 곧 좋은 소식도 있을 것이니 그리 알고 돌아가시라고 하게."

곧 좋은 소식이 있을 것이라는 얘기에 성 행수가 훤하게 웃었다.

한편 정 행수는 한양에 갔다가 반정 성공 소식을 가지고 여주로 돌아왔다. 성희안이 반정을 시작해 박원종이 마감했다느니, 성희안과 박원종이 중전 신씨를 폐위해 쫓아내고 공신을 두고 다투었다느니, 성희안과 박원종이 조정을 좌지우지하면서 귀양 간 사람들의 신원 문제로 티격태격한다느니 하는 이야기들을 소상히 풀어놓았다.

반정의 주역이 성희안이라는 소식에 정경부인과 성희영은 놀라워하면서도 한 가닥 희망에 들떴다. 성희안이 누구인가. 희영과 촌수로는 팔촌이지만 아버지 성경원 대감이 얼마나 아끼던 사람인가. 성경원 대감은 평소 "우리 가문에 재상이 나온다면 그것은 희안이가 될 것이다."라고 장담하곤 했다.

"어머님, 성대감댁에 사람을 보내야 하지 않을까요?"

성희영의 제의에 정경부인은 미소를 머금고 조용히 말했다.

"아니야. 아직 이르다…… 기다리자."

여주 들판에 익어가는 벼처럼 우리에게도 풍성한 가을이 올 것인가.

정 행수가 가져온 한양 소식은 이 진사와 정원에게도 희소식이었다. 정권이 바뀌면 신원과 사면은 흔한 일 아니던가.

"오라버니는 만나보셨어요?"

정원의 물음에 정 행수는 손을 저었다.

"성균관은 공신과 폐비 문제로 시끄러운 가운데 내년 초에 대과가 있을 것이라며 그 준비에 전력을 다하고 있는 것 같았습니다. 그래서인지 도련님도 통 볼 수가 없었습니다."

정 행수는 이 진사 모르게 서찰 하나를 정원에게 쥐여주며 나갔다. 정원은 안채에 있는 자신의 방으로 들어와 봉투를 뜯었다.

병인년 시월 십이일

하늘에 아직 노을빛이 가시지 않았는데 문득 북악산 봉우리의 솔숲이 눈부신 금빛으로 번쩍이더니 호박 같은 보름달이 떠올랐다. 은백색의 달빛이 소리 없이 흐르는 강물처럼 산머리에서 쏟아져 내려 솔숲에 차고 넘친다. 세상 어느 곳에서 보는 달이든 그 속에는 항상 정원의 얼굴이 함께 있다. 사랑하는 사람이 있다는 것은 얼마나 가슴 벅찬 일인지.

임금이 바뀌고 세상이 바뀌고 있다.

공신으로 생각보다 많은 이들이 책봉되고 있다는 소식을 듣고 가슴이 또 한 번 덜컥 내려앉았다. 공신 수가 많아지면 신원 수가 줄어들지 모른다는 생각 때문이다.

부질없는 생각이기를 바란다.

병인년 시월 보름밤

정원아, 위 글은 그저께 성균관 후원에서 쓴 일기다. 이곳 성균관도 왕비 폐위와 공신의 수 문제로 시끄럽고 게다가 내년 초에 있을 것으로 예상되는 식년 대과로 어수선하다. 그러나 내게는 왕비 폐위나 식년 대과보다도 대감 나리와 정원이 그리고 오성이의 신원 문제가 더 간절할밖에. 지금으로서는 조용히 기다리는 것 외에 방법이 없지만 만에 하나 이번에 포함되지 못한다 해도 결코 좌절해서는 안 된다. 세상에서 절망하는 것보다 더 큰 어리석음은 없으니. 지금까지도 모든 역경을 인내해오지 않았느냐. 절망하지 않으면 끝내는 웃을 날이 오는 것은 너무도 당연한 일이다. 너의 불행과 행복은 이제 나의 불행과 행복이다. 그 옛날 나의 불행이 너의 불행이었던 것처럼.

만추의 밤 성균관 대성전에서

진성

기러기들이 떼 지어 밤하늘을 날아갔다. 정원은 가슴이 벅차오르는 동시에 그리움으로 마음이 쓰려왔다. 쓰라린 마음을 달래며 정원은 이조년의 시를 읊었다.

이화에 월백하고 은한이 삼경인 제
일지춘심을 자규아 알랴마는
다정도 병인 양하여 잠 못 들어 하노라

　노랗게 물든 은행잎들이 근정전 앞을 뒹굴더니 어느새 찬 이슬이 덮여 겨울을 알려왔다. 성희안은 형조판서와 이조판서를 거쳐 대사헌의 관직을 받고 성록대부의 지위에 올랐다. 박원종과는 원만한 관계를 유지했고, 그것으로 조정의 안정을 가져왔다. 공신자를 백세 명으로 확정하고 미루어왔던 신원을 단행했다. 스무 명을 신원시키고 귀양 보낸 사람은 복권시켜 불러들였다. 일부에게는 적몰한 재산도 돌려주었다. 그러나 스무 명이면 대상자의 십 분의 일도 안 되는 수였다. 일이 이렇게 된 것은 우려한 대로 공신들에게 나누어 줄 자리와 공신전이 모자랐기 때문이다.
　신원된 스무 명에는 성희영의 아버지 성경원과 사화가 없었다면 정원의 시부가 되었을 허반이 포함되어 있었다. 그러나 전 공조판서 이한주는 없었다. 성 행수, 아니 이제는 이등 공신으로 사간원의 서경 담당 낭관이 된 성희원은 여주에 이 소식을 전했다.

　망 전 좌천성 성경원을 신원한다. 적몰한 집과 토지를 가족에게 돌려주고 아들 성희수는 귀양을 풀어 복권시켜 이조정랑에 제수한다. 연좌로 관비에 처해졌던 정경부인 문씨와 녀 성희영도 신원한다.

희소식에도 여주 이진사댁은 침울한 분위기에 숨이 막힐 지경이었다. 정작 이한주 대감은 신원에서 제외되었으니 정경부인과 성희영은 기쁨을 표할 수 없고 이 진사 쪽도 불편한 감정을 어쩔 줄 몰라 했다. 그러나 이 진사는 마음을 가다듬고 정경부인에게 축하 인사부터 올렸다.

"신원을 축하드립니다. 아울러 아드님의 정랑 제수도 경하드립니다."

정경부인은 몹시 당황스러워했다.

"이판서댁이 이번 신원에서 빠진 것이 이해가 되지 않습니다. 그러나 다음에는 꼭 이루어질 것이니 너무 상심하지 마십시오."

성희영은 정원의 방을 찾아가 울음을 터뜨렸다.

"우리만 신원이 되니 언니에게 죄를 짓는 것 같아요. 죄송해요……."

"네가 왜."

"그런데 진성 오라버니는 왜 안 내려오는 건가요? 소식을 들었을 텐데."

"나 보기가 민망해서 그렇겠지."

"신원된 수가 이번에 아주 적었다고 하더군요. 다음에는 꼭 될 거예요."

"너의 오라버니께서도 복권되어 이조정랑에 제수되었다지. 건천동 집도 돌려받고. 축하해."

"오라버니가 돌아오면 이 문제에 도움을 주도록 얘기할게요. 어머님과 내가 입은 은혜를 모른 체하진 않을 거예요.”

“은혜는 무슨. 같이 고생한 거지.”

같이 힘들고 같이 고생할 때는 서로 위로가 되었는데 이제 혼자 남으니 정원은 더욱 외로워졌다. 사람들의 진심 어린 위로도 모두 공허하게 들렸다.

정묘년 이월에야 성대감댁 가족들은 옛집을 되찾을 수 있었다. 사헌부 감찰에서 나와 빗장과 봉인을 뜯고 열쇠를 인계해주었다. 나락으로 떨어졌던 그들처럼 열여섯 칸이나 되는 육중한 저택도 황폐해져 사람 키보다 더 큰 풀들이 무성했다. 돌아온 노비들은 집 안을 쓸고 닦는 데 여념이 없으면서도 반가움에 웃음꽃이 피었다.

“어머님, 불효자를 용서하십시오. 그동안 얼마나 고생이 많으셨습니까?”

바짝 마른 아들의 손을 잡은 정경부인의 눈이 젖어들었다.

“너도 얼마나 고생이 많았느냐? 어디 아픈 데는 없고?”

“소자는 괜찮습니다.”

“처가에는 들렀다 온 게냐? 아기는 잘 있고?”

처가 얘기가 나오자 성희수가 발끈했다.

“어머님, 그쪽 얘기는 하지도 마십시오. 사위가 죄인이라고 부리나케 딸을 데리고 간 사람들 아닙니까?”

더 이상 생각하기도 싫은 듯 성희수는 동생의 손을 잡고 어루만졌다.

“희영아, 너 혼자만도 힘들었을 텐데 어머님 모시느라 얼마나 고생이 많았느냐?”

성희영은 야위어 깡마른 오라버니의 얼굴이 안쓰러워 엎드려 눈물만 흘렸다.

“그만 울어라. 내 너의 은공은 잊지 않으마. 우리 희영이가 원하는 건 무엇이든지 해주겠어.”

다시 집에 오니 남편 성 대감이 생각나는지 정경부인이 눈물을 훔쳤다.

“산 사람은 이렇게 다시 만나는데 너의 아버지는 다시 볼 수 없으니…….”

“어머님, 그래도 성희안 대감께서 시신을 수습하여 장사까지 지내주셨기에 오늘 같은 날 산소라도 다녀올 수 있었습니다.”

“이번에 신세를 진 사람이 어디 성 대감뿐이겠느냐? 여주 이진사댁, 특히 이 생원은 우리 생명의 은인이다. 이 생원이 없었으면 오늘 나와 희영이는 있지도 않아. 그 은공을 잊으면 안 된다.”

“예, 소자가 갚겠습니다. 갚고말고요. 이렇게 어여쁜 내 동생과 우리 어머님을 살려주신 분들인데 어찌 그 공을 잊으리까? 조만간 여주로 찾아가 인사드리고 집에도 한 번 초대하겠습니다.”

“오라버니, 그분은 지금 성균관에 계세요.”

“음, 그렇지. 곧 대과가 있을 듯한데 그 사람이 급제하면 얼마나 좋겠느냐.”

“꼭 급제할 거예요. 제가 부처님께 기도할 테니까요.”

"우리 희영이 혹시 그 사람을 마음에 두고 있는 것 아니냐?"

성희영의 얼굴이 상기되고 정경부인도 빙긋이 웃었다.

"오라버니도. 생명의 은인이라니까요."

"그래. 이번에 급제만 하면 내가 이진사댁에 중신을 넣지."

"아이, 아니래도 그래요."

오누이의 대화를 지켜보는 정경부인은 흐뭇한 표정을 감추지 못했다. 설마 이것이 꿈은 아니겠지. 만일 꿈이라면 제발 깨지 말기를.

"우리 집이 이렇게 웃음을 되찾게 될 줄 어떻게 알았겠니? 한데 너는 새아기를 계속 사돈댁에 둘 것이냐? 이제 그만 용서해라."

"어머님, 저는 당분간 국사에 전념할 생각입니다. 폐조 때를 생각하면 금상께서는 참으로 어진 군주로 앞으로 성군이 되실 분입니다."

그러나 이조정랑 성희수의 말과는 달리, 중종은 술에 술 탄 듯 물에 물 탄 듯한 통치를 했다. 신하들이 무언가를 말하기 전에는 거의 입을 열지 않았고 신하들이 의견을 내세우면 "대신과 대간이 한 목소리로 요구하니 따르겠노라."라며 대신들의 의견을 좇았다. 이에 처음에는 숨죽이고 있던 대간들이 차츰 목소리를 내기 시작했다. 이 시기의 대간들은 대부분 반정에 참여했던 이들도, 연산군 시절 권력에 기생했던 자들도 아니었다. 공도 과도 없는 그들이야말로 신진 개혁파였다.

그들은 반정의 정통성에 의문을 제기하며 대신들을 압박했다. 대간들에 의해 탄핵된 대표적인 인물이 바로 유자광이었다. 무오사화

때 주도적 역할을 한 유자광은 사림에게 철천지원수와 같았다. 사림이 중심이 된 대간들은 유자광의 탄핵을 강력하게 주장했고 대신들 역시 유자광이 했던 일들이 워낙 문제가 많기에 그를 두둔할 수가 없었다. 다급해진 유자광이 성희안과 박원종에게 구원을 요청했으나 두 사람도 그를 외면했다. 아니, 유자광을 방패막이 삼아 더 이상의 문제 확대를 막으려 했다는 게 더 정확하겠다.

결국 남이옥사, 무오사화, 중종반정에 모두 참여하여 기회주의의 달인 모습을 보인 유자광은 파직당하고 유배지에서 최후를 맞았다. 유자광의 죽음으로 대간들의 불만은 어느 정도 가라앉았으나 사림의 싹은 쑥쑥 자라고 있었다.

한편 여주에서는 정원이 사라졌다. 아버지 산소에 들렀다가 신륵사 백련암에 가 한 달만 지내고 오겠다는 쪽지를 남기고 홀연히 사라진 것이다. 이 말은 전해들은 이 진사가 정 행수를 불렀다.

"크게 기대했는데 신원이 안 되었으니 얼마나 충격이 크겠는가. 마음 다스릴 시간이 필요한 것 같네. 며칠 후 자네가 시주미를 가지고 가서 어찌 하고 있나 보고 오게나."

잔설이 남아 있는 산소에는 이미 개나리가 피고 진달래도 꽃망울을 부풀리고 있었다. 아버지의 묘 앞에서 정원은 북받쳐오는 분노와 사무치는 설움에 목이 메어 두 눈이 퉁퉁 붓도록 울었다. 어머니와 아버지는 차디찬 땅 밑에 있고 동생은 행방이 묘연하며 자신은 관비를 면치 못하고 있는 신세였다.

"어머님, 아버님! 저는 이제 어떻게 살아야 합니까?"

눈이 붓고 목이 쉰 채 찾아온 정원을 맞은 김수는 애처로운 제자의 모습에 가슴이 미어졌다.

"스승님, 이번 신원에서 저희는 빠졌습니다. 저는 영원히 종으로 살아야 하나봅니다."

기가 막히고 가슴이 답답했다. 인생의 황량한 들판을 혼자 헤매고 있는 제자를 보니 옛적 필동 생각이 났다. 눈에 넣어도 아프지 않은 딸, 금지옥엽으로 자라 생기 넘치고 반짝이던 정원이 세상 풍파에 시달려 시름만 가득한 얼굴이 되어 있었다.

"정원아, 너의 분노와 설움을 안다. 너의 머릿속을 어지럽히고 있는 천만 가지 환영도 안다. 그럴수록 하루도 빠짐없이 부처님께 천 배를 드리는 것이 좋겠다."

"예, 스승님. 매일 천 배, 아니 만 배로 부처님께 참회하겠습니다. 어머님과 아버님 그리고 우리 오성이를 위해 만 배인들 못하겠습니까."

실로 정원은 아침저녁으로 매일 천 배를 드리기 시작했다. 다리가 붓고 허리가 뻣뻣해지는 극심한 고통에 지쳐 쓰러져 누우면 이상하게 마음이 편해졌다.

한 날은 천 배를 드리고도 잠이 오지 않아 절 마당을 거닐었다. 어둠 속에서도 하얗게 빛나는 잔설을 이고 있는 산봉우리로 별들이 내려앉았다. 풍경을 울리고 지나가는 서늘한 바람에 마음이 스산해지는데 두견새마저 울어 그리움은 더욱더 깊어졌다. 필동에서

의 행복했던 시간들, 아버지의 인자하신 모습과 어머니의 자애로
우신 손길이 사무쳤다. 지능은 모자라도 누이라면 끔찍하게 생각
했던 동생……. 착하고 여린 오성이는 지금 어디에 있는 것일까. 그
리움의 촉수는 끝없는 어둠을 뚫고 필동을 휘젓더니 석평에게서
멈추었다.

"석평…… 오라버니."

정원 곁에 어느새 김수가 다가와 있었다. 김수는 훌쩍이는 정원
의 등을 아버지처럼 쓰다듬었다.

"살아있는 사람이라면 누구에게나 고독과 그리움이 찾아온단다.
너의 가슴을 쥐어짜고 너의 마음을 후벼파는 그 고독과 그리움 또
한 네가 살아있다는 증거일 것이다."

"스승님, 신원되어 관비에서 풀려나면 저는 불제자가 되고 싶습
니다."

생기를 잃고 시들어버린 꽃 같은 정원의 말에 김수는 말없이 고
개만 끄덕였다.

12장

장원 급제

중종 즉위 이듬해인 정묘년 삼월, 식년시 대과가 시행되었다. 이번 대과에서는 초시, 복시, 전시의 세 단계를 거쳐 모두 서른세 명을 선발했다. 초시는 성균관 유생들을 위한 관시에서 오십 명, 한양의 일반 유생과 성균관 진학을 포기한 생원 진사를 대상으로 하는 한성시에서 사십 명, 향시에서 백오십 명, 도합 이백사십 명을 뽑았다. 복시에서는 이 이백오십 명을 대상으로 조흘강 등 복잡한 절차를 거쳐 서른세 명을 선발했다. 이렇게 뽑힌 서른세 명이 전시에서 자웅을 겨뤄 갑, 을, 병의 최종 성적표를 받게 되는 것이다.

이진성은 일차 관문인 관시를 가뿐히 통과하더니 복시에도 어렵지 않게 붙었다. 하여 전시에서도 좋은 성적을 거두리라는 기대감을 가지고 급제자 명단 벽보를 확인하러 갔다. 먼저 병과 명단부터 확인했다. 이진성이라는 이름은 없었다. 을과 명단에도 없었다. 그렇다면…… 갑과 명단을 확인하니 세 명 가운데 맨 꼭대기에 이진성이라는 이름 석 자가 선명했다. 장원 급제였다.

도저히 믿을 수 없었다. 잘못 본 것이 아닌가 싶어 눈을 비비고 다시 보았지만 틀림없었다. 내가 꿈을 꾸고 있는 것인가.

꿈인지 생시인지 모를 만큼 정신이 없는 가운데 근정전에서 홍패와 어사화, 일산과 주과를 한아름 받고 나서야 이진성은 현실로 돌아왔다. 제일 먼저 축하해준 사람은 뜻밖에도 이조정랑, 성희수였다.

“축하하오. 갑과 일등이라니 정말 장하이. 같은 급제자보다 육 년을 뛰어넘었네.”

홍패와 어사화 때문에 이진성은 허리를 숙여 정중히 인사를 할 수도 없었다.

“축하해주셔서 감사합니다. 그런데 육 년을 뛰어넘었다는 것은 무슨 말씀이신지?”

“갑과 일등은 을과나 병과 급제자보다 육 년을 앞서간다는 뜻이네.”

그랬다. 갑과 세 명 가운데에서도 장원 급제자에게는 종육품이 주어지고 바로 직분이 맡겨졌다. 이에 반해 이등과 삼등은 정칠품에 시보, 즉 권리로 근무하게 된다.

그때였다. 언제 왔는지 이진성 앞에 정경부인과 성희영이 나타났다. 성희영이 홍패와 일산과 주과를 대신 받아 들고 정경부인은 이

진성의 머리에 어사화를 씌워주었다. 누가 봐도 처갓집 식구들의
모습에 다름 아니었다.

"경하하네. 장원 급제까지 하다니 놀랍네."

"오라버니, 축하해요."

"감사합니다. 한데 어떻게 여기까지 오셨는지요?"

"근정전 안으로 들어오는 건 성 정랑의 도움을 받았지."

이진성이 세 사람과 함께 근정전 밖으로 나오자, 기다리고 있던
정원과 정 행수는 이진성을 끌어안고 울기부터 했다. 정 행수는 어
릴 적 두려움에 떠는 얼굴로 종살이를 하러 왔던 반석평이 생각나
눈물이 났고, 정원은 그토록 바라던 일이 이루어져 기쁨에 겨우면
서도 노비 신세에 묶여 있는 자신과 이진성이 더욱 멀어지는 듯해
눈물이 났다.

성희수가 다음 절차를 상세히 설명했다.

"급제자들은 오늘 은영연에 참석해야 합니다. 또 내일은 임금님
께 올리는 사은례, 그다음에는 시가행진인 유가가 기다리고 있습니
다. 유가를 마치고 고향에 내려가면 여주 군수가 주재하는 영친의
에 참석해야 합니다. 그러니 정 행수와 정원 아씨께서는 저희 집에
가 기다리셨다가 이 생원과 함께 여주로 가는 것이 어떻습니까?"

정 행수가 정중히 거절했다. 미리 근정전 안으로 들어가 자신들
보다 먼저 이진성을 축하한 것이 불쾌했던 것이다. 육촌 누이이자
이진성에게 애달픈 마음을 품은 정원이나 이진성을 자식처럼 보살
펴온 정 행수로서는 섭섭할 수밖에 없었다.

“지금 여주에서 진사 어른이 기다리고 계십니다. 한시도 지체할 일이 못됩니다. 다음 기회에 방문하도록 하겠습니다.”

“여주에서 기다리고 계시다니 어쩔 수 없군요. 그런데 우리 이 생원은 어떻게 하나. 내일 사은례는 본래 갑과 장원 급제자 집에 모였다가 가도록 되어 있는데 괜찮다면 우리 집에 모여서 가도 되네만.”

성희수의 파격적인 제안에 모두가 귀를 모으고 이진성의 답을 기다렸다. 생각하기에 따라서는 상당히 의미 있는 제안이고 답일 수 있기 때문이었다. 그러나 이진성은 큰 의미를 두지 않고 대답했다.

“집이 여주인 것을 모두 알고 있어 갑과 이등 집에 모여 가도록 하겠으니 마음 쓰지 않으셔도 됩니다. 그렇지만 이토록 배려해주시니 감사드립니다.”

정경부인이 한 발 물러나 말했다.

“장원 급제자가 우리 집에 오신다면 우리야 큰 영광이겠지만, 자칫 다른 사람들에게 오해를 살 수도 있으니 초청은 다음 기회로 미루지요.”

정경부인의 말에 따라 정원과 정 행수는 곧 여주로 떠나고 이진성은 은영연에 참석하기 위해 육조거리 쪽으로 향했다.

이튿날에는 근정전에서 문무백관들이 참석한 가운데 급제자들이 임금에게 사은례를 올렸다. 사은례가 끝날 즈음 이례적으로 임금이 친히 장원 급제자를 불러 하문했다.

“갑과 일등 급제자는 어떤 직책을 원하는가?”

그러자 이조판서가 나서서 아뢰었다.

"전하, 신 이조판서 아룁니다. 급제자의 직책은 이조에서 정하고 사간원에서 서경하여야 합니다. 통촉하소서."

이조판서의 말이 못마땅한 듯 임금이 말했다.

"과인이 급제자의 의사를 하문한 것이지 당장 제수하겠다는 뜻은 아니지 않은가? 급제자는 답하라."

이진성이 엎드려 절하며 아뢰었다.

"전하, 신 이진성은 북변에 가서 일을 배우는 것으로 관직을 시작했으면 하옵니다."

뜻밖의 대답에 임금도 문무백관들도 놀라움을 금치 못했다. 급제자, 그것도 장원 급제자가 북변 근무를 희망하는 일은 지금껏 없었다. 누구를 막론하고 북변을 가겠다고 나서는 사람이 없는 형편이었다. 가능하면 피하고 싶은 변방 근무에 장원 급제자가 나서자 용안에 흐뭇한 표정이 역력했다.

"그 뜻이 장하다. 변방의 관직으로 시작해서 변방의 사정과 오랑캐의 실상을 직접 경험한 후 내직으로 옮기는 것은 좋은 선례가 될 수 있다. 이조는 과인의 뜻을 참작하라."

"예, 전하. 받들어 모시겠나이다."

사은례를 마치고 나온 급제자들은 유가를 시작했다. 광대를 앞세워 풍악을 울리고, 사복시에서 끌고 온 말에 한 명씩 탄 급제자들이 육조거리를 천천히 나아갔다. 갑과 일등 급제자 이진성이 어사화를 쓰고 선두에 나섰다. 구경꾼들은 장원 급제자가 누구인지 한눈에 알아볼 수 있었다. 게다가 이진성의 용모는 장원 급제자로 손색이 없었다. 큰 키에 뚜렷한 이목구비, 서글서글한 눈매는 보는 이로 하여금 감탄을 자아내게 하기에 부족함이 없었다.

"뉘 집 도령인가. 인물이 훤하구먼."

"어느 집 사위가 될는지, 그 집엔 용이 들어가겠는걸."

"글쎄. 성대감댁 사위가 된다는 말도 있고."

유가 행렬이 육조거리를 거쳐 수포교를 지날 때였다.

"석평아!"

이진성은 말에서 떨어질 뻔할 만큼 놀랐다. 꼼보의 목소리였던 것이다. 반사적으로 고개를 돌려 주위를 훑어보았지만 꼼보는 보이지 않았다. 하지만 가슴이 쿵쿵 뛰고 눈도 붉어졌다. 그 바람에 말이 덩달아 놀라 고삐를 잡은 구종이 야단이었다.

'석평을 부르는데 급제자가 왜 놀라나?'

유가가 어떻게 끝났는지 이진성은 정신이 없었다.

여주로 내려온 이진성은 이 진사와 같이 영친의에 참석했다. 관아 관리들과 관내 유지들, 노인들을 모시고 잔치가 벌어졌다.

"부임 중에 이처럼 크나큰 영광을 맞아 본관은 그 기쁨을 여주 군민들과 함께 나누고자 합니다. 여주 출신이 문무과에 급제한 일은 여러 번 있었으나 문과에 장원 급제한 일은 기록에도 없습니다. 여주를 빛내주신 이진사댁에 본관이 여주를 대표하여 감사의 뜻을 전합니다."

이 진사가 일어나 관아에 모인 사람들에게 허리를 굽혔다.

"이 영광은 여기 계신 사또의 음덕이시고 여주 백성들의 홍복입니다. 제 자식 이진성은 산후에 어미가 죽어 핏덩이 때부터 한양에 있는 이한주 대감댁에서 길러져 육촌 형제들과 같은 스승님을 모시고 공부해왔습니다. 한데 뜻밖에도 장원 급제하여 임금님에게서 하례까지 받아 가문에 큰 영광이 아닐 수 없습니다. 더구나 사또께서 이렇게 잔치를 베풀어주시니 어떻게 감사해야 할지 모르겠습니다. 해서 저의 마음을 표하기 위해 술과 음식을 준비하고 쌀 스무 석을 관아에 헌납코자 합니다."

혹시 아들의 신분이 문제가 되지 않을까 염려하여 이 진사는 다소 생뚱맞은 이진성의 어릴 적 이야기를 장황하게 설명하고 관아에는 쌀 스무 석까지 헌납했다. 이러한 정황을 모르는 사또는 이 진사가 그저 고맙기만 했다.

"어허, 내가 쌀 스무 석을 보내도 시원치 않을 판에 이 진사께서 헌납하시겠다니 고맙습니다."

이진성도 고을 어른들에게 일일이 술을 따라 올리고 인사를 한 뒤 길고도 지루했던 급제 행사를 마쳤다. 이제 남은 것은 신륵사 백련암에 계시는 스승님과 주지스님을 찾아뵙는 일이었다.

정원은 얼마 전까지 한 달여를 백련암에 머물다 왔지만 신륵사에 가는 길은 늘 설레었다. 이진성과의 동행이라 밤잠도 설쳤다. 아침 일찍 종들 편에 공양할 물건들을 먼저 보내고 남한강을 거슬러 올라가는 황포돛단배를 타자 정원의 가슴은 십 년 묵은 체증이 뚫리

듯 시원하기 그지없었다.

이진성이 정원과 함께 신륵사 백련암에 인사드리러 가겠다고 했을 때 정원은 혹여 종숙부가 반대하면 어쩌나 가슴이 조마조마했다. 그런데 고맙게도 옆에 있던 정 행수가 눈치를 채고 거들어주었다.

"아씨는 절에 가 불공을 드리면 마음이 편한 모양입니다, 진사 어른."

이 말이 효과가 있었다.

강바람에 머리카락이 흐트러지고 찰싹이며 튕겨오르는 물보라에 꽃단장이 지워져도 정원은 마냥 좋기만 했다. 오늘따라 바람도 강물도 황포돛단배도 고마웠다. 배가 흔들릴 때마다 이진성이 잡아주는 손은 저리저릿했고 그 손에 힘이라도 들어가면 심장이 멈춘 듯했다. 나루터에 내려 신륵사로 오르는 길에도 이진성은 정원의 손을 놓지 않았다. 영원히 이 손을 놓지 않았으면…….

강월헌에 올라 내려다보는 남한강은 아스라이 펼쳐진 들판을 가로지르며 유유히 흐르고 있었다. 언제 봐도 아름다운 강이었다. 신륵사를 돌아 백련암 가는 계곡길로 들어서자 늦게까지 핀 매화가 숨어 있고, 봄 햇살이 다다른 비탈에는 진달래가 피어 벌써 산을 붉게 물들였다.

"오라버니."

"응."

"지난 달 내가 이곳에 있었던 거 모르지요?"

대답 대신 이진성은 빙긋이 웃었다.

"자연의 품은 늘 따뜻하지."

"왜 오라버니가 이곳을 좋아했는지 알겠더군요."

"별과 달, 솔바람, 소쩍새 울음…… 잊을 수가 없지."

"한 달 내내 나는 오라버니 생각을 제일 많이 했는데, 그동안 오라버니는 나를 얼마나 생각했어요?"

"마르지 않는 이 계곡물만큼……."

깊고 날카로운 눈빛과 카랑카랑한 목소리, 꼿꼿한 자세는 여전했지만 육 년 만에 뵙는 스승은 그동안 많이 노쇠해 있었다. 이진성은 옷깃을 여미고 깊이 절을 올렸다.

"스승님, 그간 강녕하셨습니까?"

"그래, 장원 급제까지 하다니 수고가 많았다."

이미 소식을 들은 김수는 이진성이 오기를 기다리고 있던 터였다. 얼마나 바라던 소식이던가. 한때는 김수도 과거 급제로 원하는 세상을 만들고자 하는 포부가 있었다. 그러나 비뚤어질 대로 비뚤어진 세상, 탐욕만 가득 찬 사람들의 난장판인 세상에 더 이상 희망은 없어 보였다. 그런 세상보다 높고 맑은 곳을 향하다가 오게 된 곳이 백련암이었다.

그렇다고 아예 세상을 등진 것은 아니었다. 김수는 세상으로 나아갈 길을 찾지 못했다. 자신과 세상을 이어줄 다리를 갖지 못했던 것이다. 그런데 아끼는 제자가 이토록 큰 다리가 되어 눈앞에 와 있었다. 내로라하는 명문세족의 자식들도 어려운 대과 급제, 그것도 장원 급제를 종살이를 하며 자란 반석평이 해냈다. 김수는 진심으로 자신의 제자가 대견하고 고마웠다.

"이 모두가 스승님의 가르침 덕분입니다."

무릎을 꿇고 깊이 머리 숙인 이진성에게 스승 김수는 태양이었다. 태양이 없으면 어떤 생명도 있을 수 없다. 어머니 손에 이끌려 필동에 왔을 때 반석평에게 세상은 영원히 아침이 오지 않을 것 같은 어두운 밤이었다. 반석평에게 허락된 세상은 주인에게 복종하며 끼니 굶지 않고 살다가 이승을 마치는 것 이상은 없었다. 그런 반석평에게 스승 김수는 빛을 주었다. 태양이 되어 언제나 이진성의 머리 위를 비추어주었다. 이진성은 그런 스승에게 자신의 모든 것을 다 드린다 해도 모자라다고 생각했다.

"알고 있느냐? 진성아, 내가 가르친 것은 과거에 급제하기만을 위한 것이 아니었다. 백성이 세상이다. 그 세상을 어떤 마음으로 살아야 하는지를 가르쳐주고 싶었느니라."

"예, 스승님. 늘 마음속에 새기고 있습니다."

김수는 또 다른 제자를 향해 인자한 웃음을 지었다.

"정원아, 너에게는 산사가 맞는 모양이다. 얼굴에 화색이 돌고 훨씬 밝아졌구나."

"예, 정말 그런가봅니다. 오성이만 찾으면 머리 깎고 들어오고 싶습니다."

"원, 녀석도. 불제자 되는 게 쉬운 줄 아느냐."

정원을 생각하면 김수는 마음이 아팠다. 남부럽지 않은 대갓집 금지옥엽이 졸지에 관비가 되어 험한 꼴을 당하더니 좋은 세상이 되어서도 신원이 되지 못하고 여전히 납공노비 신세였다. 하나밖에 없는 아우 이오성의 소식도 묘연했다. 오죽하면 불가에 입문하겠다 할까 싶었다. 가볍게 타박의 말을 했지만 정원의 말이 가슴에 박혔다. 스승은 정원의 마음을 달래주고 싶었다.

"어느 날 장주(莊周, 장자의 본명)가 꿈에 나비가 되었다. 훨훨 날아다니는 나비가 되어 자신이 장주라는 것을 깨닫지 못했다. 그러나 문득 잠에서 깨어나니, 자신은 엄연히 장주였다. 어떤 것이 꿈이고 어떤 것이 현실일까? 도대체 장주가 나비가 된 꿈을 꾼 것일까? 아니면 나비가 장주가 된 꿈을 꾼 것일까?"

알 듯 모를 듯한 스승의 말은 계속되었다.

"참된 깨어남이 있고 나서야 우리는 비로소 인생이 한바탕 꿈인 줄을 알게 된다. 그런데 어리석은 자는 자기가 깨어 있다고 큰소리치고, 더 어리석은 자는 자신이 군주라고 우러러 받들어지길 바라며 소 잡는 백정이라고, 농사나 짓는 무지렁이라고, 남의 집 종이라고 천대한다. 자기가 나비인지 사람인지 구별 못하는 게 인간인데 이 얼마나 옹졸한 짓이냐? 꿈 이야기를 하고 있는 이 순간조차 실은 꿈일지 모른다."

정원에게 제물론을 설파한 김수는 이진성을 향해 남은 말을 마무리했다.

"나무는 바람에 흔들려도 몸을 유지하고, 물은 높은 곳에서 낮은 곳으로 흘러도 막힘이 없다. 우리의 인생살이도 그러해야 하거늘 사람 마음속의 근심, 변덕, 두려움, 경박, 방탕, 자만 같은 것들은 악기에서 소리가 나오듯 봄날 싹이 돋아나듯 번갈아가며 우리 앞에 나타난다. 우리는 그러한 감정의 변화가 어디서 오는지 알지 못한다. 하지만 아침저녁으로 이런 조화가 나타나는 것은 그것이 말미암은 바가 있기 때문 아니겠는가. 그것들이 없으면 나도 존재하지 않을 것이요 내가 없으면 그것들도 생겨나지 않을 것이로되 무엇이 그렇게 하는지는 알 수가 없다. 그러니 바람에 흔들리는 나무처럼 흐르는 물결처럼 그저 가만히 두어라. 그것이 지혜가 아니겠느냐.”

말을 마친 김수가 이진성의 손을 잡았다. 이진성은 스승의 손이 너무 차다고 생각했다.

“스승님의 가르침, 늘 새기겠습니다.”

“그래. 조정에 나가거든 내가 말한 두 가지를 잊지 말거라.”

“예, 스승님. 늘 겸손하고 변방 가기를 즐거이 하라는 말씀 잊지 않고 있습니다.”

“네가 어련히 잘 하겠느냐만 잔소리를 덧붙이자면, 조정에 나가는 너의 마음가짐은 다시 종이어야 한다.”

“다시 종으로요?”

“그렇다. 너는 만백성의 종으로 거듭 태어나야 한다. 임금의 종도 아니고 벼슬아치들의 종도 아니고 저 아래에 있는 백성의 종으로 다시 태어나야 한다.”

“스승님, 참다운 백성의 종이 되려면 어떻게 해야 합니까?”

“전국시대 귀곡자의 제자 울료가 쓴 《위료자》를 보면 ‘좋은 나라는 백성이 잘살고, 보통의 나라는 선비들이 잘살고, 겨우 유지되고 있는 나라는 벼슬아치들이 잘살고, 곧 망할 나라는 임금의 창고에 재물이 넘쳐난다.'고 하였다. 이를 옛 성현은 '백성을 다스리되 지배하지 않고 임금이 있으되 없는 것과 같아야 한다.'고 했느니라."

스승과 헤어진 이진성과 정원은 대웅전에 들러 참배를 했다. 부처님은 언제나 염화미소를 짓고 있었다. 정원은 참배 후에도 한참을 차가운 대웅전 바닥에 앉아 부처님의 미소를 바라보았다.

이진성은 말없이 정원을 기다렸다. 숲 속에서 딱따구리 한 마리가 먹이를 구하기 위해 부리가 으깨질 듯 나무를 쪼아대는 모습이 눈에 들어왔다. 구하지 않는다면 무엇을 얻을 수 있겠는가? 이진성은 또 하나의 배움을 얻었다.

사위가 어둑어둑해지고 있어 귀가를 서둘러야 했다. 저녁놀이 서녘으로 사그라들자 달빛이 귀갓길을 비추었다. 고즈넉한 밤길이었다.

"첫 부임지가 북녘이 되었으면 좋겠다."

"왜 또 북녘으로……? 눈과 추위와 전쟁, 난 생각만 해도 싫은데."

"그곳 어딘가에 오성이가 있을 게다."

"오성이가요?"

"변방 가기를 즐거이 하라는 스승님의 가르침 때문이기도 하지만, 오성이와 너를 구하는 일은 나에게는 숙명이야. 비천한 어린 종을 면천시켜 지금 아버님 아래로 입후시켜 주신 대감마님이 없었다면 오늘의 나는 상상할 수도 없지. 나의 숙명은 정해진 것이야."

이진성과 정원의 귀가가 늦어지자 걱정이 된 이 진사가 종들을 보내 저만치 앞에 등불들이 나타났다. 둘의 대화는 더는 이어지지 않았다.

13장

경흥 부사 이진성

화창한 날이었다. 구름 한 점 없는 하늘에 태양이 빛나는 삼월 특유의 맑고 쌀쌀한 날씨였다. 이조에 들른 이진성에게 성희수는 낭관들이 보고 있는 것도 아랑곳하지 않고 감격하여 큰소리로 외쳤다.

"경차관이 되었네! 함길도 국경 지역을 감찰하는 경차관으로 제수되었어!"

경차관은 암행어사와 같은 직책으로 품계를 뛰어넘는 파격적인 인사였다. 경차관은 청렴하고 정직한 정오품 이상의 관원에서 주로 뽑았지만 때로는 당상관이 파견되기도 하였다. 이진성의 품계는 종육품이었다.

"여러분들께서 애써주신 덕분입니다."

아차 싶었다. 침착하고 사려 깊은 이진성도 다소 흥분했는지 말실수를 했다. 관직을 제수받고 감사하다는 말을 해서는 안 되는 것이다. 인사는 공정이 생명인데 누군가의 배려나 입김이 있는 것처럼 비쳐져서도 안 되고 더욱이 인사권자인 임금에 대한 무례이기 때문이다. 그러나 다행히 이를 탓하는 사람은 없었다.

"그러나 좋아할 일만은 아닐세. 위험한 일이고 고생도 각오해야 하네. 여진족과 대치하는 진지들과 늘 위험이 도사리고 있는 국경에 어떤 문제점이 있는지 잘 살펴보고 보고서를 올려야 하는 일이지. 병조에 들러 업무 조율도 받게. 병사들도 몇 명 동행시킬 걸세."

"잘 알겠습니다."

"참, 출발하기 전에 우리 집에 좀 들러주게. 의논할 일이 있네."

"무슨 일이신지……."

"경흥에 어머님과 희영이 신세 진 사람들이 있잖은가. 신공까지 대납해준 사람들. 대납한 신공은 당연히 갚아야 하지만 그것만으로 되겠나. 그 은혜를 갚을 방법이 딱히 생각이 안 나는구먼."

신공은 이진성이 여주에서 경흥으로 갈 때 가져간 은전으로 지불했던 것인데 성희수는 경흥에 있는 사람들이 지불한 것으로 오해하고 있었다. 그러나 이진성은 굳이 해명할 생각이 없었다.

"나리, 어찌 돈으로 은혜를 갚겠습니까. 제가 가보고 좋은 방법이 있는지 알아보아 연락을 취하겠습니다."

"그렇게 해주면 고맙겠네. 그러면 집에 들르지 않고 바로 올라갈 것인가?"

다른 이가 들으면 처남과 매부 사이로 착각하기 쉬운 말투였다.

"훗날 꼭 들르겠습니다. 정경부인과 희영 낭자에게 안부 전해주십시오. 나리께서도 강녕하시고요."

"그렇다면…… 잘 다녀오게."

병조에서는 군관 한 명에 병사 다섯 명을 데리고 갈 것을 권고했으나 이진성은 업무의 효율성을 생각하여 날쌘 군사 두 명과 말 세 필만을 달라고 했다. 그리하여 세 명의 사내들이 말을 타고 경흥을 향해 출발했다. 역참마다 들러 휴식을 취하며 한양에서 원산으로, 원산에서 함흥으로, 함흥에서 다시 회령으로 천천히 달렸다. 남녘은 계곡의 얼음이 녹고 산에는 꽃들이 피어나고 있는데 북녘으로 갈수록 산천에는 잔설이 덮여 있었다.

이번 경차관의 임무는 함길도에 있는 육진과 세 개의 보가 여진족에 어떻게 대응하고 있는가를 감찰하고 여진족의 동태를 파악하는 것으로 회령부터 시작하여 부령, 종성, 경흥, 경원, 온성의 순서로 점검에 들어가기로 하고 길을 잡은 것이다.

첫 감찰지 회령에 도착한 것이 정묘년 사월 이일이었다. 그런데 목책으로 둘러싸인 회령진 관문에 들어서자마자 이진성은 병사들에게서 경흥의 비보를 들었다. 화급히 동헌으로 들어가 회령 부사를 만났다. 이진성은 임금이 친히 쓴 봉서를 보이고 인사를 나눈 후 경흥 사태를 물었다. 그러나 회령 부사도 사태를 정확히 파악하지 못하고 있었다.

"저도 오늘 아침에야 보고를 받았습니다. 일은 그저께 밤에 난 듯

합니다. 기습을 받은 모양인데 많은 곡식과 무기를 탈취당하고 경흥 부사와 선임 군관, 백성 육십여 명이 잡혀갔다고 합니다.”

“우리 군사들은 무엇을 했답니까?”

“글쎄요. 북방의 산하가 아직은 얼어 있기 때문에 기습하는 쪽이 절대적으로 유리합니다만, 우리 군사들이 그렇게 일방적으로 당하지는 않았을 것인데…….”

“경흥에는 군사가 얼마나 됩니까?”

“징집하여 끌어모으면 오백 명에서 많아야 육백 명쯤 될 것입니다.”

징집해서 오륙백 명이면 평소에는 얼마나 된다는 소리인가. 기껏해야 이삼백 명 정도밖에 안 된다는 말 아닌가.

“부사 영감, 어떻게 하면 좋겠소?”

“이미 절제사께서 그곳에 갔을 것입니다. 경차관께서도 빨리 경흥으로 가시는 것이…….”

부사와 대책 없는 얘기를 나누고 있는데 절제사가 사람을 보내왔다.

“각 진은 군사 육십 명을 뽑아 경흥으로 보내라는 절제사의 명령이오.”

이진성이 군사들을 데리고 경흥으로 가기로 했다.

“부사 영감은 가지 않을 작정이오?”

“부사는 위급 시 임지를 지키는 것이 첫째 임무입니다.”

“그러면 회령 감찰은 다시 날을 받아 하도록 합시다.”

이진성의 말에 부사는 가소롭다는 듯이 말했다.

"이 와중에 감찰은 무슨 감찰입니까. 내 다음에 회령에 대한 보고서를 만들어 보낼 테니 그걸로 감찰한 것으로 하시지요."

"그렇게는 안 되겠습니다. 이런 때일수록 문제점을 파악하고 조정에 건의할 것은 해야지요."

"경차관께서 초임이라 현지 사정을 잘 몰라서 그러시는데 어디 문제점을 몰라서 이런 줄 아십니까. 아무리 건의해도 안 되고 돈도 많이 들고 하니 그렇지요."

"필요하면 특별 예산을 지원하지 않습니까?"

말하고 나니 경비 지원이 없어 납공노비에게 신공을 받아 충당한다던 경흥 형방 오진수의 말이 뒤늦게 떠올랐다.

"특별 예산이라. 그런 것은 애당초 없습니다. 모든 것은 현지 조달이지요. 그건 그렇고 평시 같으면 내가 경차관 나리를 위해 거하게 한잔 대접할 텐데…… 우리 회령 관기들이 예쁘다는 소리는 못 들으셨습니까? 허허."

그러고 보니 경흥에 비상사태가 발생한 것은 아랑곳없는 양 관기들이 짙은 화장을 하고 동헌 밖까지 왔다 갔다 하고 있었다. 병조에 들렀을 때 어느 낭관이 했던 말이 생각났다.

"가시거든 몸이나 풀고 오십시오. 북녘 육진에는 우리가 특별히 관비와 관기를 많이 배치하고 있습니다. 특히 관기는 국법으로 고생하는 변장과 군사들을 위무할 의무가 있으니까요."

적과 대치하고 있는 최전방의 남자들을 위하여 조정이 할 수 있는 것은 관비나 관기를 보내는 일뿐인 모양이었다.

이진성이 재촉했다.

"아무튼 군사나 빨리 준비해주시오. 서둘러 출발하겠소."

비록 육십 명에 불과하지만 갑자기 군사를 빼는 것도 쉽지가 않았다. 평시에 정규군을 얼마 두지 않고 있다가 전시에 병사를 소집하는 진관체제의 문제점이 이렇게 나타나고 있었다.

세조 때 만들어진 진관체제는 각 도에 병영을 두어 병마절도사가 군대를 통솔하고 병영 밑에 몇 개의 거진을 설치하여 그 지역 수령이 군사지휘권을 갖는 체제였다. 이 제도는 그 지역 장병들이 생업에 종사하면서 일정 기간 동안 돌아가며 최소 복무를 하다가 비상시에 소집되므로 군 복무로 인한 백성의 피해를 최소화하는 장점이 있기도 했다.

이진성이 초급 군관 한 명과 군사 육십 명을 데리고 회령을 출발하여 경흥에 도착하는 데는 꼬박 이틀이 걸렸다. 경차관이 되어 다시 온 경흥은 아수라장이었다. 아직도 매캐한 냄새가 나는 불탄 집들의 잔해 사이로 사람을 찾아 헤매는 소리며 피범벅이 된 시신을 수습하며 억장이 무너지게 우는 소리, 부모를 잃고 땅바닥에 주저앉아 비명을 지르는 아이들 소리가 비통했다. 관아도 무사치 않았다. 정문과 동헌 일부가 불탔는데 그나마 부사 집무실인 제흥당과 거주처인 선청각은 온전했다.

무겁고 침울한 분위기 속에 제흥당에서 긴급회의가 열렸다. 함길도 절제사 박수종이 경차관 이진성이 도착했다는 보고를 받고 참석을 지시하여 온성 부사 김우, 경성 부사 윤호, 조산보 만호 정일경, 건원보 부장 조병순, 경흥 군관 박상조가 긴급 대책회의에 참석했다. 절제사 박수종이 경차관 이진성을 소개했다.

박수종은 영의정 박원종의 친척인데 본래 무관 출신으로 지난 반정 때 박원종을 도와 이등 공신에 책훈되었다. 그동안은 훈련원, 포도청, 의금부, 병조 등 주로 내직에 종사하다 더 높은 관직에 오르기 위해서는 외직 근무가 필요한지라 지난 연말 함길도 절제사로 부임해 와 있었다.

"한양서 온 경차관일세. 이런 때를 맞추어 온 것을 잘 왔다고 해야 하나. 허허."

이진성이 정중히 인사했다.

"경차관으로 온 이진성입니다. 본래는 각 진과 보를 찬찬히 둘러보며 여러분들을 뵈어야 하는데 사정이 급하다 보니 이곳에서 우선 인사드립니다. 지도를 바랍니다."

이진성이 좌중을 둘러보니 참석한 변장들은 대부분 나이 많은 노장들이었다. 새파랗게 젊은 이진성을 보는 그들의 눈빛에는 멸시와 조소가 담겨 있었다. 경력이 전무한 이십육 세의 경차관을 깔보는 것은 어쩌면 당연했다.

절제사 박수종은 경흥에서 유일하게 살아남은 군관 박상조에게 상황을 상세히 설명하도록 지시했다. 살아남은 것이 큰 죄인 양 움츠러 있던 박상조가 군데군데 피가 묻은 옷깃을 여미며 일어나 여러 번 절을 하고 난 뒤 조심스럽게 말했다.

“삼월 그믐밤이었습니다. 날이 풀려 군사 백오십 명을 데리고 강변으로 진지 구축 작업을 하러 나가 있었습니다. 군막을 치고 며칠간 머물면서 해야 하는 작업인지라 관내에는 백 명도 안 되는 병사들만 남아 있었습니다. 선임 군관 김영기가 군사들을 지휘하고 있었는데 여진 놈들에게 불시에 습격을 당했다고 합니다. 어디에서 쳐들어왔는지, 어떤 놈들인지, 규모가 얼마나 되는지도 모르는 상태로 워낙 급하게 당해, 소식을 듣고 달려갔을 때는 이미 선임 군관 김영기를 비롯하여 우리 군사 오십여 명이 죽고 부사 나리를 포함하여 수십 명의 백성들이 끌려간 후였습니다.”

이진성이 물었다.

“탈취해 간 곡물과 병기는 얼마나 됩니까?”

“정확한 숫자는 헤아려봐야겠으나, 영문에 있는 곡물 창고의 곡물과 병기고에 있는 병기를 죄다 가져갔습니다.”

가장 연배가 높고 변방 경험이 많은 경성 부사 윤호에게 절제사가 물었다.

“경성 부사, 부사가 보기에는 어느 쪽 놈들인 것 같습니까?”

“글쎄요. 좀 더 많은 정보를 파악해야 판단이 설 것 같습니다.”

그러자 조산보 만호 정일경이 나지막한 목소리로 의견을 말했다.

“건주우위 알목하 놈들 같습니다.”

온성 부사 김우는 다른 생각이었다.

“제 생각으로는 건주좌위 화라온 놈들이 아닐까 합니다만.”

이번에는 만호 대신 회의에 참석한 건원보 부장 조병순에게 물었다. 절제사의 묻는 말투가 점점 건조해지고 깐깐해졌다.

"건원보 조 부장의 의견은 어떻소?"

"놈들의 특징이나 사용한 병기들을 백성들에게 물어본 바 근자에 새로 출몰하고 있는 해서여진의 와르카 부족 같습니다. 놈들이 북문 쪽으로 퇴각해 강을 따라 동쪽으로 내려갔다고 하니 더욱 그러합니다."

이렇듯 말하는 사람마다 의견이 다르니 절제사는 곤혹스러워서 이진성에게는 건성으로 물었다. 다른 변장들과 같이 절제사도 젊은 경차관에 대해 별 기대를 하지 않았다.

"경차관은 누구 의견이 맞는 것 같은가?"

"예, 절제사 나리. 지금까지 여진족의 침입이 여러 번 있었습니다만 그들은 매번 곡식이나 재물을 탈취해 갔지 이번처럼 사람을 죽이고 백성들을 붙잡아가는 경우는 없었습니다. 우리와 오랫동안 싸우면서 사정을 많이 알고 있는 건주좌위나 건주우위, 건주본위는 아닌 것 같습니다. 그들은 도를 넘는 잔인한 짓은 하지 않습니다. 따라서 최근 북쪽에서 내려온 해서여진의 와르카 부족일 가능성이 매우 높습니다. 와르카 부족은 우리뿐만 아니라 다른 여진족에게도 해를 입혀 잔인하기로 소문이 나 있습니다. 따라서 저는 조병순 부장의 의견이 맞다고 생각합니다."

"아니, 경차관이 어떻게 와르카 부족을 다 아나?"

"와르카 부족은 본래 만주 북쪽에 살던 이들인데 최근 다시 강성해진 몽골족에게 밀려 남쪽으로 내려왔습니다. 이놈들은 같은 여진은 물론 같은 부족끼리도 서로 침입하고 강탈하여 모든 여진족이 이들을 경계하고 두려워합니다."

여진에 대한 젊은 경차관의 해박한 지식에 다들 입이 벌어졌다. 쉽게 수긍하고 싶지 않은 눈치였지만 이진성의 논리는 날카롭고 정확했다.

"경차관은 어떻게 여진에 대해서 그렇게 소상히 알고 있나?"

"실은 제가 삼 년 전 이곳 경흥 부사의 명령을 받고 일 년여 동안 여진 지역을 샅샅이 조사하여 보고서를 제출한 바 있습니다."

"음, 그 보고서는 나도 본 적이 있네. 경흥 부사가 작성한 것으로 알고 있었는데 자네 작품이었구먼."

"예, 그렇습니다. 절제사 나리, 그건 그렇고 여기서 더 이상 토론해봐야 합당한 결론을 내리기 어렵습니다. 경흥을 침범한 놈들이 과연 와르카 부족이 맞는지 세작을 보내 확인하는 일이 우선입니다. 잡혀간 우리 백성들이 어디 있는지도 확인을 해야 구출 작전을 펼칠지 철저하게 응징할지 결론을 내릴 수 있지 않겠습니까?"

경차관 이진성의 논리 정연한 의견과 정확한 상황 대처에 모두 고개를 끄덕이자 절제사가 결론을 내렸다.

"경차관 의견에 모두 찬성하는 듯하니 경차관의 말대로 진행하도록 합시다. 그리고 경차관은 오늘부터 임시로 경흥 부사의 일을 맡아 혼란을 수습하고 병력과 병기를 재정비해주시오. 경차관이 부사 직무대리를 맡는 것은 내가 장계를 올릴 때 보고하여 조정의 윤허를 얻겠습니다. 그리고 각 진에서는 경흥에 병력과 군량미를 지원해주시오. 경흥 병사들은 거의 죽었을 뿐만 아니라 많은 병사가 영문을 이탈하여 도망을 간 상황입니다. 시급한 복구가 필요하니 각 진과 보에서는 소수 정예의 병력을 육십 명씩만 보내주시오. 세작과 정찰 임무는 임시 경흥 부사와 의논하여 처리하리다.”

절제사의 말에 경성 부사 윤호가 이의를 제기하고 나섰다.

“절제사 나리, 병력을 차출하신다는 것은 혹시 국경을 넘어 여진으로 쳐들어가기라도 하시겠다는 뜻입니까? 병력의 이동은 전하의 윤허 없이는 불가능한 일입니다.”

경험 많은 늙은 부사의 말에 무게감이 느껴졌다. 그러나 절제사는 발끈하여 언성을 높였다.

“부사! 이것은 전장에서 행하는 작전이오. 나라가 적에게 침공당하여 백성이 잡혀갔다면 당연히 쫓아가 구해오는 것이 우리의 임무 아니오? 이것은 전장 책임자인 나의 권한입니다.”

그러나 역시 나이 많은 조산보 만호 정일경이 윤호의 의견에 동조하고 나섰다.

“섣불리 나섰다가는 화를 자초할 수도 있습니다. 분하다고 승리를 장담할 수 없는 상대방을 자극하여 오히려 후회 막급한 일을 만들 수도 있습니다. 그동안 조정의 정책이 왜 회유 쪽에 무게를 두었는지도 참작하셔야 할 것입니다.”

가만히 듣고 있던 이진성이 나섰다.

“당하고도 응징을 하지 않는다면 적은 우리를 더욱 업신여기게 되어 번번이 침입해와 도처에서 노략질을 자행할 것입니다. 조정의 명령을 기다렸다가 보복에 나서면 시기를 놓칠 게 불을 보듯 뻔합니다. 그리고 절제사 나리께서 보복 공격을 명령하실 때는 우리 세작이 정찰을 충분히 하여 준비가 끝난 뒤의 일이 될 것으로 압니다. 그 전에 병사를 모으고 훈련하는 것은 하등의 문제가 없습니다.”

이진성의 동조에 절제사는 힘을 얻었다.

“경차관의 말이 백번 지당하오. 참석한 여러분은 내 지시에 한 치도 어긋남이 없도록 조치하고, 참석 못한 각 진에는 내 사람을 보내 엄중히 명령할 것이오. 오늘은 이것으로 회의를 마치고 경차관은 나와 별도로 정찰을 어찌할지 의논합시다.”

경성 부사와 온성 부사, 조산보 만호는 돌아가고 절제사는 선청각으로 자리를 옮겨 저녁상을 받았다. 이 자리에는 이진성의 요청으로 건원보 조병순 부장과 경흥 관아 형방 오진수도 함께했다. 관기 네 명이 이들의 저녁 시중을 들었다.

갑자기 불려온 형방 오진수가 경차관으로 와서 임시 부사가 된 사람이 이진성이라는 사실을 알고는 허리가 꺾이도록 놀랐다.

“아니, 이 생원 아니오?”

“예, 형방 어른. 그동안 잘 있었습니까?”

“잘 있다니요, 이렇게 아수라장이 되었는데요.”

“그나저나 부사 나리 일은 안되었습니다. 건강히 돌아오셔야 할 텐데.”

절제사가 둘의 대화에 끼어들었다.

“돌아와도 그에게 경흥 부사 자리는 없소. 그런데 둘이 잘 아는 사이인가?"

"예, 절제사 나리. 지난번 올린 여진족 조사 보고서가 이 생원이 작성한 것이라."

"으음. 자, 그럼 경차관부터 한잔하지. 내 경차관을 다시 봐야겠어. 대단하이. 자, 술도 들고 진지도 들고…… 너희들은 뭐 하느냐? 여기 계신 분들 수발을 잘 해야지."

절제사의 호통에 관기들이 놀라 후다닥 술시중과 밥시중을 들었다. 술이 몇 순배 돌자 형방 오진수가 이진성이 여진 땅에 가서 완벽하게 정탐해 돌아온 당시의 정황을 상세하게 설명했다. 절제사는 젊고 용감한 한 사나이에게 흠뻑 반해버렸다. 형방 오진수가 한 가지를 더 얘기했다.

"이 생원, 아니 임시 부사는 무술까지 뛰어납니다. 그때 함께한 박장원은 또 천하장사이지요."

"무술까지? 어허, 갈수록 태산이군. 그런데 박장원은 또 누구인가?"

이번에는 이진성이 박장원의 내력과 됨됨이에 대해 숨김없이 털어놓았다. 절제사의 눈이 빛나더니 갑자기 관기들을 내보냈다.

"그 사람이 적임자 아닌가?"

"그럼 세작으로?"

"그렇지."

옆에서 조용히 술만 마시고 있는 조 부장에게 절제사가 물었다.

"어떻게 생각하는가?"

"그런 사람이야말로 적임자이지요."

절제사가 단안을 내렸다.

"그 사람을 내일 불러오게. 임시 군관으로 임명하지. 본래 군관이 잖은가?"

"그래도 현재는 죄인입니다."

"그래서 적임자라는 거야. 공을 세우게 해서 복직시켜야지. 내가 책임지겠네."

이진성은 우막개 이야기도 꺼냈다.

"그 친구는 몸이 빠르고 칼 솜씨가 정확합니다. 여진에서 태어났지만 여진에 큰 원한을 갖고 있습니다."

"그렇다면 그 사람도 적임자야. 아암, 그렇고말고. 그 사람도 데리고 오게."

박장원과 우막개를 이번 일에 끌어들이는 것이 잘한 일인지 이진성은 자신이 없었다. 다만 이 일에 그 둘이 적임자라는 것만은 틀림없고 나라를 위해 그들이 할 수 있는 일임은 분명하다고 생각했다.

절제사가 세 사람의 술잔에 일일이 술을 치다가 이진성을 보며 말했다.

"자네, 오늘 나에게 많은 것을 주었어."

"별말씀을."

"아니야. 원래 사람이란 자기 발등에 불이 떨어지기 전에는 움직이려 하지 않는 법이지. 오늘 회의에서도 자기 임지에 별일이 없으니 무리를 안 하려고만 하지 않던가? 그런데 나는 입장이 다르지.

함길도 전체를 책임져야 해. 아니, 함길도의 미래도 책임져야 해. 여진 놈들에게 매운맛을 보여주어야 앞으로 함길도의 안전이 보장되지 않겠나? 그렇지 않은가, 형방?"

"예, 지당하신 말씀입니다."

"그러나 회의 때 그들이 염려한 바도 우리는 유념해야 할 것이야."

우리와 그들로 구분하는 절제사의 말이 부담스럽게 느껴져 이진성은 대화를 정리하는 쪽으로 유도했다.

"세작의 정확한 정보를 바탕으로 기습은 은밀하게, 철수는 번개같이 이루어져야 합니다."

"암, 그렇지. 자, 내일 일은 내일 생각하기로 하고 오늘은 한잔하세나. 선청각이 무사해서 다행이야, 형방."

"예, 그렇습니다."

술이 약한 절제사가 옆으로 쓰러지자 이진성은 조용히 자리를 빠져나왔다. 밤이 늦었지만 이진성은 우녀 집으로 향했다. 문을 두드린 지 한참이 지나서야 박장원이 나오며 소리쳤다.

"거 누구요? 야심한 밤에!"

이진성이 목에 힘을 주고 목소리를 바꾸었다.

"나 경흥 부사인데……."

"부사라고요? 부사 나리가 이 밤중에 저희 집엔 왜?"

박장원의 어리둥절한 얼굴이 나타났다.

"형님!"

"어? 이게 누군가?"

얼마나 반가웠는지 두 사람은 서로 껴안고 놓을 줄을 몰랐다. 소란스런 소리에 우녀도 뛰어나왔다.

"아니, 이 생원!"

이 생원이라는 우녀의 말을 잠결에 듣고 우막개가 건넛방에서 번개처럼 문을 박차고 나와 이진성을 끌어안았다.

"형님!"

이진성이 웃으면서 우녀와 우막개의 손을 잡았다.

"잘 있었습니까? 너도 잘 있었고?"

"예, 그럼요. 형님은 약조 하나는 확실히 지킵니다."

"우리 달님이는 잘 크고 있지요?"

"잘 크고말고요. 이제 말까지 하는데."

"말까지요?"

"그런데 이 야심한 시각에 웬일인가?"

이진성이 싱글벙글하며 비어 있던 사랑으로 들어갔다. 우막개와 박장원이 따라 들어오고 언제 준비했는지 우녀가 작은 소반에 주안상을 차려왔다. 언제 와도 정겨움이 흐르는 집이었다.

이진성이 그간의 일들을 상세하게 들려주기 시작했다. 경흥을 떠나 나주에서 조운선을 타고 강릉 가던 때부터 시작하여 과거에 급제해서 경차관으로 여기까지 온 사연을 길게 길게 이야기했다. 장원 급제 이야기가 나왔을 때는 세 사람 다 일어나 손뼉을 치고 환호하며 제 일처럼 기뻐했다.

"자네가 경흥 부사? 그럼 나는 경흥 부사 형님이로구나."

"저는 경흥 부사 동생이고요. 하하."

"아니, 임시 부사야."

"임시면 어떤가, 부사인 건 분명한데."

모처럼 만난 삼형제의 대화는 화기애애했다. 그런 가운데 이진성이 문득 정색을 하고 박장원에게 물었다.

"이번에 침략해온 놈들이 누구라고 생각합니까?"

박장원은 생각할 것도 없이 대답했다.

"와르카 부족이겠지."

이진성의 예감이 적중했다.

"와르카 부족이면 막개 아버지를 죽인 그놈들 말입니까?"

우막개가 긴장한 얼굴로 말했다.

"맞습니다. 제 아버지를 죽이고 우리 부족을 멸망시킨 그놈들이 틀림없어요."

박장원이 설명을 이어갔다.

"우리 군사들이 강변 진지 구축 공사에 투입되어 그곳에 군막을 치고 생활하고 있었네. 관아에는 나머지 군사들만 있었는데, 한밤중에 삼백 명쯤 되는 놈들이 기습을 해왔지. 부사와 수많은 여자들이 잡혀갔다네."

"그놈들, 한 부락에 군사의 수가 몇 명쯤 됩니까?"

"군사가 따로 있는 게 아니고 유사시에는 남자들 모두 군사로 봐야 하네. 이번에 기습해온 놈들이 약 삼백 명이니 그 정도는 거뜬히 동원할 수 있는 걸로 봐야지."

우막개가 박장원의 설명을 거들었다.

"갑자기 소란스러워 자다가 뛰어나갔는데, 옷차림이나 생김새들이 어릴 적 내 기억과 같았어요. 철수할 때도 두만강 오른쪽으로 갔고요."

이진성은 절제사와 나누었던 이야기를 하나도 빠짐없이 전했다.

"저도 그리고 절제사도 형님과 막개가 이번 일에 적임자라고 생각하고 있습니다. 또한 형님이나 막개에게 이번 일이 좋은 기회가 될 수도 있지요."

박장원과 우막개가 기다렸다는 듯이 승낙했다. 박장원은 의미심장한 미소를 지었다.

"우리 달님이가 더 크기 전에 나도 큰일을 하나 해야지. 딸아이에게 자랑스러운 아비가 되어야 하지 않겠나. 함흥에 가면 봉단이라고 장인어른 친구 되는 백정의 딸이 있는데 나처럼 한양에서 도망온 사람과 혼인을 했지. 그런데 글쎄 그 양반이 이번에 동부승지가 되어 한양으로 갔다나. 봉단이는 숙부인이 되었고. 소설 같은 얘기 아닌가?"

"혹시 그 사람이 이장곤이라고 하지 않던가요?"

"맞아, 이장곤이라고 했네. 그럼 그 말이 사실이구먼."

"예. 저도 얘기는 들었습니다."

우막개는 박장원에 비하여 더 적극적이었다.

"이번 일은 지하에 계신 저의 부모님이 보내주신 일 같아요. 원수를 갚아야 하지 않겠어요? 제게 이런 좋은 기회가 또 어디 있겠어

요? 저는 세작 일로 끝내지 않고 그들을 박살내는 데 선봉이 되고
싶어요. 형님! 꼭 저를 데려가주세요.”

“그러자꾸나. 그런데 형님, 막개는 오늘 당장 제가 데려가면 안
되겠습니까? 부사의 호위병으로.”

“그거 좋겠군. 선청각이 혼자 살기에는 너무 크지. 우막개, 너 출
세했다. 하하.”

우녀가 자다 깬 달님이를 데리고 나왔다. 복숭아꽃처럼 볼그스레
한 얼굴이며 초롱초롱 빛나는 눈이 우녀를 닮아 어여쁘기 그지없었
다. 우녀가 달님에게인지 자기 자신에게인지 모를 소리를 신이 나
서 했다.

“달님아, 잘 봐두어. 부사 삼촌이야. 경흥 관아 부사 삼촌이라고.”

달님이를 백정의 딸로 키우지 않겠다는 우녀에게 이진성은 튼튼
한 동아줄이었다. 박장원 역시 이번 일에 꼭 성공해서 달님이를 죄
인의 딸이 아닌 어엿한 양반의 딸로 키우자는 다짐을 했다.

이튿날, 함길도 절제사 박수종은 이진성에게 그랬듯이 박장원과
우막개에게도 한눈에 반해버렸다. 우람한 체격에 단단한 근육, 더
군다나 무예가 출중하여 훈련원 교관으로 있었다 하지 않은가. 그
뿐만 아니라 그동안 장사를 하면서 여진을 제 집 드나들듯이 해 놈
들의 내부 사정을 훤하게 알고 있다니 이만한 적임자가 없었다. 절
제사는 이번 작전이 이미 성공한 듯 흐뭇한 표정을 감추지 못했다.
게다가 놈들은 와르카 부족임을 박장원이 조목조목 설명하자 더욱
확신을 가졌다.

"그날의 일을 이제야 선명히 알 것 같소. 박장원 전 군관이 우막개와 더불어 이 일을 맡아주오. 먼저 와르카 부족이 우리를 침공한 놈들임을 확인하면, 다음으로 잡혀간 부사와 백성들은 어디 있는지, 우리가 기습을 한다면 병력은 얼마나 필요할지, 놈들의 군사는 어느 곳에 배치되어 있고 수뇌들의 거주지는 어디인지, 이런 것들을 소상히 파악해야 하오. 박 군관의 공은 내 결코 가벼이 여기지 않고 조정에 보고하겠소. 이번 일에 나설 장사 밑천과 물품은 형방이 준비해놓았을 것이오."

"절제사 나리, 기대에 어긋나지 않도록 최선을 다하겠습니다."

두 사람의 대화에 만족한 이진성이 그래도 다짐하듯 한 마디 보탰다.

"정확한 정보야말로 이번 작전의 성공을 담보하는 전부라 해도 과언이 아닐 것입니다. 형님과 우막개만으로 어려우면 제가 따라가겠습니다. 같이 일한 경험도 있고 하니."

"아니, 부사가? 아무리 무술에 능하다 해도 문관이 하기는 힘든 일이야."

"이 부사는 웬만한 무관보다 낫습니다. 무술로 치면 저를 능가하고, 숱한 병서를 탐독하여 전술에도 해박합니다. 하지만 이번 일에는 적합하지 않은 것 같습니다. 장사치로 얼굴이 알려지지 않은 사람이 갔다가는 의심을 받을 수 있으니 부사께서는 남아서 병사들을 훈련시키며 준비를 해두시는 게 좋을 것 같습니다."

절제사가 박장원의 말을 반갑게 받아들이고 이진성 역시 동의했다. 따라서 박장원과 우막개가 상단을 꾸려 와르카 부족 마을로 가기로 하고, 이진성은 남아서 정예의 병사를 뽑아 훈련을 시키며 만반의 준비를 하기로 했다.

경흥에서 변이 생긴 지 이레 만에 조정에는 함길도 절제사 박수종으로부터 장계가 도착했다. 경흥 군사 대부분이 두만강변의 진지 구축 작업에 동원되고 있던 삼월 그믐밤, 정체 미상의 여진족 삼백여 명이 경흥에 침입하여 부사와 병방, 백성 육십여 명을 납치하고 곡물과 병기를 강탈해 이튿날 진시경 퇴각했다는 내용이었다. 이에 절제사는 경차관으로 파견된 이진성과 더불어 세작을 풀어 침입한 여진족의 정체를 파악하고 납치된 백성들의 행방을 수색하고 있으며, 또한 공석이 된 경흥 부사에 이진성을 대리로 앉혀 혼란을 수습하고 군사를 정비하도록 하고 있고, 보복 공격과 백성 구출은 현지 책임자인 절제사가 조처하겠다는 요지였다.

병조판서와 삼정승은 임금에게 장계의 내용을 아뢰었다. 함길도 절제사 박수종에게 현지에서의 모든 권한을 위임하고 이진성을 경흥 부사 대리로 임명하는 데 윤허도 얻었다. 이 소식은 이조정랑에서 형조참의로 승차한 성희수에 의해 정경부인과 성희영에게 전해졌다.

정경부인이 궁금하여 아들 성희수에게 물었다.

"참의는 어떻게 생각하는가? 그 사람에게 잘된 일인가, 잘못된 일인가?"

"품계를 뛰어넘어 경흥 부사가 된 것은 잘된 일이나 현지의 사정으로 볼 때 극히 위험한 일이라 잘되었다고만 할 수 없습니다."

성희영도 이진성의 안위가 궁금하여 오라버니에게 물었다.

"그렇다면 전투에도 나간다는 뜻인가요?"

"그렇다. 변방의 부사는 직접 전투에 참여하는 자리고 병사들도 거느려야 하는 자리지."

정경부인은 남 일 말하듯 덤덤한 아들이 못마땅했다.

"문관이 어떻게 전투를 하나?"

"문관이 훌륭한 전과를 올린 경우는 허다합니다. 더군다나 이 부사는 무술이 상당한 경지에 이르렀다고 하니 염려하지 않아도 될 듯싶습니다."

성희영이 오라버니의 말에 덧붙였다.

"여주 신륵사에서 공부할 때 무술을 연마했다더군요."

"참으로 문무를 겸비한 인재로군. 참의, 내가 청이 있는데."

정경부인이 정색을 하자 성희수가 긴장하여 물었다.

"예, 어머님. 말씀하십시오."

"우리 희영이가 이 부사를 사모한다는 건 알고 있을 터. 큰 은혜를 입어 고마움이 사모의 정으로 바뀐 것이라 원망할 수도 없는 일 아닌가. 이참에 여주로 사람을 보내 정식으로 청혼을 하는 게 어떤가?"

성희수가 안도하며 말했다.

"예, 어머님. 제가 직접 이진사댁을 찾아가 경흥 소식도 전하고 희영이 얘기도 꺼내보지요."

성희수의 시원한 대답에 성희영은 부끄러워 자리를 피하고 정경부인은 아들에게 당부했다.

"그래. 다만 조심스럽게 말을 꺼내야 해. 만약에라도 척지어서는 안 되는 사이니까."

"유념하겠습니다. 그러나 우리 희영이를 싫어할 사람이 어디 있겠습니까."

이튿날, 성희수는 낭관들에게서 급한 일만 보고받고 바로 여주로 출발했다.

화로 위에서 찻물이 펄펄 끓고 있었다. 이 진사가 손수 성희수의 잔에 차를 따랐다.

"우전차입니다. 곡우 이전에 돋아난 연한 찻잎을 덖어 만든 것이지요."

이진성의 소식을 듣고 여주까지 직접 내려온 성희수가 고마워 이 진사는 귀한 우전차를 대접했다. 성희수는 왼손으로 찻잔을 받치고 오른손으로 찻잔을 들어 향을 음미하듯 천천히 차를 마셨다.

"순하면서도 끝맛이 달고 구수한 풍미를 지니고 있군요."

"그렇습니다. 시간을 향기롭게 보내는 데는 제격입니다."

성희수는 함길도 절제사의 장계로 알게 된 이진성의 소식을 소상히 전했다.

"그렇지 않아도 그동안 소식을 들을 수 없어 궁금했는데 성 참의께서 이곳까지 직접 방문해주시니 고맙기 그지없습니다. 또한 승차를 경하드립니다."

"고맙습니다."

"그런데 우리 진성이가 위험한 자리를 맡게 된 것은 아닙니까?"

"그건 그렇습니다. 여진과의 전투도 예상됩니다."

"전투에 참여한다는 말씀입니까?"

"전면전은 아니고…… 국경에서는 종종 있는 일입니다. 너무 심려하지 마십시오."

"보복전에다 잡혀간 백성들을 구출하려면 상당한 위험이 따를 것인데……."

"변방의 일이 어찌 안전하다고만 할 수 있겠습니까만 별일이야 있겠습니까."

이 진사가 성희수의 빈 찻잔에 한 잔 가득 차를 따랐다. 성희수는 찻잔을 들고 조금씩 아끼듯 차를 마시며 침묵했다. 이 진사가 부담스러운 침묵을 깼다.

"정경부인께서도 강녕하시고 희영 아씨도 무탈하지요?"

"그렇습니다만, 실은……."

"예, 말씀하시지요. 두 집안 간에 못할 말이 뭐 있습니까?"

"그럼 결례를 무릅쓰고 단도직입으로 말씀드리겠습니다. 으음, 다름이 아니오라 우리 희영이를 이 댁 며느리로 어떻게 생각하시는지요?"

놀라운 일이었다. 먼저 말하려 했던 일 아닌가. 이 진사의 안색이 훤해지더니 만면에 웃음을 띠었다.

"이거 제가 말의 순서를 빼앗겼습니다. 제가 청할 일을 참의께서 먼저 말씀하시니.”

거절이라도 당하면 어떻게 하나 염려하던 성희수도 따라 웃었다.

“하하, 제가 큰 실수를 했습니다. 순서를 돌려드리지요.”

“처음 희영 아씨를 봤을 때 저는 생각했지요. 우리 집 며느리감이라고요. 하하.”

“모자람이 많은 아이를 그렇게 잘 봐주시니 황감할 따름입니다.”

“하나 참의께서 이해하셔야 될 일이 있습니다. 아무리 자식이라해도 나이도 먹고 벼슬도 하고 있으니 본인의 생각을 들어보지 않을 수는 없을 것 같습니다. 또한 아시다시피 그곳이 지금 상황이 상황인지라.”

“이 진사 어른의 말씀은 이해합니다. 오늘은 우리 희영이를 귀엽게 봐주셨다는 것으로 충분히 만족하겠습니다.”

“아, 그럼요. 희영 아씨 같은 며느리감이 또 어디 있겠습니까? 하하.”

두 사람의 유쾌한 웃음소리가 사랑채 마당까지 울려 퍼졌다.

성희수를 배웅하고 나서 이 진사는 정 행수와 정원을 불렀다. 이진성의 소식을 전하고 성희수가 혼삿말을 꺼내고 갔다는 이야기를 조심스럽게 전했다. 정 행수는 혼사 얘기는 못 들은 체하고 이진성의 진급 소식에만 열을 올렸다.

“승차가 참 가파르지 않습니까? 참으로 놀랍고 기쁜 일입니다.”

반면 정원은 혼사 얘기에 충격을 받은 듯 얼굴이 하얗게 변하더니 조용히 한 마디를 하고 방을 나갔다.

"종숙부님, 오라버니의 승차를 감축합니다."

정원은 이 진사의 처사가 원망스러웠다. 혼사 얘기를 못 들은 체하는 정 행수도 서운하기는 마찬가지였다. 정 행수는 어릴 때부터 지금까지 이진성과 정원을 옆에서 보아온 사람 아닌가. 그래서 더 섭섭했다. 혼인이 불가하다는 사실을 잘 알았지만 정원은 허허벌판에 홀로 서 있는 기분이었다.

'육촌이라고? 허울 좋은 명목상의 육촌. 아니면 내가 관비라서? 그렇지! 경흥 관비가 경흥 부사와 가당키나 한 일인가?'

가슴이 찢겨나가는 것처럼 아팠다. 소리를 삼키려 애쓰건만 애절한 울음소리가 이불 밖으로 새어나갔다. 눈치를 챈 정 행수가 감히 들어가지는 못하고 방문 밖에서 눈물만 지었다.

"대감마님, 용서해주십시오. 당신의 자식들을 잘 모시지 못하고 있는 저를 벌해주십시오."

14장

응징

박장원과 우막개가 만반의 준비를 갖춰 해서여진 와르카 부족의 근거지인 울라를 찾은 것은 정묘년 오월 오일 저녁 무렵이었다. 두 사람은 일 년여 전 장사를 왔다가 하룻밤 신세를 졌던 중년 여인의 집부터 찾았다. 남편이 십호장이라고 대놓고 자랑하기를 좋아하고 오지랖이 넓은 여인이라 사람들을 줄줄이 데리고 와서 장사를 도와주어 은전과 화장품으로 환심을 사두었던 집이다. 본시 없이 살았던 사람일수록 남에게 자랑하기를 좋아하는 법이고, 단순하고 순박하여 조그만 재물에도 쉬이 마음을 놓곤 한다.

박장원을 보자 여인은 죽은 부모가 살아 돌아오기라도 한 것처럼 반가워했다. 장사가 잘되면 이번에도 톡톡히 보답하겠다고 하자 여인의 입이 귀에 걸렸다. 박장원이라면 껌벅 죽는 시늉까지 하게 만들어놓아서인지 이곳저곳 구경을 시켜달라는 말에 여인은 흔쾌히 앞장을 섰다.

울라는 두 개의 큰 부락으로 이루어져 있었다. 야트막한 산을 사이에 두고 아랫부락과 윗부락으로 나뉘는데 아랫부락은 평민들이 주로 살아 비교적 출입이 자유스러웠다. 반면 윗부락은 지위가 높은 사람들이 주로 살고 현청과 같은 기능을 하는 관청이 있어 정규군이 배치되어 있었다. 군막을 포함해 잡혀온 포로와 노예를 수용하는 시설이 있어 경비가 삼엄한 편이었다.

목책으로 된 성이 아랫부락과 윗부락을 빙 둘러치고 있고, 동서남북 각각 경비 초소가 있어 제법 경비가 촘촘했다. 부족의 수뇌부와 우리 포로가 잡혀 있을 만한 윗부락으로 가는 것은 각 초소를 통해서 가능하지만 아랫부락은 정문을 통해 가는 것이 가장 좋은 길이라는 걸 파악해두었다.

이튿날에는 십호장 집 앞에 물건들을 쌓아놓고 장사를 시작했다. 해가 중천에 뜨자 여자 손님들이 떼를 지어 줄줄이 다녀갔다. 손님이 많아 해가 지기 전에 물건이 거의 떨어져 장사를 파하려는 참이었다. 지저분한 옷에 지독한 냄새를 풍기며 한 사내가 급히 다가왔다. 헝클어진 머리를 얼마나 길게 늘어뜨렸는지 얼굴은 전혀 볼 수 없었다. 사내는 좌판 위에 남은 물건 하나를 집더니 값을 치르는 것처럼 때 묻은 삼베 뭉치를 쑥 내밀고는 쏜살같이 달아났다. 순간 우막개가 뛰어가 잡으려는 것을 박장원이 막았다.

무장 특유의 직감에 방으로 들어가 삼베 뭉치를 풀어보니 한자로 쓴 서찰과 지도가 나왔다. 서찰을 읽어본 박장원의 뇌리에 섬광처럼 어떤 생각이 지나갔다. 숨이 멎는 듯한 긴장에 부르르 몸이 떨렸다. 박장원은 서찰을 도로 삼베에 싸고 밖으로 나와 서둘러 장사를 마감했다. 남은 물건 가운데 값비싼 몇 가지를 골라 십호장 아내에게 주고 부락을 떠나려 하자 우막개가 의아해했다.

"하룻밤 더 자는 거 아니었어요?"

여인도 여진 말로 무어라 큰소리로 말했다.

"저녁을 대접하려고 준비했대요."

"물건도 떨어지고 갑자기 볼일도 생겨 떠나는데 정확히 열흘 후 다시 올 테니 그때 정문까지 마중 좀 나와 달라고 해라."

우막개가 여진 말로 박장원의 말을 전달하니 순박한 그 여인이 열흘 후 그믐날 해질녘에 정문으로 꼭 마중을 나가겠다고 다짐까지 했다. 정문까지 따라와 아쉬워하는 여자에게 박장원은 훤한 웃음으로 작별을 고했다. 정문에서 보초를 서는 병사들에게도 귀한 선물 몇 개를 챙겨 나누어주었다. 다른 경비병들에게도 선물을 주고 싶은데 모두 몇 명이냐 물었더니 그들은 아무 의심 없이 정문 초소에는 총 다섯 명, 동서남북 각 초소에는 두 명씩 있다고 친절히 가르쳐주었다.

그렇게 울라를 떠나 얼마나 걸었을까. 우막개가 더는 못 참고 물었다.

"형님, 어떻게 된 거예요? 알아낸 것도 별로 없는데 왜 그냥 돌아가는 거예요?"

"다 알아냈어. 돌아가면 된다."

"잡혀온 사람들이 정확히 어디 있는지도 파악이 안 되었잖아요?"

"다 파악이 되었어. 어서 돌아가자."

"어허 참, 무엇이 다 되었다는 건지."

"우리가 울라를 떠나온 지 한 식경은 되었나?"

"그쯤 되었어요."

"그럼 이곳 어디쯤에 우리 병사들이 잠복할 산을 찾아야 해."

"잠복할 산을요?"

무슨 소리인지 궁금했지만 평소 박장원의 성격을 아는지라 우막개는 더는 묻지 않고 반 식경을 더 걸어 군대가 잠복하기 좋은 흑묘산을 발견했다.

절제사 박수종과 이진성이 박장원이 거지 행색의 사내에게서 받아온 지도와 서찰을 앞에 놓고 감탄을 거듭하고 있었다. 지도에는 부락의 위치는 물론 군막의 위치와 군사의 수, 본부의 위치, 천호장과 백호장들의 집, 그리고 경비소와 수용소의 위치까지 꼼꼼하게 표시되어 있었다. 서찰에도 중요한 정보가 들어 있었다. 와르카 부족은 전체 인구가 약 천오백 명에 군사로 동원되는 병사의 수가 사백여 명이라고 기재한 뒤, 본인은 관노로 건원보 작업에 동원되었다가 여진족에 납치되어 삼 년째 노예 생활을 하고 있다고 썼다. 마지막으로, 지난달 그믐날 여진족들이 국경을 넘어 조선 어느 고을을 공격해 곡식과 재물을 강탈하고 우리 백성들을 납치하여 현재 수용소에 넣어놓고 감시하고 있으나 곧 다른 부족에 팔 것으로 예상되니 백성들을 구원하러 와달라고 적혀 있었다. 특이하게도 서찰 맨 아래에는 별 다섯 개가 그려져 있었다.

절제사는 아직도 흥분을 자제하지 못하고 있었다.

"너무 완벽하니까 믿을 수가 없군. 하나 서찰의 내용은 저놈들이 스스로 흘리는 거짓 정보일 수도 있어."

박장원의 생각은 달랐다.

"제가 조사한 내용과도 일치합니다. 믿어도 좋을 것 같습니다."

이진성은 방망이로 머리를 얻어맞은 듯한 표정이었다. 서찰 말미에 그려진 별 다섯 개에서 시선을 떼지 못한 채 그저 멍하니 앉아 있기만 했다.

"이보게, 무슨 생각을 그렇게 하나? 이 와중에 고향에 두고 온 여자 생각이라도 하는 겐가?"

이진성이 신음소리를 내며 말했다.

"오성이, 이오성입니다!"

절제사가 어리둥절하여 되물었다.

"오성이라니?"

"이 서찰의 작성자는 제 육촌동생 이오성이 틀림없습니다. 필체도 같거니와 별 다섯 개가 그려져 있지 않습니까? 관노로 끌려왔다가 행방불명된 제 아우가 맞습니다."

한바탕 벼락이 치고 간 것처럼 사위가 조용해졌다. 한참 후 박장원이 침묵을 깼다.

"그렇게 애타게 찾던 동생이 바로 이 사람입니까? 그러면 이한주 대감의 자제?"

이한주 대감이라는 소리에 절제사의 눈이 커졌다.

"전 공조판서 이한주 대감의 자제라고? 가만 있자, 그러니까 이한주 공판이 사사된 후 아들 이오성이 관노로 끌려와서 건원보 작업에 동원되었고, 그러다 여진으로 납치되었다 이 말이지?"

"그렇습니다, 절제사 나리. 하루 빨리 작전을 실행하지요. 제가 선봉에 서겠습니다."

또다시 침묵이 흘렀다. 마침내 결심한 듯 절제사는 끄응 소리를 내며 일어섰다.

절제사와 이진성, 박장원이 세운 작전 계획은 다음과 같았다.

작전일 : 정묘년 오월 그믐.

병 력 : 사백 명.

화 기: 신기전, 각궁, 창, 검.

제1대 : 경흥 부사 대리 이진성, 박장원, 우막개 외 군사 이백 명.

제2대 : 절제사 박수종 외 군사 이백 명.

작전 1 : 경보군으로 구성, 기습과 화전.

작전 2 : 제1대는 정문으로 들어가 아랫부락에서 윗부락으로 진격, 제2대는 북문으로 들어가 윗부락에서 아랫부락으로 진격.

시 간 : 중간 지점에 있는 흑묘산에서 낮 동안 잠복하였다가 사

경에 급습하고, 새벽에 종료한다.

오월 그믐날 이틀 전, 경보군으로 구성된 조선군 사백 명은 밤을 이용해 동만주 쪽으로 이동했다. 낮에는 산에 숨어 잠을 자고 해가 떨어지면 이동했다. 오월 중순이라 만주의 날씨도 빠르게 후덥지근해지고 있었다.

작전 계획에 따라 박장원과 우막개는 해서여진 와르카 부족의 근거지 울라를 향해 다시 상단을 꾸려 두만강을 건넜다. 해질녘 울라의 정문에 도착했을 때 약속했던 대로 십호장의 아내가 마중을 나와 있었다. 그 덕분인지 지난번 경비병들에게 주고 간 선물 덕분인지 박장원과 우막개는 어렵지 않게 정문을 통과했다.

짐 속에 있는 검 두 개를 보고 용도를 물었으나 부족장과 천호장에게 선물할 용도라는 대답에 경비병들은 더는 묻지 않았다. 특별히 조선 술을 가지고 왔으니 한잔하자는 말에는 높은 사람들이 보면 안 되므로 밤늦게 오라는 당부까지 했다.

십호장 집에는 그날도 남편이 없었다. 매일 본부에서 술판을 벌이느라 늦게야 올 것이라 했다. 삼경 무렵 여인이 잠이 들자 박장원과 우막개는 삼해주와 육포를 가지고 정문으로 가 무장한 경비병 다섯 명과 술판을 벌였다. 권커니 잣거니 마치 오랜 친구처럼 삼해주를 마시자 놈들은 오래지 않아 모두 인사불성이 되었다. 마침내 작전을 개시할 순간이었다.

박장원과 우막개가 자빠져 있는 놈들의 목을 단칼에 쳐 한쪽으로 밀어넣고 정문을 활짝 열자 기다리고 있던 제1대 이백 명의 군사가 이진성의 지휘 아래 밀고 들어왔다.

"1조 백 명은 아랫부락을, 2조 백 명은 윗부락을 초토화하라!"

이진성의 명령에 따라 공격이 시작되었다. 요란한 함성과 함께 불화살이 날고 신기전이 불을 뿜었다. 아무것도 모르고 깊이 잠들어 있던 와르카 족은 졸지에 불벼락을 맞았다. 병사들은 우왕좌왕하다 창에 찔리고 칼에 맞으며 추풍낙엽처럼 쓰러졌다. 화공으로 불이 붙어 대낮처럼 환한 가운데 비명이 난무했다.

요행히 살아남은 놈들이 산으로 도망치려고 북문으로 몰려들 때였다. 절제사 박수종이 이끄는 제2대 이백 명의 군사가 나타나 그들을 짓이기며 내려왔다. 위로 갔다 아래로 갔다 우왕좌왕하는 적들은 조선군의 신기전과 화살에 속절없이 쓰러졌다. 적들의 군막은 불에 타 군막 안에 살아남은 병사는 거의 없었다.

이진성이 이끄는 군사들은 조선 백성을 잡아놓은 수용소를 급습했다. 경비병들을 한 놈도 남기지 않고 작살내고 납치된 백성들을 구하려는데, 갑자기 사내 다섯이 백기를 들고 나타나 엎드리며 외쳤다.

"우리는 조선 사람입니다! 살려주십시오."

이진성이 다급하게 물었다.

"조선에서 납치되어 온 관노들이냐? 혹 이오성을 아느냐?"

"예, 제가 이오성인데……."

헝클어진 긴 머리가 흘러내려 얼굴을 알아볼 수 없고 마른 장작

처럼 바짝 야윈 한 사내가 일어났다. 이진성의 얼굴을 본 사내의 표
정은 놀라움과 의아함이 교차하며 서서히 변해갔다. 그리고 신음하
듯 상대의 이름을 불렀다.

"석평아!"

"오성아!"

누가 먼저랄 것도 없이 두 사람은 서로를 와락 끌어안았다. 주위
에서는 영문을 모르겠다는 얼굴로 두 사람을 쳐다보았다. 문득 생
각난 듯 갑자기 오성이 말했다.

"저쪽에 족장과 수장들의 집이 있다. 그놈들을 잡아야 해."

이오성을 앞세운 이진성과 우막개를 군사들이 뒤따르며 천호장
의 집과 백호장의 집을 급습했다. 조선에서 탈취해온 곡식이 있어
당분간 양식 걱정도 없고 잡혀온 조선 백성들을 노예로 팔면 상당
한 돈도 만질 수 있어 이래저래 기분이 좋아진 족장과 수장들은 연
일 술을 마시며 마냥 풀어져 있었다.

그날도 늦게까지 부어라 마셔라 한 탓에 와르카 족 수장은 인사
불성이 되어 쓰러져 있었다. 주위가 소란해 눈을 떴을 때는 사방이
화염으로 휩싸여 있었다. 당황한 그가 순간적으로 칼부터 더듬어
찾았지만 마음과 몸이 따로 움직여 칼집에서 칼을 빼내기도 전에
이진성의 칼에 목이 베어졌다. 이진성의 얼굴로 피가 튀는가 싶더
니 수장의 목이 바닥에 떨어져 나뒹굴었다. 같은 시간, 우막개의 칼
은 천호장의 목을 베었다.

먼동이 밝아오는 묘시경이 되어서야 작전은 끝이 났다. 이미 형

체가 없어진 부락에서는 여전히 불길과 검은 연기가 치솟고 도망 못 간 노인과 어린이와 여자들의 울음소리만 울려 퍼졌다.

시작과 함께 승패가 정해진 싸움이었다. 와르카 족이 다시 일어나는 데는 족히 십 년 세월이 걸릴 만한 타격이었다. 다른 여진족에게도 강력한 경고가 될 이번 싸움에서 조선군은 수급 이백십 두, 포로 오십 명, 귀환 백성 오십오 명의 성과를 올렸고 곡식과 병기는 전부 불태워버렸다. 반면 피해는 전사자 열 명, 부상자 열일곱 명이었다.

철저하게 적을 응징한 조선군은 불탄 잔해만을 남기고 경흥으로 돌아왔다. 납치되었다 돌아온 백성들은 가족을 만나 기뻐 어쩔 줄 몰랐다. 평생 다시 못 보리라 생각했던 서로를 껴안아보고 바라보며 울고 웃다가 다시 뒤엉키며 재회의 기쁨을 나누었다. 조용히 이 광경을 지켜보던 이진성도 눈시울이 뜨거워지는 것을 느꼈다.

"모처럼 나라가 할 일을 했다."

백성을 지키는 것만큼 중요한 나랏일이 어디 있겠는가. 백성을 지키지 못하는 사람이 어떻게 목민관이라 할 수 있겠는가. 스승의 말이 새삼 귓전에 맴돌았다.

"변방 가기를 즐겨하라."

변방을 터전 삼아 살아가는 이 백성들이 결국 이 나라였다.

경흥 관아에서는 승전 잔치가 한창인 가운데에도 이진성은 전사자 열 명의 장례 절차에 참여하여 가족들을 위무하고 부상자들은 관아로 옮겨 치료하도록 조치했다. 오성은 선청각으로 데리고 와

깨끗이 목욕을 시키고 의복을 갈아입힌 다음 오랜만에 마음 놓고 푹 쉬도록 해주었다.

유월 유두를 앞둔 한양 조정에 함길도 절제사 박수종으로부터 승전 장계가 도착했다.

신은 정확하게 수집한 정보를 기초로 경성 부사 대리 이진성이 이끄는 군사 이백 명과 함길도 절제사 박수종이 이끄는 군사 이백 명으로 공격군을 편성하여 정묘년 오월 그믐날, 적 해서여진 와르카 부족의 근거지인 울라(인구 약 천오백 명)를 기습 공격하여 두 개 부락을 전소하고 곡식과 병기를 전부 불태웠습니다. 수급 이백십 두, 포로 오십 명, 납치됐던 백성 오십오 명을 귀환시키는 전과를 올렸으나 아군도 전사자 열 명, 부상자 열일곱 명의 손실을 입었습니다.

이 전투에서 경흥 부사 대리 이진성이 적장의 목을 베고, 군관 박장원은 전투 전 세작 활동을 통하여 정확한 정보를 수집하였을 뿐만 아니라, 기습 공격 시에는 적의 정문을 열게 하고 훌륭한 무예로 적을 초토화시키는 공을 세웠습니다.

적들은 족장, 천호장, 백호장 모두 전사하였으며 도망쳐 깊은 산으로 숨은 무리는 오십 명 정도로 추정되고 남은 사람은 늙은 이와 어린아이 그리고 부녀자 사백여 명입니다.

이 밖에 이번 전투에서 공을 세운 군사와 군관들은 별도로 첨

부한 내용과 같습니다.

박수종은 승전 장계에 이어 별도로 박장원의 복직을 청하는 상소를 올렸다.

신이 이번 전투에서 장수로 기용한 박장원은 지난 폐조 때 무과에 합격한 후 훈련원 군관으로 근무했던 자인데 폐조가 여염집 부인들을 궁으로 불러 패륜을 자행할 때 마침 박장원의 처가 미색이라는 이유로 궁에서 부름을 받게 되었습니다. 이 문제로 부부 싸움을 하다가 처를 치사케 하는 죄를 짓고 추궁이 두려워 야반도주한 박장원은 경흥으로 가 여진과 조선을 오가며 장사를 하며 살아왔습니다. 이번 전투에서 그는 세작으로 정확한 정보를 수집했고 전투에서도 제1대 장수로 출전하여 발군의 전과를 올린 바, 그의 공이 크고 그의 죄는 폐조의 잘못이 그 동기가 되었으므로 이는 정상을 참작할 만한 일이라고 감히 아뢸 수 있어 박장원의 죄를 사하고 그의 직을 다시 내려주시기를 청하옵니다.

박수종의 장계에 의하여 포상이 이루어졌으니 함길도 절제사 박수종은 병조참판으로, 경흥 부사 대리 이진성은 한 품계 승차해 경흥 부사에 제수되었다. 박장원은 죄가 사해지고 의금부 군관이 되었으며 우막개 역시 종구품 군관이 되었다. 전투에 참가한 다른 군관 및 병사들에게도 크고 작은 포상이 이루어졌다.

15장
풀려나지 못한 노예

산 그림자가 슬며시 마당에 내려와 있지만 아직 해는 서녘 하늘에 지루한 듯 떠 있었다. 먼 산을 쳐다보는 정원의 눈빛에 생기가 없었다. 어제 까맣게 잊고 있던 허견이 찾아왔다. 허견은 그렇잖아도 심란한 정원을 혼란 속으로 몰아넣고 갔다.

귀양에서 풀려나 돌아왔을 때, 한양은 예전의 한양이 아니었다고 했다. 살던 집도 돌려받지 못했고 사화의 후유증으로 부모와 형제가 모두 죽어 자기와 노조모뿐이라고 하소연했다. 그러면서도 정원을 위로하려 애쓰는 모습이 측은하기까지 했다.

"저는 낭자가 당연히 신원된 줄 알았지요. 신원되지 않았다고는 생각지 못했습니다. 지금부터라도 낭자의 신원을 위하여 혼신의 노력을 다하겠습니다."

"……."

"신원되면 만사를 제쳐두고 혼례부터 올리겠습니다. 귀양 가 있는 동안 저는 내내 낭자를 생각했고 낭자에 대한 연모의 정이 혹독한 귀양살이를 참고 견디게 했습니다."

정원은 아무 말도 하지 못했다. 가슴을 죄어오는 답답함만 느꼈을 뿐이다.

'혼례라니. 내 몸은 종이라는 굴레 속에 갇혀 있고 마음은 하루에도 수천 번 기러기처럼 하늘을 날아 북쪽으로 가는데, 이미 아득히 먼 옛날이 되어버린 혼례를……'

정원은 대문까지 따라나가 묵례로 허견을 배웅했다. 떠나면서 남긴 그의 애절한 눈빛이 더욱 가슴을 죄어왔다.

그런데 이진사댁을 찾아온 또 다른 손님이 있었다. 키가 크고 건장한 군관 차림의 사내였다. 사랑에서 한바탕 호탕한 웃음소리가 들리더니 이 진사가 정원과 정 행수를 불렀다.

"인사하게. 진성이와 같이 경흥에 있으면서 이번 전투에 큰 공을 세워 의금부 군관으로 내려온 사람이야."

박장원이 정원을 보자 크게 반색을 했다.

"그간 평안하셨습니까?"

정 행수에게도 인사를 했다.

"박장원이라 합니다. 이 부사는 한 품계 승차하여 정식으로 경흥 부사가 되었습니다."

그제야 정원은 박장원을 알아보았다.

"박 군관님, 경하드립니다. 경흥에서 그토록 큰 은혜를 입고도 아직 인사를 드리지 못하였습니다."

정원이 몹시 송구해하자 박장원이 깜빡 잊고 있었던 일이 생각난 듯 물었다.

"은혜라니요. 참, 그건 그렇고 이오성이 동생분이지요?"

세 사람이 한꺼번에 소리쳤다.

"이오성이라고요?"

박장원의 긴 이야기가 이어졌다. 와르카 족의 침범으로 경흥이 아수라장이 된 일부터 시작해서 절제사와 이진성이 보복 응징을 위해 자신에게 정탐 임무를 맡겨 울라에 갔다가 이오성에게서 서찰과 지도를 건네받은 일, 그 덕분에 이번 전투에서 크게 승리할 수 있었다는 내용까지 세세하게 신이 나서 말해주었다.

이 진사가 물었다.

"그래, 오성이는 지금 어디에 있나요? 건강은?"

"지금은 경흥 부사의 거처인 선청각에서 편히 쉬고 있습니다. 갑자기 긴장이 풀려서인지 여기저기 몸이 아프다 하고 가끔 넋이 나간 사람처럼 보이지만 그렇게 심한 것은 아니니 너무 심려치 마십시오. 곁에서 이 부사가 좋은 의원들에게서 탕약을 지어 먹이며 잘 보살피고 있습니다."

정원은 쏟아지는 눈물을 멈추지 못했다.

"여진까지 끌려가서 노예 생활이라니, 관노도 아니고 노예라니……."

정 행수 역시 눈물이 쏟아져 어쩔 줄을 몰랐다.

"도련님이 그동안 얼마나 고생하셨을꼬."

두 사람이 북받치는 감정을 어느 정도 추스르자 이 진사가 차분하게 물었다.

"우리 오성이는 앞으로 어떻게 되나요? 생각하기에 따라서는 공을 세웠다고 할 수 있는데."

"이 부사가 그 점에 대해 여러 번 절제사에게 말씀을 드리고 선처를 부탁드렸습니다만 끝내 아무런 성과가 없었습니다. 실망한 이 부사가 절제사에게 크게 항의하는 소동이 벌어지기도 했습니다."

답답한 마음에 정 행수가 따지듯 물었다.

"절제사 나리가, 아니 병조참판이 되신 박수종 대감이 오성 도련님의 공을 인정하지 않는 이유가 무엇입니까?"

"으음…… 그 서찰은 자기들을 구원해달라는 뜻으로 쓴 것이고, 그래서 나라에서 너희들을 구원하지 않았느냐, 이런 생각인 모양입니다. 그러나 제가 볼 때는 관노에게는 공을 인정할 수 없다는 심사이지요. 이로 인하여 지금 이 부사가 몹시 상심하고 있어 옆에서 감히 말도 못 붙일 지경입니다."

이 부사의 상심이 크다는 말에 이 진사는 아들 걱정을 하지 않을 수 없었다.

"어허, 큰일이다. 저놈의 성격에 순순히 물러서지 않을 터인데."

박장원이 이 진사를 안심시켰다.

"시간이 좀 지나면 괜찮아지겠지요. 너무 심려하지 마십시오."

그러나 이 진사는 무언가를 결심한 듯 정 행수를 보았다.

"정 행수가 내일이라도 올라가게. 가능하다면 오성이를 데리고 내려오고, 이 부사를 좀 진정시켜 더는 이 문제를 키우지 않도록 해야겠네."

"예, 진사 어른 뜻에 따르겠습니다. 내일 바로 출발하겠습니다."

이튿날 정 행수는 정원이 챙겨준 이진성과 오성의 옷을 가지고 북쪽을 향해 길을 떠났다.

북녘의 구월은 쌀쌀했다. 몰아치는 바람에 나뭇잎들이 관아 뒤뜰에 나뒹굴었다. 별채에 기거하는 오성은 하루 종일 남쪽 하늘을 쳐다보는 일 외에 할 일이 없었다. 무료하고 갑갑했다.

길고 지루한 시간을 보내고 있는 몸을 기억이 가만두지 않았다. 기억하고 싶지 않은 일일수록 기억은 더 집요하게 오성을 괴롭혔다. 하루 종일 진지 구축 작업에 동원되었던 일, 곡괭이질과 삽질로 눈코 뜰 새 없던 관노 생활, 알아듣지도 못하는 고함소리에 여차하면 날아드는 채찍으로 피멍 가실 날이 없던 여진에서의 노예 생활이 시시때때로 떠올라 몸서리를 치게 했다.

육 년이라는 세월 동안 만들어진 수많은 기억들이 한꺼번에 떠올랐다가 사라지면 오히려 나을 것을, 순간순간 조각조각 나타나 괴롭히곤 사라졌다가 다시 나타났다. 그래서 오성은 여전히 노예 생활에서 풀려나지 못하고 있었다. 비명을 지르다 소스라치게 놀라 잠을 깨면 꿈이었다. 깨어 있을 때도 다시 끌려가는 자신의 모습이 눈앞에 보여 손바닥에 흥건히 땀이 배었다. 잠시 현실로 돌아오면 달콤한 오늘이 혹여 달아날까 봐 불안하고 또 불안했다.

불안에 떠는 오성을 위해 이진성은 서책이나 보며 몸조리를 하라고 종까지 붙여주었다. 때맞춰 탕약이 나오고 끼니마다 몸을 보할 고기가 올라왔다. 오성은 노예 생활의 후유증에 시달리면서도 이진성이 경흥 부사가 되어 있는 현실이 도대체 이해되지 않았다.

이진성이 어떻게 높디높은 부사 나리가 되었을까? 아버지는 어찌 되셨을까? 정원 누님은 여주에 있다는데 어떻게 지내고 있으며 목면산 아래 필동 우리 집에는 누가 살고 있나? 아, 집에 가서 누님이랑 정 행수랑 같이 살고 싶다.

여전히 노예 생활의 고통에 시달리는 오성을 볼 때마다 이진성의 심기는 극도로 불편했다. 그토록 부탁했음에도 불구하고 절제사는 오성을 외면했다.

"관노는 포상의 대상이 못돼! 여진에 끌려가 노예로 있는 걸 우리가 구했잖은가? 이한주 대감의 신원이 이루어지면 그때 고려할 일이야."

정원, 그리고 지하에 계신 대감께 면목이 없었다. 부사가 되기까지 모두 그분의 음덕인데 정작 부사가 되어서도 아무런 보답을 할 수 없다는 자괴감이 몸과 마음을 아프게 했다.

찬 이슬이 내리기 시작한다는 한로였다. 의금부 군관으로 부임한 박장원에게 가는 우녀와 달님이를 사람을 몇 붙여 이삿짐과 함께 보내고 관아로 돌아오니 놀랍게도 정 행수가 와 기다리고 있었다.

정 행수와 오성 모두 얼마나 울었는지 눈시울이 아직 붉었다.

"행수 어른, 그간 강녕하셨습니까? 아버님도 강건하시고 집안에 별고 없지요?"

"따뜻한 곳에 사는 우리야 고생할 일이 뭐 있겠습니까?"

옆에 있던 오성이 이진성에게 물었다.

"나 정 행수 보니 정말 좋았어. 정 행수 돌아갈 때 나도 같이 가면 안 돼?"

그동안 푹 쉬고 잘 먹으며 몸을 추스른 덕으로 건강은 많이 좋아졌으나 오성의 어눌함은 여전했다.

"누님이 많이 보고 싶지? 종숙부님도 보고 싶고?"

"응. 누님이 많이 보고 싶고, 종숙부님도 보고 싶고, 필동 집에도 가고 싶고, 그리고 아버님 산소에도 가보아야 되잖아? 경흥은 싫어. 또 끌려가면 어떻게 해?"

"도련님! 끌려가기는 어디를 끌려가요? 여기 형님이 계신데."

오성이 갑자기 머리를 감싸쥐더니 소리를 질렀다.

"짐승보다도 못한 노예는 싫어! 여진의 노예도 싫고, 관노도 싫어!"

이진성은 온몸을 떨고 있는 오성을 와락 껴안으며 같이 눈물을 흘렸다.

"그래, 그래, 알았다…… 아무 곳에도 가지 않아도 된다. 여기 내가 있지 않아? 내가 우리 오성이를 지켜줄 것이야. 내 모든 것을 바쳐 우리 오성이를 지켜줄 것이야."

"나, 누님이랑 정 행수랑 필동에 가서 살고 싶어. 형님은 부사니까 해줄 수 있잖아?"

어린아이처럼 떼를 쓰는 오성을 정 행수가 말렸다.

"도련님, 여주 형님에게 너무 떼쓰면 안 돼요……."

"여주 형님 아니야, 부사 형님이야."

이진성이 웃으며 오성의 어깨를 두드렸다.

"그래, 내일 당장 행수 어른이랑 같이 여주로 가거라. 가서 보고 싶은 누님도 만나고……."

정 행수가 오히려 당황하여 말했다.

"갑자기 너무 무리할 필요 없습니다. 지금까지도 기다려왔는데."

"명색이 부사인데 동생 하나 못 구한대서야 말이 되겠습니까. 내일 당장 납공노비로 서류 처리를 해놓을 테니 데리고 가십시오."

그제야 정 행수는 가지고 온 옷 두 벌과 서찰 두 통을 내놓았다.

"옷은 아씨마님이 솜을 누벼 지은 것으로 한 벌은 오성 도련님, 한 벌은 진성 도련님 것이고 서찰은 진사 어른이 한 통, 아씨마님이 한 통씩 보낸 것입니다."

이진성은 아버지 서찰부터 먼저 뜯었다.

부사의 공이 결코 작다고 할 수는 없으나 전하의 포상이 너무 파격적이고 너의 임용과 승차가 너무 가파르다. 항시 귀신이 시기할까 두렵구나. 성은의 과분함을 유념하고 나라에 충성을 다해야 할 것이니라. 북녘의 날씨를 여기서 어찌 헤아릴 수 있겠느냐

마는 찬바람에 항상 건강 조심하도록 하여라.

서찰에서 아버지의 음성이 들리는 듯해 이진성은 가슴이 뭉클했다. 이번에는 정원의 서찰을 펴보았다.

어느 시인이 노래했습니다.

만나면 꽃이 하늘에 가득하지만
헤어지면 꽃이 물에 떨어지고
흐르는 물은 아득히 천 리

오라버니의 빠른 승차가 나를 멀리 멀리 밀어내는 것 같습니다.
경흥에 부는 삭풍을 제가 어찌 모르겠습니까.
부디 강녕하옵고 행복하소서.

애달픈 정원의 서찰에 이진성은 마음을 가눌 수가 없었다. 서찰을 읽고 밖으로 나오자 정 행수가 마음에 담았두었던 말을 꺼냈다.
"박장원 군관이 와서 얘기 다 들었습니다. 오성 도련님을 찾아주어 고맙습니다."
"아닙니다. 오성이는 제가 찾은 게 아니라 스스로 찾아온 것입니다. 저는 한 일이 아무것도 없습니다. 오성이와 정원이를 위하여 아무것도 해줄 수 없다는 게 너무 속이 상합니다. 지하에 계신 대감께

제가 큰 죄를 짓고 있습니다.”

“너무 성급하게 생각하지 마십시오. 오성 도련님 일은 다음에도 기회가 있을 것입니다. 그리고 지금까지 한 것만 해도 충분합니다.”

이튿날, 이진성은 서둘러 정 행수와 오성을 여주로 출발시키려 했다. 그러자 형방이 만류하고 나섰다.

“나리답지 않게 이번에는 왜 이렇게 무리를 하십니까? 장례원에 보고한 후 승인을 받아 처리해야 할 일입니다.”

“아니오. 나는 동생을 위해서라면 부사직도 버릴 수 있습니다.”

나직하지만 단호한 이진성의 말에 형방 오진수도 말문을 닫았다.

16장

보은

가을 달빛은 충만하고 풍요로운데 선청각은 처연하고 적막하기만 했다. 귀뚜라미만 밤새 울어대고 있었다. 이진성은 며칠째 시름에 젖어 날이 새도록 잠을 이루지 못하고 고민과 결심을 거듭했다. 그는 마음의 평정을 잃고 있었다. 여기에 오기까지 지나온 삶이 주마등처럼 스쳐 지나갔다.

파란만장. 어느 인생인들 바람과 파도가 없으련만 바람에도 크기가 있고 파도에도 높이가 있다. 그러나 이진성의 삶은 파란만장만으로는 설명되지 않는 것이었다. 격변의 연속이었다. 한 번의 변화도 우여곡절이 있고, 큰 굴곡마다 여벌의 목숨을 챙겨야 하는 것이 세상의 이치인데 이진성과 같은 인생의 격변은 족히 몇 벌의 목숨은 오가고도 남는 것이었다.

'어떻게 오른 자리인데 다시 나락으로 떨어져야 한단 말인가?'

반석평으로 다시 산다는 것은 생각할 수도 없는 일이었다. 어쩌면 목숨을 내놓아야 할지도 몰랐다. 오성을 생각하면 부사직을 내놓아도 좋다고 큰소리를 치긴 했지만 이기심과 욕심이 갈고리처럼 정신을 붙잡고 놓아주지 않았다.

문득 스승님의 목소리가 들려왔다.

"큰 지혜는 너그럽고 여유가 있지만 작은 지혜는 매사에 안절부절못하게 한다. 자연의 도리에 맡겨라. 자연은 언제나 그 자리에 있을 따름이다. 그것이 본성이니라."

정신이 번쩍 드는 가운데 그 옛날 필동의 어느 날이 떠올랐다. 종살이하러 온 지 얼마 안 되었을 때의 일이었다. 목면산에서 불어오는 칼바람에 얼어붙은 솔가지가 부러져 날리는 추운 겨울이었다. 정원과 오성이 글을 읽고 있는 방은 쩔쩔 끓는데, 밖에 대기하고 있는 서동 반석평은 추위에 발을 동동거리고 있었다. 스승님이 헛기침을 하며 어찌 해야 할지 모르고 있던 때 마침 글방에 들른 이한주 대감이 반석평의 손을 잡고 방 안으로 데리고 들어와서는 아랫목에 손을 녹이도록 했다. 그때서야 헛기침을 멈추시던 스승님이 환히 웃으며 말했다.

"대감의 마음 씀이 부처가 따로 없군!"

이한주 대감이 대꾸했다.

"내 자식이 귀한 만큼 저 아이도 귀한 자식이야."

그런 이한주 대감의 노기 띤 음성이 귓전을 파고들었다.

‘내 너를 자식처럼 여겼거늘. 못난 내 아들을 부탁했거늘.’

이번에는 스승님이 어깨를 다독이며 말했다.

‘물은 높은 곳에서 낮은 곳으로 흘러 막힘이 없다. 모름지기 사람의 행실은 물과 같아야 하느니라.’

신륵사 주지스님도 한 마디 보탰다.

‘모든 생명의 생사는 한 조각의 구름이 일어나고 사라지는 것과 같습니다. 존재하는 모든 것은 잠시 있는 것이지 영원한 것은 없습니다.’

비로소 마음이 편안해졌다.

사람 관계의 본성은 믿음이다. 믿음은 진실이 기초하지 않으면 무너지고 만다. 진실은 있는 그대로의 것이라지 않는가. 그래, 나를 비우자. 원래의 나로 돌아간들 나는 나이지 않은가. 그것이 내가 가야 할 곳이라면 막아선들 언젠가 가지 않겠는가. 스승님이 말씀하신 겸손을 다시 한 번 새기자. 불은 뜨거워야 겸손이고 물은 아래로 흘러야 겸손이라 하지 않으셨던가. 그래, 이 자리에 무슨 미련이 이리 많았던가.

서서히 마음을 비우고 결심을 굳혀가니 마음이 차분하고 홀가분해졌다. 갑자기 술이 마시고 싶어졌다. 거문고를 잘 타는 관기 설도를 부르고 술상을 봐오게 했다.

“오늘 같은 밤에 설도가 거문고를 들고 마루에 앉으면 삼라만상이 온통 설도의 세상이 되지.”

“예, 사또 나리. 술 찾는 사람의 마음은 쉰네가 잘 알지요. 무엄하게도 오늘은 제가 사또의 술친구가 되어드리겠습니다. 밝은 달이 저토록 휘영청 떠 있으니 거문고 뜯기에 좋은 날입니다."

"그래, 내가 따르는 술 석 잔 마시고 어디 한번 마음껏 연주해보시게."

설도가 석 잔의 술을 마신 뒤 거문고를 뜯기 시작했다. 구슬픈 가락이 현을 거쳐 통을 울리고 나왔다. 그 소리는 설도의 온몸에서 흘러나와 방 안을 휘감다가 달빛처럼 퍼지는 듯했다. 백아절현이라. 마음 통하는 이가 있어 신들린 듯 거문고를 뜯는 설도의 모습이 애절했다. 이어서 설도가 화려하고 질탕하게 〈옥수후정화〉를 연주하자 마음이 취하고 몸이 녹아내렸다. 주량이 도를 넘었는지 이진성은 도연명의 〈귀거래사〉를 뒤죽박죽 읊기 시작했다.

전원이 황폐하려 하니
어찌 돌아가지 아니하리오
마음은 육체의 노예가 되고
잘못 든 길 멀지 않음을
실감하고 돌아가리라
세상 사람 만나는 일
이제는 쉬자

설도가 거문고를 놓으며 옷소매로 눈시울을 훔쳤다.

이튿날 새벽, 적막한 선청각에서 이진성은 의관을 갖추고 차분히 상소문을 쓰기 시작했다.

　　과분한 성은을 입은 신이 오늘은 신상에 관한 사실을 자백하고 신에게 벌주실 것을 청하옵니다. 폐조 때 사화를 입은 전 공조판서 이한주에게는 이정원이라는 여식과 이오성이라는 아들이 있었습니다. 그리고 이 아들과 딸을 수종하던 나이 어린 종이 있었는데 그 이름은 반석평이었습니다.
　　반석평은 국초 개국공신 반충의 후예인 반석린과 이한주의 노비 장구월 사이에서 태어난 서얼로 아비 반석린이 죽자 어미 대신 이한주의 집에 사환하러 온 종이었습니다. 이한주는 종 반석평의 학문이 예사롭지 않음을 발견하고 이를 아껴 노비 문서를 불태우고 면천시킨 뒤 후사가 없는 사촌동생 이용주에게 시후 양자로 입후시켰습니다.
　　이후 이한주는 갑자년 사화로 사사되고 아들 이오성과 딸 이정원은 관노와 관비로 경흥 관아로 보내졌습니다. 관노 이오성은 건원보 개축 공사에 동원되었다가 여진족에 납치되어 해서여진 와르카 부족에서 육 년째 노예 생활을 하고 있었습니다.
　　이오성은 이번 여진에 대한 보복 공격에서 와르카 부족의 모든 정보를 지도에 기록하여 조선군에게 넘겼고, 조선군은 이 정보를 기초로 대승할 수 있었습니다.
　　한편 반석평은 열여덟에 이용주의 양자로 시후 입후하여 이름을 바꾸고 금년 삼월 식년시 문과에 장원 급제하여 전하의 과분한 성은을 입고 있으니 그가 바로 경흥 부사 이진성이옵니다. 신 이진성은 신분을 속이고 과거에 응시하여 급제함으로 전하를 기망한 큰 죄를 지었습니다. 삼가 청하옵건대 신에게 벌을 주시옵고 망 이한주 전 판서와 그의 아들 이오성, 딸 이정원을 신원시켜 주시기를 바라고 또 바라옵니다.

비단 봉투에 담긴 이진성의 상소문이 승정원에 접수되고 임금에게 올려지자 조정은 발칵 뒤집혔다. 사간원, 사헌부, 홍문관, 삼사 대간들이 모두 들고 일어나 이진성을 당장 구금하고 문초할 것을 요구했고 임금도 의금부 판사에게 이진성을 잡아들여 문초하라는 지시를 내렸다.

의금부에서 이 소식을 들은 군관 박장원은 놀란 가슴을 쓸어내리며 여주로 사람을 보내 연락을 취했다. 한편으로는 담당 호송관을 찾아가 경흥 부사를 잡아오는 일은 자신이 맡겠다고 제안했다.

"자네도 알다시피 내가 그곳에서 살았잖은가. 가서 정리할 것도 있고 하니 겸사겸사 내가 갔으면 하네."

만만치 않은 여정, 천릿길을 다녀올 생각에 한숨만 쉬고 있던 담당 군관은 이게 웬 떡이냐 싶었다.

"그것 잘됐구먼. 일부러라도 다녀와야 할 처지라면 출장비를 반으로 나누는 게 어때?"

"그렇게 함세."

날씨도 심통을 부리는지 내내 심한 비바람이 불어 경흥 가는 발길을 붙잡았다. 같이 가려던 군졸들은 한양에 남겨두고 박장원은 혼자 길을 나섰다.

"너희들은 갈 필요 없다. 집에 가서 푹 쉬고 있어라. 어차피 자백한 죄인으로 도망갈 일은 없다."

박장원 홀로 북쪽을 향했다. 가면서 생각하고 또 생각했지만 도무지 이진성을 이해할 수가 없었다.

'경흥 부사 자리를 버리겠다고? 미치지 않고서야 벼슬을 버리고 종으로 살겠다는 사람이 세상에 또 어디 있나. 상전의 은혜를 갚는다고? 이 사람을 천치라 해야 하나 의인이라 해야 하나.'

경흥 관아에 도착한 박장원을 본 이진성은 한없이 담담했다. 마치 모든 것을 내려놓은 고승 같았다.

"형님이 날 잡으러 왔소?"

"그래, 길동무 되어주려고."

"저승까지 같이 갈 참이오?"

"아니, 나는 딸린 식구가 있어 한양까지만 가겠네."

밖에는 보수 공사가 한창이었다. 지난번 여진 침입 때 파손된 것들을 복구 중이었다. 한참을 침묵한 후 박장원이 다시 입을 열었다.

"왜 그랬느냐고는 묻지 않겠네. 자네 고집을 아니까."

"형님, 너무 상심하지 마오. 최악의 상황이 온다 해도 나는 괜찮소. 그곳이 본래 내가 서 있었던 곳이었으니까."

"바보 같은! 옛날에는 반석평 혼자였지만 지금은 이진성이 아닌

가. 주위를 돌아보게. 얼마나 많은 사람이 고통을 받겠나. 그걸 생각해본 사람이 이런 짓을!"

박장원이 이토록 역정을 내는 것을 이진성은 처음 보았다.

이진성과 박장원이 간편한 차림으로 경흥 관아를 나선 것은 그날 오후였다. 형방 오진수가 관아 밖까지 따라나왔다. 후임자가 올 때까지 경흥을 잘 부탁한다는 이진성의 말에 오진수가 울먹였다.

"저는 믿습니다. 두 형제분께서 한양 나들이 잘하고 돌아오시리라고."

갈 길이 멀었다. 두 사람은 말없이 걷고 또 걸었다.

"생각도 할 겸 좀 천천히 걷는 게 어떤가?"

부지런히 걷기만 하는 이진성에게 박장원이 물었다.

"이미 생각하고 또 생각했습니다. 그러나 그것은 상소를 쓰기 전까지입니다. 이제는 단순해졌습니다. 제 도리를 다했으니 이제는 정원과 오성의 신원을 위하여 최선을 다하면 됩니다."

한양에 도착하자 박장원은 이진성을 의금부 옥에 구금해놓고 이 사실을 여주 본가와 성참의댁에 알렸다.

"이진성은 반천의 신분 질서를 어지럽게 하고 임금을 기망하였습니다."

"당장 이진성을 파직하고 귀양 보내야 합니다."

사헌부, 사간원 양사의 상소가 수그러들지 않고 있었다.

박장원이 보낸 청천벽력 같은 소식에 이진사댁은 발칵 뒤집어졌다. 그러나 아무 대책 없이 전전긍긍할 뿐이었다. 이 진사는 땅이 꺼질 듯 한숨만 쉴 뿐 말이 없고, 정원은 이 모든 일이 자신과 오성 때문임을 알기에 입술을 깨물며 비통에 잠겼다. 정 행수는 무언가를 예감이라도 한 듯 중얼거렸다.

"불안 불안하더니 기어이⋯⋯."

"정 행수는 무엇을 알고 있었던가?"

"지난번 경흥에 갔을 때 이미 부사가 무언가 결심한 듯싶었습니다. 오성 도련님이 이 부사에게 관노에서 벗어나게 해달라고 졸랐던 모양입니다."

이 진사가 크게 역정을 냈다.

"저 철없는 아이가 그런 얘길 했어?"

오성은 물론 정원도 정 행수도 모두 죄인 된 기분으로 고개를 숙이고 힘없이 앉아 있었다. 오성이 기어들어가는 목소리로 변명했다.

"경흥 부사 석평이는 무엇이든 할 수 있다고 생각했어요. 경흥에 있을 때 관비나 관기 모두가 그렇게 말했어요."

"어허, 석평이는 또 무엇이야. 그리고 관기들이 무엇이라고⋯⋯ 어허."

정 행수가 오성과 정원을 내보내더니 이 진사에게 다가앉았다.

"진사 어른, 한양 성참의댁을 찾아가보시지요."

"성참의댁을?"

"예, 그댁을 통해서 성희안 대감을 움직여야 합니다. 대간들을 잠재우고 이 일을 해결할 수 있는 사람은 그 어른과 영상 대감뿐이지 않습니까?”

“으음…… 그렇겠군. 내일 진성이를 면회하고 바로 가봐야겠네.”

이 일로 성참의댁에서도 난감하기는 마찬가지였다. 정경부인이 길게 한숨을 쉬면서 무겁게 말을 꺼냈다.

“참의, 그 사람이 종이었다 그 말 아닌가? 이 일을 어떻게 하면 좋아. 혼사도 없었던 일로 해야 하지 않겠나?”

묵묵히 침묵을 지키고 있던 성희수가 고개를 절레절레 흔들며 짧게 한 마디 했다.

“혼사야 저쪽에서 승낙한 것도 아닌데요, 뭐.”

성희영이 눈을 내리깔고 있다가 눈에 불을 켜고 발끈했다.

“어머님, 오라버니! 어떻게 그런 말씀을 하세요. 그분이 누구예요? 우리 생명의 은인이잖아요. 형편이 어렵게 되었다고 그렇게 말씀하시면 안 되지요.”

희영의 말이 백번 옳았다. 그러나 현실이 어디 그러한가. 성희수가 누이를 타일렀다.

“희영아, 형편이 잠시 어려워진 것이 아니다. 서얼 출신이라는 것은 차원이 다른 문제야.”

“그분은 광주 반씨입니다. 명문 집안의 씨예요. 우리도 관비였잖아요. 반천은 뒤바뀌기도 하는 것 아닙니까.”

정경부인은 희영의 말이 지당하다고 생각하면서도 난감하기는 마찬가지였다. 사모관대에 화관을 쓴 훤한 이진성의 모습이 정경부인의 뇌리를 스쳤다. 그러나 정경부인은 머리를 흔들며 그 모습을 털어냈다.

"이 철없는 것아, 씨가 양반이면 뭣하누? 밭이 천인데."

"아무튼 그분은 우리를 구해준 분입니다. 저는 그분 아니면……."

"아니면? 어떻게 하겠다는 거냐?"

성희수가 슬그머니 미소를 지으며 되물었다.

"저는 절대로 다른 사람에게는 시집 안 갑니다. 그분이 천이면 저도 천이 되면 되잖아요."

성희수가 큰 소리로 웃음을 터뜨리자 정경부인의 책망이 이어졌다.

"이 사람아, 지금이 웃을 때인가?"

"아닙니다, 어머님. 그러나 생각해보면 참으로 대단한 사람 아닙니까? 옛 상전을 생각해서 경흥 부사 자리를 집어던지는 사람이 세상에 또 어디 있겠습니까?"

정경부인도 이 말에는 동의할 수밖에 없었다.

"사람이야 훌륭하지. 그런 사람 보기 힘들다. 희영이 말처럼 우리가 큰 은혜를 입은 것도 사실이고, 경흥에서 강릉 올 때 뱃멀미하는 나를 하루 종일 간호하던 그 사람을 생각하면 나도 어찌해야 좋을지 모르겠네."

"어머님, 이 일은 어차피 임금께서 결정하실 일입니다. 벌을 받는다면 어쩔 수 없고, 만약 용서받는다면 반천 문제도 한번에 해결되지 않겠습니까? 기다려봅시다."

성희수는 어느새 노련한 정치가 흉내를 내고 있었다. 어차피 지금 조정은 이진성 문제에 대해 찬반 양쪽으로 갈라져 있었다. 임금을 속인 죄를 용서할 수 없다는 쪽과 자신을 희생하면서 옛 상전을 구하겠다는 숭고한 뜻이 가상하다는 쪽의 주장이 팽팽히 맞섰다. 그러나 용서할 수 없다는 쪽의 세가 많고 특히 사림의 사간원은 완강했다.

성희수는 오늘이나 내일쯤 여주에서 이 진사가 찾아오리라는 것도 짐작하고 있었다.

박장원이 넣어준 호피 덕분에 추위는 견딜 만했지만 먼지와 매캐한 냄새, 땀 냄새 그리고 코를 찌르는 인분 냄새는 견디기가 어려웠다. 그런 처지에 놓인 이진성을 이 진사와 정원, 정 행수가 찾아와 면회를 했다.

"아버님, 불효를 용서해주십시오."

"불효를 안다면 다행이다. 이제는 네가 네 한 몸이라고 생각해서는 안 된다. 얼마나 많은 사람들이 너로 인하여 고통받고 있느냐?"

"죄송합니다, 아버님."

정원은 목이 메어 어떤 말도 할 수 없었다. 참담한 환경의 옥 안에 앉아 있는 진성의 모습이 가슴 아팠으나 한편으로는 높디높은 신선처럼 보였다. 나와 오성이를 위하여 미련 없이 자기 몸을 던지려 하다니, 나는 저분을 위해 무엇을 할 수 있단 말인가.

"오라버니……."

"정원아, 울지 마라. 돌아가신 대감마님께 받은 은혜를 돌려드리는 것뿐이야."

이 진사가 아들의 말에 고개를 끄덕이더니 모든 사람이 들으라는 듯 주위를 둘러보며 말했다.

"진성아, 듣거라. 나도 네가 지금까지 한 일을 옳다고 생각한다. 전하께서 어떤 결정을 내린다 해도 네가 나의 아들임에는 변함이 없다. 이것은 어느 누구도 바꿀 수 없다. 그리고 너는 돌아가신 대감께 할 수 있는 일을 모두 했다. 그러니 이제는 그 굴레에서도 벗어나야 한다. 이것은 아버지의 명령이야."

"아버님……."

이 진사는 면회를 끝내고 바로 건천동 성참의댁을 찾았다. 미리 연통을 해두었기에 성희수가 때맞춰 기다리고 있었다. 마당에서 서로 인사를 마치고 이 진사와 정 행수는 사랑방으로 들고, 정원은 성희영의 방으로 갔다.

곧 주안상이 들어왔다.

"의금부에 다녀오시는 것을 알고 있었기에 찻상 대신 주안상을 준비했습니다."

"참의께서 이처럼 신경을 써주시니 감사합니다."

"자, 한잔 받으십시오."

이 진사가 단숨에 술을 들이켜고 성희수에게 잔을 돌려주자 옆에 있던 정 행수가 술병을 들어 성희수의 잔에 술을 따랐다. 이 진사가 아무 말이 없으니 성희수가 먼저 운을 떼었다.

"저도 이 부사의 행동을 높이 평가하지만 양사 대간들의 성화가 워낙 커서……."

이 진사가 고개를 끄덕였다.

"그런 줄 알면서도 아비 된 심정으로 염치없이 찾아왔습니다."

"잘 오셨습니다. 저희가 받은 은혜가 적지 않은데 어찌 나 몰라라 하겠습니까. 최선을 다해보겠습니다."

"그렇게 말씀해주시니 마음이 놓입니다."

정 행수가 침묵을 지키고 있다가 이 진사를 대신해 생각을 전했다.

"대간들의 성화를 누르고 이 부사를 구할 수 있는 인물은 성희안 대감 나리라고 여겨 이렇게 찾아뵈었습니다."

"맞는 말씀입니다. 저도 그렇게 생각합니다만 제가 형님께 말씀을 드리자면 명분이 있어야 할 듯싶습니다."

이 진사가 고개를 들어 성희수를 쳐다보았다.

"명분이라면? 우리가 어떤 준비를 해야 하는지요."

"희영이 역시 성 대감에게는 사랑스러운 동생일 터, 따라서 희영이의 정혼자라고 말하면……."

"이미 지난번에 반승낙을 했던 일입니다만."

"집안 어른께 올리는 청입니다. 허언이 용서되지 않습니다. 오늘이라도 정식 사성을 써 청혼을 해주시면 우상의 허락을 받아 허혼의 답서를 보내드리겠습니다."

"그렇게 하지요. 지금 당장 사성을 쓰고 청혼을 올리겠습니다."

한편 성희영의 방에서는 두 여인 사이에 보이지 않는 냉기가 감돌았다.

"언니, 오라버니 면회했어요? 나는 내일쯤 갈까 하고 있어요."

"응."

"몸은 어때요? 어디 아픈 곳은 없던가요?"

"몸은 건강해."

기어이 희영은 가시 돋친 소리를 했다.

"언니와 오성 도련님 때문에 오라버니의 희생이 너무 커요."

정원은 이를 묵묵히 받아들였다.

"희영아, 오라버니를 부탁해."

"어떻게 하면 되는데요?"

"성 대감 나리께 부탁 좀 드려주렴."

"성 대감께 얘기할 때 진성 오라버니가 내 정혼자라고 말해야 일이 쉬울 거예요. 그렇게 말해도 돼요?"

정원은 알고 있었다. 언제부터인가 성희영이 이진성을 연모하고 있다는 사실을. 물론 성희영도 정원이 이진성을 사랑한다는 사실을 알았다. 그러면서도 이렇게 말하는 것은 이진성을 자신에게 양보해달라는 뜻이었다.

"미안해요. 처음부터 언니의 마음은 알았지만 육촌 남매 간의 특별한 정이라고만 생각했지 남녀 간의 정이라고는 생각도 못했어요. 그래서 내가 오라버니를 사랑했던 거야…… 정말 미안해요."

정원의 눈에도 성희영의 눈에도 물기가 맺혔다.

"그 사람을 위해 내가 할 수 있는 일은 아무것도 없어. 포기하는 것밖에는. 너라면 오라버니를 행복하게 해줄 수 있을 거야, 너라면."

"언니……."

"남자에게 벼슬이 무엇일까. 전부야. 그걸 버린다는 건 자신의 모든 것을 버리는 거야. 사랑하는 사람을 위해서. 나는 그 사람에게서 그것을 배웠어. 여자에게 사랑이 무엇일까. 전부야. 그분을 향한 내 사랑을 버려야 그분을 진정 사랑한다고 할 수 있을 거야."

"언니의 마음이 그 정도인 줄은 몰랐어요."

"……."

"그렇다면 언니는 이제 어떻게 해요? 정혼자에게 갈 거예요?"

"아니."

우의정 성희안이 움직이기 시작했다. 청승습사로 명나라를 다녀오면서 구해온 명차 용정차를 연말 인사로 대간들에게 돌리고, 영의정 박원종에게는 사전에 양해를 구하고 임금께 상소를 올렸다.

신이 명에 다녀온 후 별 공이 없음에도 우의정이라는 과분한 성은을 입었습니다. 오늘은 신이 세 가지 이유를 들어 경흥 부사 이진성에 대한 처벌이 부당함을 말씀드리고자 합니다.

첫째, 그는 열여덟 살 때 면천되어 자식이 없는 이용주에게 시후 양자로 입후하였는데, 이는 국법에서 금하는 것이기는 하나 백성들 사이에서 널리 행해지는 풍습이고 대를 이을 양자로 입후한 이상 양부의 성과 이름을 쓰고 양가의 가통을 잇는 것은 지극히 자연스러운 일이라 할 수 있습니다. 이를 가지고 임금을 기망하였다고 하는 것은 과장된 논리입니다.

둘째, 이진성은 지난번 여진과의 전투에서 수장의 목을 베고 납치된 백성 오십오 명을 구하는 큰 공을 세운 바 있습니다.

셋째, 신분제도를 어지럽혔다는 주장 또한 잘못된 것으로 이진성은 주인에게서 면천을 받고 양자로 갔음에도 불구하고 옛 상전의 신원을 위하여 자신을 희생하는 보기 드문 일을 행하였습니다. 이는 지극히 아름다운 일로 양천 간의 질서를 어지럽히는 것이 아니라 더욱 공고히 하는 일이라고 볼 수 있습니다.

위와 같이 신은 이진성의 죄 없음을 주장합니다. 만약 죄가 있다 해도 그 공로와 상전에 대한 아름다운 행위를 참작하여 이진성의 죄를 사함이 마땅하다고 생각합니다. 이에 신은 전 공조판서 망 이한주와 그의 자 이정원과 이오성은 신원하시고 적몰한 재산도 돌려주실 것을 돈수백배 청하옵니다.

우의정 성희안의 상소에 이어 병조참판 박수종도 상소를 올렸다. 또한 '상전이 종을 생각하는 마음이 아름답고 상전을 생각하는 종의 마음도 지극히 아름답다.'라며 오히려 벼슬을 올리라는 성균관 유생들의 상소가 올라오자 임금은 영의정 박원종에게 의견을 물었다.

"우의정의 의견이 타당합니다."

임금은 곧 승지를 불러 전교를 쓰게 했다.

이진성의 죄는 더 이상 묻지 않을 것이로되 오늘부터 이진성은 성명을 본래의 반석평으로 하며 반석평에게 다시 경성 부사를 제수한다. 또한 전 공조판서 망 이한주와 그의 자 이오성, 이정원을 신원하고 적몰한 재산을 현존 상태에서 돌려준다.

박장원이 한없이 기쁜 마음으로 이진성, 아니 반석평을 찾아왔다.

"반 부사 나리, 의금부 여각이 불편하지는 않았습니까?"

"이 정도면 일 년쯤 푹 쉬고 싶은데 군관께서는 왜 이리 야박하게 내쫓으십니까?"

"본관이 경흥으로 가고 싶어 부득이 부사를 석방시켜 수행하려 합니다, 나리."

반석평은 이미 임금의 전교 내용을 알고 있었다. 전교가 있자마자 성희수가 의금부에 다녀갔던 것이다. 성희수는 반석평에게 석방되는 즉시 성희안 대감께 인사를 올린 다음 건천동으로 올 것을 당부하며 그동안 성희안 대감이 얼마나 힘쓰셨는지를 거듭 강조했다.

반석평의 오늘 일정을 훤하게 알고 있는 박장원이 조금 전까지와는 달리 심각한 얼굴로 말했다.

"우의정 대감께 인사드리고 건천동에 들렀다가 여주로 가려면 밤이 늦겠네. 그나저나 부사 나리, 나를 경흥으로 좀 데려가주시게. 한양에서는 도저히 못살겠어."

"형님, 무슨 일이 있습니까?"

"실은 달님이 어미 말이야. 주위에서 벌써 백정 딸이라고 말들이 있어서……."

더 이상 들어볼 필요도 없다는 듯 반석평이 말했다.

"무슨 말씀인지 잘 알겠습니다. 형님이 병조에 지원하시면 제가 이조에 말하겠습니다. 조정에서도 북녘으로 가겠다면 대환영이지요. 내려올 때 길동무 해주셨으니 올라갈 때도 길동무 해주십시오."

"그것 좋지. 길동무보다 이번에는 술동무로 합세. 하하."

우의정 성희안은 나이로 보자면 아직은 중년이라고 해도 과함이 없지만, 산전수전 다 겪은 노회한 정객으로 초연하고 위엄이 있었다.

"이 서방. 아니지, 반 서방이지. 인물이 훤하구먼. 거기다 결기까지 있으니…… 성희안이오."

"은혜를 어떻게 갚아야 할지 모르겠습니다."

"임금께 충성하고 희영이를 아껴주면 되네."

"예?"

"이리 와 차나 한잔하세."

우의정 집무실 안쪽에 한 평 반 남짓한 다실이 마련되어 있었다. 다실은 검소하면서도 차분한 풍정을 자아내고 있었고 오른쪽 창 너머로 주홍빛 석양으로 물든 북악이 보였다.

"의원들이 하도 술을 끊으라 해서 취미를 바꿨지."

차향이 풍기는 다실로 들어서니 불이 벌겋게 핀 숯 위에 놓인 탕관에서 물이 끓고 있었다. 우상이 명주로 된 차건으로 찻잔과 찻술

가락을 닦고 차관에 잎차를 넣고 탕관에서 끓인 물을 부어 우려내
는 솜씨가 여간 숙련된 것이 아니었다.

"대감 나리께서 직접……?"

"이 좋은 일을 왜 종들에게 시켜."

다식과 천무 잔대에 받친 다반을 반부사 앞에 놓고 차를 정성스
럽게 따른다. 황감하여 주눅이 든 반석평에게 우상이 말했다.

"차는 마시는 재미가 반이고 끓이는 재미가 반이야. 우리는 결과
만 보고 과정은 생각지 않지. 자, 천천히 마시게."

"대감 나리의 가르침, 유념하겠습니다."

"과정을 성실히 즐기다 보면 좋은 결과가 나오는 법이지. 우리 인
생도 살아가는 과정이 아닌가."

반석평이 성희안과 헤어져 건천동 성참의댁에 들렀을 때, 종들은
집 안을 정리하고 음식을 준비하느라 분주히 움직이고 있었다. 바깥
사랑에 상다리가 휘어지도록 술과 음식이 차려진 교자상이 놓였다.

"심려를 끼쳐 죄송합니다."

정경부인이 따뜻이 반석평의 손을 잡았다.

"그동안 얼마나 고생이 많았는가? 이제 지난 일들은 모두 털어버
리고 이참에 광주 반씨의 새로운 가문을 창설하도록 하게. 새로 태
어난 것처럼 말일세."

정경부인의 말에 옆에 있던 성희영이 옷고름으로 눈가를 훔치더
니 그윽한 눈길로 반석평을 바라보았다.

"그동안 얼마나 마음고생이 심했으면…… 몹시 야위셨어요."

반석평이 웃으며 답했다.

"나는 괜찮소. 이제 마음이 홀가분하오."

세 사람의 대화에 성희수가 지긋이 미소 지었다.

"본래 성과 이름도 찾았고 이루고자 한 일도 모두 이루었으니, 이 제는 자네를 위해서 살아보게."

그러나 반석평은 성희수의 은근한 말을 알아듣지 못한 듯했다.

"이제는 전하의 성은에 보답해야지요. 지경 내 백성들을 위하여 전력투구할 작정입니다. 이번에 성희안 우상을 움직이시도록 한 것 이 참의 나리인 것을 잘 압니다. 나리의 은혜를 잊지 않겠습니다."

"우상은 찾아뵙고 왔나?"

"예, 손수 끓이신 차를 얻어 마시고 왔습니다. 농까지 하시더군요."

"농이라니, 우상이 무슨 농을?"

"저를 보고 반 서방이라고."

"반 서방? 허허."

성희영의 얼굴이 붉어지더니 화제를 돌리려는 듯 물었다.

"오라버니, 경흥에는 언제 부임하세요?"

"오늘 밤 여주로 갔다가 내일 신륵사 스승님 찾아뵙고, 모래쯤 출 발하려 하오. 변방을 너무 오래 비워두어 걱정이오."

정경부인이 반석평에게 음식을 집어주고 술도 권했다.

"어서 들게. 내가 한잔 따라주고 싶지만 기왕이면 희영이가 오라 버니에게 한잔 따라 올리는 것이 좋겠지?"

성희영이 기꺼이 나서 반석평의 잔에 술을 따랐다. 가득 찬 술잔을 받아 마신 뒤 반석평은 성희수에게 잔을 올렸다.

"형님, 제 술 받으십시오."

"형님이라고 했나?"

"아, 제가 실수했습니다. 죄송합니다. 참의 나리."

"아니야, 죄송하기는. 형님이 맞지. 자네는 아직 모르겠구먼. 이 진사 어른께서 자네의 사성을 보내왔고 우리는 허혼을 했네. 자네를 구하기 위한 유일한 방법이었지."

짐작은 하고 있었으나 확인을 하고 나니 가벼운 현기증이 일었다.

여주에서도 반석평이 도착하기를 기다리는데 정오쯤 박장원이 달려와 희소식을 전했다. 임금의 전교를 그대로 전하자 누구랄 것도 없이 일어나 두 팔을 들고 만세를 불렀다.

"임금님 만세!"

"반석평 만세!"

주인도 웃고 종들도 웃고, 그 소리가 담을 넘어 마을로 퍼져나갔다. 이 진사는 정원과 오성의 손을 잡았다.

"신원이 되어 얼마나 기쁜지 모르겠다. 집도 되찾고 모든 것이 일시에 해결되었구나."

정원이 조용히 일어서더니 오성을 일으켜 세우고 함께 이 진사와 정 행수에게 큰절을 올렸다.

"오늘까지 저희들을 돌봐주시고 신원이 되도록 해주신 종숙부님과 행수 어른의 은혜가 태산과 같습니다."

"그동안 풀 죽은 너희들 모습을 볼 때마다 돌아가신 형님께 죄를 짓는 것 같았는데 이제는 내가 발 뻗고 잘 수 있겠다. 우리 오성이는 이판서댁 가장이 되었고. 허허."

어깨 위의 큰 짐을 벗은 또 한 사람, 정 행수도 훤히 웃었다.

"그렇습니다. 필동으로 돌아가면 옛 종들도 몇 명 돌아올 것이고 그렇게 도련님은 명실상부한 가장이 되지요."

"현존하는 적몰 재산을 돌려받는다면 그 재산이 어떻게 되나?"

"관노나 관비로 가 있던 종들은 필동으로 돌아올 것이나 여주의 장원과 장토는 이미 공신들에게 넘어가 되찾을 수 없습니다. 그래서 걱정입니다."

희망에 찼던 분위기가 순간 가라앉았다. 큰 집이 있고 종들이 있으면 뭐하는가. 수입이 없는데 무엇으로 먹고살고 어떻게 종들을 먹일까.

"능서 장토와 장원은 내 앞으로 되어 있으나 본래 형님 소유였으니 이번에 명의를 오성이로 바꾸도록 하게. 풍족하지는 않겠지만 먹고사는 데는 지장이 없을 것이야. 정 행수가 수고를 해주게."

말은 못했지만 실로 기다리던 말이었다.

"예, 진사 어른의 뜻에 따라 처리하겠습니다만 이것은 일종의 상속 재산이라 아씨와 도련님 반반으로 정리해야……."

"음,《경국대전》에는 남녀 균분으로 되어 있지."

"종숙부님, 저는 필요 없습니다. 오성이 명의로 해주십시오."

정 행수가 문제를 정리하고 나섰다.

“일단 도련님 명의로 해놓되 아씨께 절반의 권리가 있으니 그 부분은 아씨 뜻대로 하는 것이 옳을 듯합니다.”

조용히 자작하고 있던 박장원이 화제를 바꾸고 나섰다.

“우의정 대감 찾아뵙고 건천동에 들렀다가 오기로 했는데, 건천동에서 시간이 지체되는 것 같습니다.”

“정혼자가 감옥에서 풀려났으니 그댁은 오늘 잔칫집일 게야. 사위 대접을 톡톡히 하는 모양일세. 희영 낭자도 고운 얼굴이긴 하지만 어디 가서 우리 반 부사 같은 신랑감을 구하겠나? 하하.”

정원은 안중에도 없는 듯 이 진사가 호탕하게 웃자 정 행수는 말을 더듬었다.

“그, 그야 그렇지요. 우리가 그때는 하도 급하다 보니 앞뒤 볼 것 없이⋯⋯.”

“아니야, 정 행수. 희영 낭자는 참으로 좋은 며느리감이야. 든든한 며느리감이지.”

이 진사의 말이 서운할 법도 하건만 정원은 눈 하나 깜짝 않고 바위처럼 앉아 입가에 희미한 미소까지 띠고 있었다. 이 진사는 작정한 듯 한 걸음 더 나아갔다.

“정원이와 오성이의 신원은 반 부사가 이루어낸 성과인 것을 다들 모르지 않을 터. 이제 반 부사에게 더 이상 짐이 되어서는 안 될 것이야.”

호랑이도 제 말 하면 온다고, 그때 대문 열리는 소리가 들리더니 종들이 부산을 떠는 가운데 반석평이 집 안으로 들어섰다. 바싹 마

른 몸, 쑥 들어간 볼이 그동안의 마음고생을 짐작케 했다. 반석평이
이 진사 앞에 엎드렸다.

"용서하십시오. 그동안 너무도 큰 심려를 끼쳐드렸습니다."

"오냐, 고생했다. 얼굴이 반쪽이 되었구나. 그러나 이번에 네가
한 일이야말로 필동 이판서댁을 구하고 온 나라에 보은이란 이런
것이라고 보여준 게야. 대단한 일을 했다. 이진성이든 반석평이든
너는 나에게 하나뿐인 아들이야."

"그렇습니다, 진사 어른. 시후 양자란 본래 이성 양자를 뜻합니
다. 이제는 반석평이 여주 이진사댁 아들임을 온 천하가 아는 일이
되었습니다."

오성이 앞으로 나와 반석평에게 엎드려 절했다.

"형님, 저와 누님을 신원시켜 주어 고맙습니다. 형님 때문에 필동
집도 찾았고 종들도 돌아온대요."

"그래. 잘되었다, 오성아."

그러나 정원에게는 말을 건네지 못했다. 반석평은 정원에게 무슨
말을 해야 할지 몰라 망설이고 정원 역시 반석평에게 무슨 말을 해
야 할지 몰라 망설였다. 정원은 어떤 말로도 반석평에 대한 자신의
마음을 표현할 길이 없었다. 반석평은 반석평대로 성희영과의 정혼
문제가 마음에 걸려 정원을 똑바로 보지 못하고 내내 마음을 쓰고
있었다. 그러다 뒤늦게 박장원을 발견하고 깜짝 놀랐다.

"형님! 여기 계셨어요?"

"내가 못 올 데라도 왔는가? 동생 집이면 내 집도 될 것인즉. 아

버님, 그렇지 않습니까?”

미묘한 분위기를 바꿔보려는 박장원의 익살스러운 말에 이 진사가 크게 웃었다.

“하하, 그렇지. 그렇고말고.”

그렇게 술잔이 오가고 밤이 늦도록 웃음소리가 그칠 줄 몰랐다. 그 희희낙락한 분위기 속에서 정원의 얼굴은 조금씩 굳어갔다. 그토록 바랐던 신원이 이루어져 새로운 인생이 시작되는 시점인데 반석평을 잃는 것 외에 무엇이 또 정원을 힘겹게 하고 있는가.

반석평은 모처럼 정원과 오성을 동반해 이한주 대감과 정부인의 산소에 들렀다가 신륵사로 스승님을 찾아뵙겠다고 청하여 승낙을 받았다. 이 진사는 종들을 시켜 산소에 제물을 보내 고사를 준비하고, 신륵사에 연통을 넣어 이한주 대감을 위한 천도발원제를 지내줄 것을 주지스님에게 간곡히 요청하였다.

반석평은 정부인과 합장된 대감의 묘 앞에 제물을 올리고 임금의 전교를 읽었다.

“대감마님, 종 반석평이 대감마님이 베풀어주신 은혜에 조금이나마 보답할 수 있게 되었습니다. 상감마마께서 대감마님의 억울한 죄를 풀고 신원시키라는 전교를 내리셨습니다. 하여 대감께서 그렇게 사랑하시던 정원이와 오성이도 신원되었습니다. 이제는 부디 모든 것을 잊으시고 영면하십시오.”

정원과 오성은 부모의 묘 앞에 엎드려 오열했다. 특히 정원은 몇

년간 참아왔던 외로움과 서러움이 한꺼번에 몰려와 봇물이 터지듯
눈물이 쏟아졌고 그 격렬한 울음소리는 산등성이에 메아리쳐 퍼져
나갔다.

"어머님, 아버님…… 우는 것도 오늘이 마지막입니다. 당신들의
딸 이정원도 오늘이 마지막입니다. 내일은 오늘의 나는 없고 이름
없는 불자가 될 것입니다."

반석평은 정원의 흐느낌이 뜻하는 바를 몰랐다. 남은 생의 모든
눈물을 오늘 모두 쏟아놓겠다는 정원의 마음을 모르는 채 반석평은
두 남매와 함께 산등성이를 넘어 신륵사 백련암에 도착했다.

김수는 눈에 띄게 쇠약해져 누워 있었다. 움푹 파인 눈과 흰 눈
썹, 상흔처럼 새겨진 주름. 그래도 눈빛만은 여전히 형형했다. 김수
는 정원과 오성에 반석평까지 찾아오니 갑자기 기운이 나는지 자리
에서 일어나 의관을 챙겨 입고 준비해간 음식을 받았다. 반석평으
로부터 그간의 사정을 듣고는 정원과 오성을 오래도록 껴안았다.

"긴 세월 고생이 많았다. 지하에 계신 너희 부모가 얼마나 기뻐하
겠느냐. 그런데 석평이가 그런 엄청난 일을 했다고?"

"스승님과 대감마님의 은혜에 조금이나마 보은하였습니다."

정원이 오성을 데리고 아버지의 천도제를 위해 대웅전으로 가고
난 뒤, 반석평은 뼈만 앙상하게 남은 스승의 손을 잡으며 고개를 숙
였다.

"이토록 쇠약해지신 줄 몰랐습니다. 죄송합니다, 스승님."

"만물은 한 번 성하면 반드시 쇠하는 법. 사람이 늙어 몸이 쇠약

해지고 죽는 것은 당연한 이치야. 자연스러운 일이지. 그러니 너무 슬퍼 마라."

"이토록 쇠하실 때까지 모르고 있던 저를 용서하십시오."

"이제 뜬구름 같았던 내 생도 얼마 남지 않은 듯하다. 돌아보면 즐거움은 짧았고 슬픔은 길었던 한평생이 꿈인 듯 지나가고 있다. 그래서 오늘을 마지막이라 생각하고 몇 가지만 당부하려 한다."

"아닙니다, 마지막이라니요. 그동안 소홀했던 저를 용서하십시오. 자주 찾아뵙고 가르침을 청하겠습니다. 이제 비로소 한 걸음을 떼었는데…… 아직 스승님의 가르침이 있어야 사람 구실을 할 수 있는 저를 두고 왜 마지막이라고 하십니까."

"석평아, 내가 더 가르칠 게 없다. 그리고 나랏일을 하는 사람이 사사로운 일에 매여서는 안된다. 나에게는 나의 길이 있고 너에게는 너의 길이 있으니 그 길을 따라라. 내일이면 네가 임지로 돌아가야 하니 자, 시작하자."

"스승님……."

"이 나라는 유교를 지도 이념으로 받아들여 창업한 나라다. 어진 임금이 어버이와 같은 마음으로 인으로써 백성을 보살피고, 지혜로운 신하들이 그 임금을 보좌하며 예로써 나라를 경영하는 세상을 꿈꾸며 창업한 나라다. 하나 인과 예가 행함으로써가 아닌 무엇이 인이요 무엇이 예인가를 논함으로써 본래의 창업 정신이 사라져버렸다.

학문하는 것이 무엇이냐? 더 나은 세상을 위해 배우고 익혀 실천

하고자 함이 아니더냐? 공자가 말씀하신 인과 예는 사람답지 못한 사람들이 사람답게 살기 위해 지켜야 할 최소한의 가치이지 최상의 가치는 아니다. 후세의 사람들에게 이것만은 행하며 살라는 가르침을 후세 사람들은 행하려 하지 않고 매양 배우는 것에만 열중한다.

이렇게 학문에만 열중하면 주장이 생겨나게 된다. 주장이 생겨나면 분별이 눈을 가리게 되고 분별이 생겨나면 다툼이 일게 되느니, 그동안 우리가 보고 겪은 것처럼 작은 싸움이 큰 싸움으로 번져 종국엔 내가 살고 네가 죽어야 하는 상황까지 가게 된다."

"외람되오나 스승님, 반부논어라 하여 개국하는 데《논어》반 권이면 족하고 수성하는 데 나머지 반 권으로 넉넉하다는 고사도 있지 않습니까?"

"옳다. 하나 그 말은 송나라 태조 때 개국공신이었던 조보가 자신의 학문을 겸손하게 표현한 말이다. 그 속뜻은 논어 반 권이라도 충실히 익혀 행하면 능히 한 나라를 세우고도 남고, 그 나머지를 익혀 행하면 능히 천세를 이어갈 수 있다는 뜻이야."

"그런 깊은 뜻이 있는 것을 자칫하면《논어》반 권만 읽어도 나라를 세우는 데 충분하다고 생각하기 십상이겠습니다."

"오늘 내가 왜 이렇게 국가의 지도 이념을 가지고 얘기를 하느냐하면, 네가 보고 있다시피 작금의 나라 사정으로는 앞으로 닥칠 외환과 내환을 막아내지 못할 것이다. 항시 남쪽에서는 사람으로서 최소한의 양심마저 가지고 있지 않은 저 왜놈들이 이 나라를 탐할 것이고, 북쪽에서는 분열된 오랑캐들이 서로 다투다가 힘이 합해지면 이 나라를 핍박하려 들 것이다. 그런데 우리는 이와 같은 사정에는 눈을 감고 눈앞의 논쟁으로 끊임없이 힘을 낭비하고 있는 꼴이다. 깨어 있지 않으면 앞으로도 내우외환은 계속될 것이다. 내우외환이 계속되면 결국 백성이 힘들다. 네가 공부하고 수련하는 이유가 무엇이냐? 나라와 백성을 위해서가 아니더냐? 이런 때일수록 너는 더욱 겸손하여라.”

“스승님의 가르침, 명심하고 또 명심하겠습니다.”

“석평아, 겸손이 무엇이더냐? 물이 스스로 아래로 흐르는 것, 불이 뜨거운 것, 쇠라서 단단한 것, 꽃향기를 맡고 벌이 날아드는 것, 암컷 곁에 수컷이 모여드는 것, 나무가 싹을 틔웠다가 잎이 지는 것, 겸손은 이와 같은 것이다. 본래 있는 자연의 성질 그대로가 바로 겸손이니라.

사람이 타고난 너그러운 본성을 깨닫고 찾아 익히는 것이 인이요 다른 이로부터 받은 배려와 은혜에 보답하는 자연스런 행동이 예라 할 수 있다. 그러므로 인과 예를 행함은 겸손에 다름 아니다. 겸손은 행함에서 나타나는 것. 행하지 아니하고 오직 주장하려 하면 교만이 되고, 주장하는 것으로도 모자라 주장을 관철시키려 하면 오만이 된다. 교만한 사람이 수치를 당하는 것은 고금에 헤아릴 수 없고, 오만한 사람이 화를 입는 것은 유사 이래 변함이 없는 진리다.”

반석평이 고개를 깊이 숙여 절하며 다짐했다.

“겸손으로 무기를 삼고 변방 가기를 즐거이 하라는 스승님의 말씀을 이제야 명확히 알겠습니다. 제가 스승님께 받은 은혜에 보답하는 길은 백성의 종이 되어 백성을 섬기고 사는 것임을 알겠습니다. 배우고 익힌 학문을 주장하지 아니하고 행하고 살라는 말씀, 깊이깊이 새기겠습니다."

언제 들어왔는지 헐렁한 가사를 입은 주지스님이 뒤에서 목탁을 두드리며 빙긋이 웃었다.

"훌륭한 제자를 길러 자신의 꿈을 실현하려는 스승과 그 스승의 가르침을 좇아 정진하려는 제자, 이곳에서 줄탁동시를 목격합니다. 이렇게 스승의 줄과 제자의 탁이 동시에 절묘하게 이루어지니 어찌 부처님의 자비가 내리지 않겠습니까? 허허."

"큰스님, 오성이와 정원이는 지금 어디 있습니까? 대감마님의 천도제를 지낸다고 가면서 천 배를 한다더니 만 배를 하나봅니다."

"정원이는 여기에 남기로 하였네."

주지스님의 말은 나지막했지만 만근의 무게로 반석평의 가슴에 떨어졌다. 김수는 이미 짐작한 듯 눈을 감고 중얼중얼 관세음보살만 읊었다.

"설마…… 정원이가……."

"구족계를 받고 비구니가 되었네."

반석평이 믿을 수 없다는 듯 고개를 흔들며 이를 부인했다.

"어제 신원이 되었습니다. 이제 모든 것이 제자리로 돌아왔는데 비구니가 될 이유가 없습니다."

"지난번에 한 달간 여기 머물면서 생각을 정리했다네. 다만 그때는 관비의 몸이라 실행이 어려웠지."

반석평은 정원을 찾으러 뛰어나갔다. 석가세존을 모신 대웅전부터 가보았으나 정원의 모습은 보이지 않았다. 교육장에도 없었다. 미륵불과 아미타불, 문수보살을 모신 법당에서도 정원을 찾을 수 없었다. 순간, 스님들이 좌선 수행을 하는 좌선당 생각이 났다. 좌선당에서도 고승들이 수행하는 운당을 들여다보니 쥐죽은 듯 고요한 가운데 스님 몇 분이 선정삼매에 들어 있었다. 역시 정원은 없었다. 이번에는 운당 뒤편 외진 곳의 내당으로 내달렸다.

칠흑같이 어두운 내당 안쪽에 두 개의 촛불이 깜빡이며 사위를 밝히고 있고 그 주위로 비구니 셋이 좌선한 모습이 보였다. 유난히도 하얗게 빛나는 삭발에 눈길이 멈췄다. 희다 못해 새파랗게 깎은 머리에 잿빛 가사를 걸친 모습이 교교한 촛불에 일렁이며 반석평의 가슴을 출렁이게 했다. 정원이었다. 열두 살 이후 지금까지 반석평의 머릿속에서 살아왔던 사람. 보이지 않아도 느낄 수 있는데 촛불에 비친 정원을 모르겠는가. 그러나 근접할 수가 없었다. 당장이라도 달려와 안길 것 같은 정원이 한 치의 틈도 없이 합장하고 앉은 뒷모습에 감히 다가설 수 없었다. 반석평의 눈에서 뜨거운 것이 흘러내려 발아래로 떨어졌다.

그때 나이 지긋한 비구니가 소리 없이 다가와 매서운 표정으로 고개를 저었다. 돌아가라는 뜻이었다.

스승의 방에는 오성이 서찰 한 통을 쥐고 숨죽여 울고 있었다. 반석평은 부들부들 떨리는 손으로 받아든 서찰을 펼쳤다.

엎드려 임에게 마지막 글을 올립니다.

필동에서 소녀 열 살, 임을 만난 이래 십사 년이 흘렀습니다.

임 때문에 화락했고, 애틋했고, 즐거웠고, 쓸쓸했습니다.

모진 풍파를 임을 사모하는 마음으로 견뎌냈습니다.

굴곡진 세월을 함께하는 동안 모난 성격과 편협하고 옹졸한 어리광이 임을 한없이 어렵게 하였고, 먼천 한번 시켜놓고 임에게 끝없는 희생을 강요하였습니다.

용서하십시오.

임 때문에 봄꽃은 더욱 화사하였고 신록은 더욱 짙었습니다.

단풍은 붉게 탔고 눈은 순백의 향연을 펼쳤습니다.

그러나 달이 차면 이지러짐이 예정되어 있고 계절은 순환하여 두려웠던 가을바람이 불어오기 마련입니다.

임의 끝없는 배려와 사랑에 깊은 감사를 드립니다.

부디 뜻을 이루시고 행복하소서.

보는 사람의 눈에 꽃이 되고 하는 일마다 열매가 되고

만인이 우러러보는 사람이 되소서.

임으로 가득한 이 가슴은 그 무엇으로도 씻어낼 길이 없고

아침 해에 이슬이 사라지듯 임을 잊기 위해 불가에 귀의하여 불제자가 되려 합니다.

마지막으로 이곳 신륵사에서 나옹선사가 읊은 임종계로써

저의 굳은 마음을 대신하려 합니다.

와도 온 것이 없으니
달그림자가 천강에 비친 것과 같고
가도 가는 곳이 없으니
맑은 하늘의 모습이 찰나에
나뉘는 것과 같다.

이 소설의 주인공 반석평은 조선 중종 대의 실존 인물로 종의 신분에서 정이품 형조판서를 거쳐 정일품 지중추부사에까지 오른 전설적인 분이다.

'반석평은 천얼(賤孼) 출신으로 시골에 살았는데, 반석평이 학문에 뜻이 있음을 할머니가 알고서 천얼임을 엄폐하고 가문을 일으키고자 그 손자를 이끌고 한양으로 와서 셋집에 살면서 길쌈과 바느질로 의식을 이어가며 공부시켰다.'는 설이 있으나, 유몽인의《어우야담》, 이익의《성호사설》, 이덕무의《청장관전서》 등의 야담에는 한결같이 반석평이 십삼세를 전후하여 한양 이참판댁에서 종살이를 한 것으로 전하고 있다.

어려서부터 워낙 영특하고 부지런했던 반석평은 종살이를 하는 틈틈이 주인집 도령 이오성의 어깨너머로 도둑 공부를 하여 놀라운 학문의 경지에 이르게 된다. 이런 반석평을 유심히 관찰하던 이 참판은 그의 인물됨이 너무 아까워 마침 자식이 없던 양반 집안의 수양아들로 보내기로 결심하고 반석평의 눈앞에서 종 문서를 불사른다. 수양부모도 몸을 아끼지 않고 집안일을 돌보는 반석평을 친자식처럼 아끼고 사랑하며 전폭적인 지원을 해주어 반석평은 정묘년(1507년) 식년시 문과에 병과로 급제한다. 애석하게도 반석평의 인물됨을 알아보고 앞날을 열어준 이 참판의 실명은 어디에서도 찾지 못하였다.

여하튼 당시로서는 파격적인 행운을 얻어 과거를 급제한 그는 관직 생활 내내 신분 문제로 시비에 시달렸으나 모든 역경을 이겨내고 훗날 크게 성장해 팔도감사·오도병사·한양판윤·육경 등을 두루 거친다. 팔도감사를 지낸 분으로는 조선 역사를 통틀어 두 분밖에 없을 만큼 특별한 경우이다. 이뿐만 아니라 경연의 특진관을 역임했고 성절사로 명나라에 다녀오기도 했다. 명나라를 다녀올 때는 요동도사를 만나 위화도에 살고 있는 중국인들을 쇄환하도록 요구하여 이를 관철시키기도 했다. 당대 최고 북방전문가로서 사림의 거두 조광조·김식 등과 교류했던 반석평은 특이의 겸손과 성실, 청렴이 빛을 발해 기묘사화에서도 살아남는다. 사간원의 줄기찬 시비를 물리치고 형조판서를 재수한 중종은 반석평이 경자년(1540년) 지중추부사로 세상을 떠나자 '장절'이라는 시호를 내려 애통해하였다. 한편, 그가 지었다는 '관산별곡'은 현재 전해지지 않고 이행이 윤색했다는 기록만 남아 있는데, 1532년 전라도관찰사로 재임 시 고향 옥구현 백성들이 경흥 부사 때의 위용을 헌사한 한시가 현판에 새겨져 남아 있다.

공부하고 싶은 종의 열망으로 불가능에 가까운 조선시대 신분의 장벽마저 뛰어넘어 마침내 재상으로 우뚝 선 그는 반기문 유엔 사무총장의 직계 조상이기도 하다.

그런 반석평의 삶을 더욱 극적으로 그려내기 위해 소설에서는 스승 김수와 이참판의 딸 이정원 그리고 성희영 등을 등장시켰으며, 과거 급제를 장원 급제로, 경흥 부사 재임을 실제보다 몇 년 앞당겨 설정하였다. 또한 《중종실록》에 반석평이 변방을 소란케 한 야인 왕산적하의 처벌 주장 기록을 모티브로 하여 전투에 참여하여 체포한 공적으로 그렸다. 북방전문가에 문무를 겸비한 반석평의 인물됨을 고려하면 아주 허황한 이야기는 아닐 것이다.

반석평의 생모 장구월의 삶은 확실한 기록이 없어 아들을 종살이 보낸 일을 자책하며 가슴앓이를 하다 일찍 죽은 것으로 설정하였다. 또한 형제 반석정과 반석권은 반석평이 면천될 때 함께 면천되어 양민이 된 후 조모의 손에 키워졌는데, 조모는 온갖 고된 일을 하면서도 손자들을 공부시켜 반석정과 반석권 모두 현감을 지냈다고 전해진다.

여기에 사용된 많은 자료는 이상각 선생의 저서 《조선노비열전》을 참고하였음을 밝히고 심심한 감사를 드린다.

2016년 5월

최대익

갑자년(1504년)　생원시 합격.

정묘년(1507년)　식년시 문과에 병과로 급제, 예문관 검열.

병자년(1516년)　안당의 추천으로 종오품 경흥 부사에 임명됨.

임오년(1522년)　만포진 첨절제사, 함경남도 병마절도사.

갑신년(1524년)　군기를 살피지 않고 도로 사정을 잘못 보고했다는 이유로 탄핵, 파직. 다시 병조 참의에 임명됨.

정해년(1527년)　함경북도 병마절도사.

경인년(1530년)　경연특진관, 충청도 관찰사.

신묘년(1531년)　성절사로 명나라에 다녀옴. 예조 참판.

임진년(1532년)　전라도 관찰사.

계사년(1533년)　평안도 관찰사.

병신년(1536년)　공조판서.

기해년(1539년)　동지중추부사, 형조 참판, 한성부 판윤을 거쳐 형조판서에 제수.

경자년(1540년)　지중추부사. 사망. 중종은 “근래 재상들이 잇따라 서거하니 매우 경악스럽다. 반석평은 일찍이 육경(六卿)을 역임했으니 특별히 부의를 보내야 한다. 전례를 조사하여 서계하라.” 하였다.